Ikkunanpesijä

Merja Lättilä
Ikkunanpesijä

Merja Lättilä: Eikö Suomi olekaan saari? Erilaiset muistelmat, 2014
Merja Lättilä: Isäntyttö, 2021
Merja Lättilä: Ja sinä toit appelsiineja, 2022

© 2022 Merja Lättilä
Kannen suunnittelu: Tuija Käki-Lahtinen
Tekstin taitto: Arja Suikkanen
Kustantaja: BoD - Books on Demand, Helsinki, Suomi
Valmistaja: BoD - Books on Demand, Norderstedt, Saksa
ISBN: 978-952-80-6654-5

Keskeiset henkilöt

Franco Spinelli, linja-autonkuljettaja
Laila Lipponen, Francon naisystävä
Annika Mäkinen ja Pietro Spinelli, Francon vanhemmat

Markku Isotalo, juristi
Antti Isotalo, Markun isä

Seppo Siltala, Markku Isotalon naapuri

Petri Tupamäki, rakennusalan yrittäjä
Ville ja Liisa Tupamäki, edellisen poika ja vaimo

Marko Kirjonen, lvi-yrityksen omistaja
Janne Korjonen, edellisen poika

Kalervo Kuula, eläkeläinen

Herra Kymäläinen, vuokralainen

Ritva Arvetvuo, rikoskomisario
Jussi Koli, konstaapeli

Prologi

Puolen vuoden tutkintavankeuden jälkeen asianajaja Markku Isotalo palaa kotiinsa vapaana miehenä joulukuussa 2019. Hänet on vapautettu käräjäoikeudessa kaikista syytteistä. Hovioikeuden istuntoa hän saa odottaa vapaana.

Kun hän astuu taksista kotitalonsa ulko-oven luona, niin naapuri Seppo Siltala on koirineen kävelemässä talon ohi.
- Hei kuomaseni, huudahtaa Siltala Isotalolle.
- No terve, terve, vastaa siihen Isotalo ja on jo avaamassa ovea.
- Ei ole sinuakaan sitten aikoihin täällä näkynyt — anteeksi vaan, että näin sanon. Kyllähän tiedän miksi. Mutta mukava, että olet taas täällä. Voidaan ehkä joskus istua iltaa yhdessä ja parannella maailmaa. Vai?
- Hauska kun jonkun mielestä paluuni vapauteen on mukavaa. Ei taida niitä ihmisiä olla kovin montaa. Kiitos siis tervetulotoivotuksista. Kunhan tässä pääsen kotiutumaan, niin kyllä varmaan joku ilta istutaan ja turistaan, vastaa Isotalo ystävällisesti. Itsekseen hän miettii, että ei hänen tollasen miehen kanssa kannata iltojaan pilata. Juoppo ja utelias kuin mikäkin. Ettei vain olisi käynyt kurkkimassa ikkunoista tai lukenut postia. Sehän on lojunut laatikossa joskus päiviäkin ennen kuin äiti on ennättänyt käydä siirtämässä sen sisälle. Mitähän se mies oikein tekee töikseen, kun on niin erikoisiin aikoihin liikkeellä? Ei ole koskaan tullut kysytyksi. On sanonut iäkseen 57 vuotta, mutta näyttää kyllä vanhemmalta.

- Koiran kanssa kun liikun, niin olen pitänyt taloasi silmällä siltä varalta, jos sinne vaikka huligaanit olisivat olleet menossa tekemään pahojaan. Äkkiä niissä piireissä sana kiirii, missä asunnot ja talot on tyhjinä. Viime aikoina asuntomurtoja, nimenomaan tyhjillään oleviin asuntoihin, on tehty tavallista enemmän. Mutta rauhassa on tämä sinun talosi saanut olla. Tämä on onneksi rauhallista seutua. Ainoa henkilö, jonka olen nähnyt, on eräs vanhempi naishenkilö. Hän on siellä käynyt, ehkä noin kerran pari kuukaudessa. Hän on ollut kovin surullisen näköinen ja kävellyt vaivalloisesti tai oikeastaan raskaasti viedessään vanhoja lehtiä roskiin. En ole hänen kanssaan juttuun ruvennut. On vaikuttanut pelokkaalta.

- Hän on minun äitini. Pyysin häntä käymään ja pitämään paikat kunnossa, että näyttäis asutulta. Totta kai...

Isotalo ei jatka, miettii vain itsekseen, että ei hänen tarvitse naapurille kaikkea kertoa. Ja että on vielä pitänyt taloa silmällä. Niinköhän jatkossakin. Rauhallisesti hän avaa oven ja nostaa laukun sisälle.

- No terve sitten vaan. Pidetään yhteyttä, sanoo vielä Isotalo kyllästyneesti mutta velvollisuudentuntuisesti ja vetää samalla oven kiinni. Hän jää hetkeksi seisomaan liikkumatta oven taakse. Hän hengittää syvään ja yrittää palauttaa mieleen miltä kotona tuoksuu.

Riisuttuaan ulkovaatteet hän menee keittiöön. Mielessään hän kiittää äitiään, joka on tuonut sinne tuoretta leipää ja muutakin kevyttä syötävää. Löytyy jääkaapista pari pulloa oluttakin. Keittiön pöydällä on maljakossa tuoreita kukkia ja äidin kotiintulotervehdys. Se on kirjoitettu vapisevalla käsialalla. Isotalo katsoo sitä liikuttuneena. Hän päättää soittaa heti äidilleen ja kiittää kaikesta.

Kodinhoitohuoneessa hän purkaa kassinsa, josta heittää kaikki vaatteet, joita on käyttänyt tutkintavankeuden aikana suoraan pesukoneeseen. Samalla hän kuitenkin miettii, ettei niitä vaatteita viitsi ehkä enää käyttää. Joutaisivat kaikki takkaan.

No, pestään ne nyt kumminkin ja mietitään jälkeenpäin mitä tehdä.

Saunan lämpiämistä odotellessaan hän istuu olohuoneen mukavaan nojatuoliin, avaa olutpullon ja juo suoraan pullon suusta. Hetken kuluttua hän avaa television. Hän ei kuitenkaan seuraa television ohjelmia, vaan katsoo tyhjin silmin ikkunasta ulos talviseen hämärään. Hänestä nyt on tärkeää, että talossa on jotain ääntä, mieluiten ihmisten. Pelkkä rauhoittava musiikki ei tässä tilanteessa riitä. Normaalitilanteessa hän käyttäytyisi päinvastoin. Nyt hiljaisuus ottaisi hermoille.

Siinä istuessaan hän miettii päättynyttä oikeudenkäyntiä. Tyytyväisenä ja melkein vahingoniloisena.

- Kyllä minä tämän tuloksen tiesin. Ei vaan se Arvetvuo tahtonut millään uskoa, että aihetodisteiden lisäksi mitään muuta ei voitu todistaa. Vaikka kyllä minä hattua nostan sille Arvetvuolle! Mistä se keksi sen tallelokeronkin löytöineen? Vaikka eivähän ne löydöt loppujen lopuksi auttaneet todistamaan mitään. Mistähän on muistiini jäänyt joku laulun pätkä "kun on nerokas pää, helppo, helppo on tää."

Jos minulla jostain syystä on Einon, sen saunaan kuolleen miehen vyönsolki, niin mitä sitten. Änkyräkännissä koko mies ja menee kuumaan saunaan ja kuolee sinne. Ei mitään järkeä siinäkään päässä.

Rakastin vaimoani Kaijaa yli kaiken. Mutta se rakkaus ei hänelle riittänyt. Hän valitsi toisen tien. Hän liittyi henkisesti Einon ja Ilonan leiriin. Ja se oli minulle liikaa, vaikka paljon kestinkin. Hän putosi rappusilta ja menehtyi saamiinsa vammoihin. Minä olin silloin todistettavasti työmatkalla Helsingissä. Tapaturmainen kuolema. Miten joku äänittämäni kasetti olisi voinut aiheuttaa kuoleman? Ei myöskään voitu näyttää toteen, mihin aikaan kasetti oli pyörinyt. Jos se nyt ylipäätään oli pyörinyt. Tutkimuksissa ei myöskään voitu tarkentaa sitä ajankohtaa, milloin vaimoni oli pudonnut. Eli yhtymäkohtaa kasettiin ei voitu todistaa. Ainoastaan tiedettiin, että hän oli pudottuaan ollut jonkin aikaa elossa ja kuollut myöhemmin. Siitä on sentään ajankohta tiedossa.

Ja entä se Ilonan tapaus. Ja mitä häneen tulee. Hän se oli koulussa primus inter pares minun kiusaajieni joukossa. Kun hän erottuaan miehestään sai kuulla, että minusta oli tullut menestynyt ja varsin varakas leskimies, niin ääni muuttui kellossa. Hän teki kaikkensa niin sanotusti iskeäkseen minut. Hänelle kävi niin kuin kävi. Hän ei koskaan palannut lomamatkalta "Antin" kanssa. Rauha hänen muistolleen.

Jos taksi sanoo tuoneensa hänet minun luokseni, niin vaa'assa painaa vain taksikuskin sana. Hänhän oli vielä mamu. Eihän kukaan kai niitä usko tai ota tosissaan. Kukaan muu ei ollut Ilonaa ovellani nähnyt. Jos olisi, niin eiköhän se Arvetvuo olisi senkin pystynyt selvittämään, kun kyseli naapureilta sen joulukuisen iltapäivän tapahtumia. Ei edes tuo Seppo ollut nähnyt mitään, vaikka tuntuu hänellä olevan silmät selässäkin. Aika harva alueen ihminen on siihen aikaan iltapäivästä kotona, töissähän ne olivat. Ja jouluostoksilla. Mutta harmittava takaisku se taksikuski joka tapauksessa oli. Onneksi ei tarvinnut ryhtyä mihinkään toimenpiteisiin hänen suhteensa. Ja Ilonan rubiinisormukselle minulla oli uskottava kertomus.

Minä osasin fiksusti hoitaa asiat. Oli aivan oikein, että koulukiusaajat Eino ja Ilona kokivat kovan kohtalonsa. Ei pelkästään koulukiusaamisen, vaan myös luokkatoverini Liisan tarpeettoman kuoleman johdosta. Nehän ruiskutti appelsiineihin pirtua, joka aiheutti Liisalle kuolemaan johtavan reaktion. Ne on - tai oli - pahoja ihmisiä. Ja kiusaajia! Niitten piti kuolla.

Vieläkin surettaa Liisan kohtalo. Saattaa olla, että meistä olisi Liisan kanssa tullut pari ja olisimme menneet naimisiin. Tunsimmehan toisemme ja toistemme ajatukset hyvin. Meillä synkkasi. Yhteisestä elämästä olisi varmaan tullut seesteistä ja turvallista. Tätä varmaan äitikin salaa toivoi, vaikka ei minulle mitään virkkonut. Viisas nainen kun on. Onneksi minulla on sellainen äiti. Rehellinen ja luotettava. Kuitenkin elämästä Kaijan kanssa tuli erilaista, haasteellista, intohimoista ja jännittävää. Ja kyllä äiti Kaijaakin arvosti ja hänestä piti. Ei hän olisi omaa perintörannerengastaan kenelle tahansa antanut. Mutta Kaija sen sai.

Saunan lauteilla istuessaan Isotalo ei enää ajattele mennyttä vaan nauttii kipakoista, lähes masokistisen kovista löylyistä pitkään ja hartaasti. Mieli tyhjänä. Ennen nukkumaan menoa hän syö pakastimesta ottamansa pitsan ja juo toisen oluen. Sauna, pitsa ja olut alkavat ramaista. On aika mennä sänkyyn, omaan sänkyyn pitkästä aikaa. Ajatus soitosta äidille siirtyy seuraavalle päivälle.

***

Seuraavana aamuna Isotalo käy kaiken postin läpi ennen kuin soittaa äidilleen ja lähtee Kuhmoisiin tapaamaan tätä. Hän siirtää tietoisesti lähtöä. On helpompi lukea postia kuin tavata äiti ja yrittää selittää hänelle asioita, joista ei itse halua puhua, ja joita äiti ei varmasti halua kuulla.

Vanhat sanomalehdet ja mainoslehdet äiti on vienyt roskiin. Pöydällä on kuitenkin pino avaamatonta postia, vaikka äiti on kuukausien kuluessa kirjeitä hänelle vankilaan toimittanut. Isotalo selaa kirjepinon nopeasti ja valitsee siitä lähettäjän mukaan mielestään tärkeimmät lukeakseen ne ensin. Ihan kuin sillä olisi mitään merkitystä, missä järjestyksessä ne luetaan.

Ottaessaan Suomen Asianajajaliiton kirjeen käteensä, hän tietää, mikä on kirjeen sisältö. Se on ehkä pahinta, mitä hänelle voi tapahtua. Hän repii vimmoissaan kuoren auki. Kirjeessä on valvontalautakunnan ilmoitus. Hän lukee kirjeen ensin nopeasti, sen jälkeen uudestaan sana sanalta yksityiskohtaisesti. Hän lukee sen hitaasti ääneen ollakseen varma, että ymmärtää kaiken. Hän on menettänyt asianajajan suojatun ammattinimikkeen käyttöoikeuden. Tämä on vielä pahempi isku kuin se, että hän joutui sanomaan itsensä irti hyvämaineisesta ja arvostetusta Rislakki &

Co -asianajotoimistosta. Hän tietää olevansa hyvä, jopa erittäin hyvä työssään. Mutta kun saa syytteen vakavista rikoksista, niin maine menee. Siinäkin tapauksessa, että mitään ei voida todistaa. Silloin asianajaja on mennyttä miestä. Ja sen päälle tittelin menetys. Aina jollekin jää pieni epäilyksen siemen itämään. Ja näissä hommissa maine on kaiken A ja O. Isotalo miettii, pitäisikö hänen ottaa yhteys liittoon ja kysyä mahdollisuudesta perua tehty päätös sen jälkeen kun hänet todetaan syyttömäksi.

Kyllä Isotalo oli tätä miettinyt ja tämän tiennyt vangittuna ollessaan. Mutta hänen piti tehdä se, minkä teki. Ne teot oli pakko tehdä, jotta paha sai palkkansa. Oman kunniansa menetyksen uhallakin.

Itsevarmana hän ajattelee, että nousee juristina takaisin ykkösluokkaan. Hänellä on siihen osaaminen ja taito. Koska osakkuus jossain jo toiminnassa olevassa toimistossa on mitä todennäköisimmin mahdotonta, hän päättää avata oman lakiasiaintoimiston.

Nopeasti hän selaa ja lukee muunkin postin. Osa joutaa saman tien takkaan. Osan hän arkistoi mappeihinsa suoritettuaan tarvittavat toimenpiteet tietojen saattamiseksi ajan tasalle. Tämän jälkeen hän lähtee käymään Kuhmoisissa äitinsä luona.

Yksi

Maanantai alkaa Lahden poliisilaitoksella totuttuun tapaan erilaisilla kokouksilla ja palavereilla. Niiden päätyttyä rikoskomisario Ritva Arvetvuo hakee uuden kupillisen kahvia keittiöstä ja lähtee kävelemään huonettaan kohti. Taskussa äänettömällä ollut puhelin tärisee. Hän laskee kahvikupin käytävän seinustalla olevalle kirjahyllylle ja vastaa puhelimeen.

Arvetvuo kuulee puhelimesta epämääräisen, järkyttyneen naisäänen. Nainen kertoo kauhun sekaisella äänellä olevansa Vesijärvenkadulla ja löytäneensä poikaystävänsä kuolleena ammeesta. Arvetvuo rauhoittaa soittajaa, kysyy tämän nimen ja tarkan osoitteen. Näillä tiedoilla hän pyytää Laila Lipposta odottamaan paikalla, kunnes ehtii paikalle kollegansa Jussi Kolin kanssa.

Vesijärvenkadun tilavassa kaksiossa Arvetvuo saa lyhyen, jopa hieman hysteerisen keskustelun aikana perustietoa kuolleesta. Tämän lisäksi hän tarvitsee kuolleen omaisten yhteystiedot, joille täytyy ensi tilassa ilmoittaa tapahtuneesta. Koli yrittää rauhoittaa Lailaa toteamalla, että hänen mukaansa, päältä päin katsottuna, kyseessä saattaa olla luonnollinen kuolema. Ääneen hän ei kuitenkaan sano, että koskaan sitä ei tiedä.

Arvetvuo tietää, mitä hirveitä ajatuksia Lailan päässä pyörii. Ja miten sekaisin Lailan pää on kaikesta tapahtuneesta. Siksi hän ei halua vaivata tätä enempää juuri nyt ja täällä, vaan ehdottaa tapaamista seuraavaksi päiväksi. Silloin, tilanteen ehkä jo hieman rauhoituttua, he voivat kaikessa rauhassa keskustella tapahtuneesta ja selvittää lisää yksityiskohtia. Hän kysyy Lailalta, tarvitseeko tämä mahdollisesti apua tai seuraa. Kuultuaan kielteisen vastauksen hän kehottaa Lailaa palaamaan kotiin. Laila saa Arvetvuon käyntikortin siltä varalta, että hän haluaisi ottaa tähän yhteyden jo ennen seuraavan päivän tapaamista.

Laila ja talonmies Makkonen, joka avasi oven uhrin asuntoon, poistuvat asunnosta. Kumpikaan ei puhu mitään, kun he laskeutuvat peräjälkeen, Laila edellä portaita pohjakerrokseen. Makkonen miettii, pitäisikö hänen tässä tapauksessa kuitenkin palauttaa ovenavauksesta pyytämänsä rahat Lailalle. Tehtyään päätöksen hän huomaa, että Laila on jo mennyt menojaan. Viiskymppinen pysyy Makkosen kukkarossa. Ja hänellä on sille jo käyttökin tiedossa.

Asunnossa Arvetvuo menee uudestaan kylpyhuoneeseen, jossa Koli on jo aloittanut tutkimukset. Puhelinsoitto laitokselle ja paikalle saapuu teknisen yksikön ryhmä. Samalla hän antaa määräyksen haastatella talon ja naapuritalojen asukkaita siltä varalta, että he olisivat nähneet tai kuulleet jotain.

Arvetvuo silmäilee ammetta ja näyttää samalla miettivän sen kokoa. Hän aprikoi mielessään, voiko puolipitkään ammeeseen hukkua. Hän katsoo koko ammeen täyttävää puoliksi istuvaa tai makaavaa ruumista. Hän liikuttaa sitä mielessään eri asentoihin ja päätyy tekemään johtopäätöksen. Ei voi hukkua, ei ainakaan helposti. Eikä missään nimessä ilman ulkopuolista apua
. Jonkun täytyy painaa pää veden alle ja jopa voimaa käyttäen pitää sitä siellä kauan. Silloin koko kroppa liikkuu ja jalat nousevat pakostakin reunan yli, jolloin vettä täytyy loiskua lattialle. Näin siis, mikäli kysymykseen tulee hukuttaminen. Hän tutkii lattian, mutta vettä ei näy. Se on tietysti voinut jo kuivua, jos sitä on ollut. Normaalioloissa tuskin kukaan yrittäisi itse saada päätä veden alle näin lyhyessä ammeessa. Nyt uhri on maannut ammeessa vuorokauden, jopa pidempään.

13

Arvetvuo jää miettimään mitä oikein on tapahtunut, mutta uskoo sen selviävän seuraavana päivänä, kun hän pääsee juttelemaan Lailan kanssa kaikessa rauhassa. Nyt täytyy vain tehdä ensimmäinen tutkimus uhrin asunnossa.

Kaksi

On lauantai, päivä ennen alueellista loppukilpailua joulukuussa 2021. Voittaja pääsee edustamaan Päijät-Hämettä suuressa suomalaisessa lauluyhtyekilpailussa. Mukaan on karsinnan kautta päässyt seitsemän yhtyettä. Ne ovat kaikki vanhempia ja kokeneempia kuin kolme vuotta vanha *Nostalgiaa* -yhtye, jossa Franco Spinelli ja Laila Lipponen laulavat.

Kuorojen toiminta on pandemiasta johtuen ollut vajaatehoista viimeisten puolentoista vuoden ajan. Harjoitukset on jouduttu järjestämään netissä etänä. Vasta tämän vuoden lokakuussa kuorot ovat saattaneet ensimmäistä kertaa kokoontua yhteisharjoituksiin, samaan tilaan. Jälleennäkeminen on ollut onnellinen! Ja riemua on riittänyt koko loppusyksyn.

Yhtyeen johtaja, musiikinopettaja Kaisa Eerikäinen sai idean yhtyeen perustamisesta, kun hän kuunteli aamuisin Ylen *Muistojen Bulevardi* -ohjelmaa. Hänellä ei ollut minkäänlaisia vaikeuksia saada kokoon yhdeksän laulajaa, jotka sitoutuivat alusta lähtien yhtyeen toimintaan. Ei ollut myöskään vaikeata keksiä nimi yhtyeelle – *Nostalgiaa*. Yhtyeen ohjelmisto koostuu vanhoista, uudelleen sovitetuista suomalaisista iskelmistä ja elokuvasävelmistä.

Ryhmä kasvaa kymmenhenkiseksi, kun Lahteen Italiasta muuttanut Franco Spinelli liittyy mukaan. Hänen lyyrinen tenorinsa vahvistaa kuoron sointia. Francon upea ääni saa Kaisan sovittamaan hänelle myös pieniä solistisia osuuksia. Hän haluaa näin sitouttaa Francon tiiviimmin yhtyeeseen. Kaisa nimittäin pelkää, että joku naapurikuoro tai yhtye nappaisi häneltä tämän helmen. Mieslaulajista, etenkin tenoreista on kuoroilla ainainen pula.

Vaikka kaikki tajuavat, että kuoron sointi paranee Francon liityttyä mukaan, niin se aiheuttaa pientä katkeruutta Heikissä, kun Kaisa siirtää hänet baritoneihin. Tätä ääntä hänen olisi oikeastaan alun alkaen kuulunut laulaa. Kaisa oli laittanut hänet tenoreihin, koska ei muuta tenoria ensi hätään löytänyt. Nyt parin vuoden jälkeen vaikuttaa kuitenkin siltä, ettei jännitteitä enää ole. Kuoro tekee yhdessä töitä ja saundi on hieno. Tavoitteet ovat korkealla. Tuleva kilpailu on ensimmäinen iso ponnistus.

Mieskuoron eteisessä kuuluu iloinen puheensorina, kun laulajat tervehtivät toisiaan. He valmistautuvat viimeisiin harjoituksiin ennen seuraavan päivän kilpailua. Kaisan kirkas ääni ja käsien läpsyttely keskeyttää jutut, kun hän kutsuu kaikki sisään.

- Hei, näenkö oikein, että teillä on vielä nuotit mukana? Antaako ne teille varmuutta? Olen kyllä varma, että te osaatte sataprosenttisen varmasti kaikki omat stemmanne ja sanat ulkoa. Tai teidän ainakin pitäis osata. Mutta jos ehdottomasti haluatte, niin voittehan te pitää niitä vaikka sylissä. Mutta pitäkää ne kiinni. Aloitetaan äänenavauksella. Sulkekaa puhelimet tai laittakaa ainakin äänettömälle.

Kaisaa huvittaa, kun hän huomaa, että kaikki ottavat kännykän esiin tehdäkseen muutokset. Kukaan ei ollut tullut ajatelleeksi asiaa etukäteen.

Kaisa siirtyy pianon ääreen ja aloittaa tutut harjoitukset. Asiaa tuntemattomalle laulajan äänenavaukset kuulostavat erikoisilta jopa naurettavilta, ilman mitään tolkkua, mutta laulaja tietää niiden tärkeyden. Niin nytkin. Kaikki ottavat tämän vaiheen tosissaan ennen varsinaista laulamista.

- No nyt otetaan ensimmäinen laulu. Nouskaa seisomaan. Mitäs jos siirtyisitte tänne eteen, ihan kuin olisitte jo kilpailussa.

Harjoitellaan samalla tätäkin. Ja jättäkää ne nuotit sinne tuoleille, ette te niitä tarvitse. Se joka ei osaa sanoja, ei myöskään osallistu huomiseen kilpailuun. Tsemppiä!

Tuolit rämisee, kun joukko nousee ja siirtyy nopeasti Kaisan osoittamalle paikalle. Samassa Franco tuntee, että housuntaskussa kännykkä tärisee. Hän ei kuitenkaan katso, kuka mahdollinen soittaja tai viestin lähettäjä on. Hän keskittyy nyt vain ja ainoastaan lauluun. Sitä vartenhan tänne on tultu. Häntä myös jännittää oma pieni solistiosuus, vaikka tietää osaavansa sen hyvin.

Ensimmäiseksi lauletaan iki-ihana *Monrepos*. Se lauletaan kerran läpi ilman katkoja. Nyt Kaisa napsauttaa nauhurin päälle ja sama otetaan uudestaan. Äänitys kuunnellaan ja analysoidaan yhdessä. Kaikki yllättyvät siitä, mitä kuulevat. Jokainen on ajatellut, että äänet ovat balanssissa. Mutta nauhoitus ei valehtele. Kaisa antaa muutamia ohjeita sopraanoille ja bassoille. Aika paljon on vielä tehtävää ja se lauletaan uudestaan. Ja kuunnellaan nauhoitus.

- Nyt, nyt se meni niin kuin pitää. Muistakaa kaikki, volyymi. Kuunnelkaa toisianne. Tärkeintä on, että mikään ääni ei peity eikä mikään nouse liian vahvaksi. Hienoa. Ja Francon pieni solistipätkä oli oikein namu. Tästä on hyvä jatkaa. Otetaanpa seuraava laulu. Muistakaa tässä kaikki pianissimot. Ne on monen kuoron ongelma. Niitä ei osata laulaa tarpeeksi hiljaa etenkään legatona niin, ettei ääni sorru. Siis *Kodin kynttilät*.

Näin harjoitellaan tämäkin laulu. Kilpailun rauhalliseen osioon kuuluu vielä kolmaskin laulu. Se on *Romanssi* elokuvasta *Katariina ja Munkkiniemen kreivi*. Se lauletaan ja kuunnellaan ja analysoidaan ja lauletaan uudestaan niin monta kertaa, kunnes Kaisa on tyytyväinen. Nyt on viimeisen viilauksen aika.

- Hei kaikki! Tämä menee tosi hyvin. Pidetään nyt pieni tauko. Jatketaan viidentoista minuutin kuluttua. Otetaanpas silloin se reippaampi puolisko. Meillä on useita aika hyvin meneviä lauluja.

Olen valinnut ne kolme, jotka lauletaan huomenna. Ette arvaa, mitä ne ovat!
- No kerro, että voidaan henkisestikin jo valmistautua niihin oikein.

Tätä tietoa olemmekin jo odotelleet, ettei vaan tarvitsisi harjoitella mitään turhaa, huudahtaa Heikki innoissaan pilke silmäkulmassa.
- Te olette niin hyviä, että oli vaikea tehdä lopullinen valinta. Mutta tässä ne tulee: *Pot, pot, pot, pot potkut sain elokuvasta SF paraati, Jänöjussin mäenlasku* ja kolmantena *Kaks kisälliä kerran*.
- Wov, nyt kyllä onnistui valinta hyvin. Nää sun sovitukset on niin huippuluokkaa. Olisivat varmaan kelvanneet aikoinaan alkuperäisille esiintyjillekin, ennättää Heikki lisäämään. Eikä ole muillakaan mitään valittamista.

Kun kuorolaiset avaavat termospulloja, niin sieltä täältä kuuluu vain pot, pot, pot ja naurua.

Samanaikaisesti kun Kaisa kertoo ohjelmasta, Franco ottaa kännykän esiin ja katsoo sitä. Siihen on tullut sekä puhelu että tekstiviesti. Hän reagoi tietoihin erittäin voimakkaasti. Sanoo Lailalle, että hänen on mentävä, kyseessä on soitto työpaikalta. Sairastuminen ja hänen täytyy mennä sijaiseksi. Jonkun yhdistyksen matka naapurikaupunkiin.
- Ota nää voileivät ja termari. Mä saan ruokaa matkalla. Käyn sanomassa tästä myös Kaisalle. Ennätän tuskin takaisin enää tänään. Mutta kerron sulle kaikki illalla, kun tavataan.

Franco kävelee Kaisan luo ja kertoo tälle saman, minkä oli juuri kertonut Lailalle.
- En todella voi mitään. Tämä on hätätapaus, toisen kuljettajan sairastuminen. Ilmeisesti korona. Työpaikan riemuja!

Franco näkee pettymyksen Kaisan kasvoilla ja aavistaa sen tämän äänenpainosta ja sanoista. Muut katsovat näitä kahta ihmeissään, kun keskustelun ääni välillä nousee.

Seuraavana päivänä on kilpailu. Silloin ei enää ole mitään mahdollisuuksia puuttua yksityiskohtiin. Nyt ei äänittämisellä ja yhteisellä analyysillakaan ole enää niin suurta merkitystä, kun yksi vahva ääni on poissa.

Kaisaa harmittaa. Häntä suoraan sanoen suututtaa. Kyseessä on viimeinen harjoitus ennen kilpailua. Hän ei kuitenkaan halua näyttää kiukkuaan. Kyllä hän ymmärtää työasiat, mutta...

Franco poistuu kiireisesti eteiseen, ottaa reppunsa ja takkinsa vähin äänin ja astuu Hämeenkadulle. Muille keskustelun sisältö selviää Francon poistuttua. Franco tietää, että tunnelma kiristyi.

- Ne varmaan paheksuu ja vihaa minua. Jos nyt *Nostalgiaa* ei voita, niin se on varmaan mun syy.

***

Illemmalla Laila soittaa Francolle, mutta tämä ei vastaa. Laila ajattelee hänen istuvan bussin ratissa eikä siten pääse vastaamaan. Tai ehkä hän on mummokerhon kanssa juttelemassa mukavia jonkun bensa-aseman kahviossa. Lailaa hymyilyttää. Hän tietää, miten hyvin Franco osaa hoitaa mummot ja vaarit. Jos jotain, niin sen hän on oppinut Italiassa, jossa puhetta riittää. Hän muistaa Francon kertoneen yhdestä takuuvarmasta jutusta, jonka voi aina kertoa bussimatkalla ja joka aina herättää hilpeyttä. Eikä juttu taatusti loukkaa ketään. Yleensä hän kertoo sen vielä hieman suomea murtaen.

"Tiedättehän makaronin tai oikeastaan pastan? Niin. Aikaisemmin makaroni kasvoi puussa. Oli monenlaisia makaronipuita. Niistä sai erikokoisia ja erimallisia makaroneja. Oksilta riippui pitkiä makaroneja aikuisille ja lyhyitä lapsille, joita kiireellä kerättiin, kun nälkä alkoi kurnia. Jokaisen talon pihalla kasvoi ainakin yksi makaronipuu. Meidänkin pihalla oli kaksi. Niistä kasvoi spagettia ja tagliatelleja. Kylien ulkopuolella oli jopa makaronipuumetsiä. Näiden hoito kuitenkin laiminlyötiin ja kaikki puut kuolivat. Nykyisin makaronit valmistetaan jauhoista, suurissa tehtaissa. Keinotekoisesti, niin kuin niin monet muutkin tuotteet. Ihan totta. Uskokaa nyt. En minä osaisi itse tällaista keksiä!"

Francon mukaan yleensä tämän jutun jälkeen ihmiset naureskelivat ja ihmettelivät, että eikös pihalla kasvanut myös pizzapuita. Tähän hän vastasi vakavana, että tuotekehitys ei ollut edennyt vielä sille tasolle, mutta että yritystä kyllä Italiassa on. Puita tarvitaan, kun on tämä ilmastonmuutoskin.

Tunnelmaa bussissa ei tarvinnut enempää nostattaa. Puheensorina voimistui ja naurua riitti. Franco kuunteli toisella korvalla mitä kaikkia ideoita alkoi syntyä eri puolella bussia. Bussiyhtiön kuskeista juuri Francoa toivottiin eläkeläisten retkille.

Laila muistaa, miten oli vuosia aikaisemmin, ensimmäisellä Italian matkallaan Garda-järvellä yllättynyt siitä, miten italialaiset puhuivat. Hiljainen hämäläinen kun oli, niin hänelle se, että seurueessa kaikki puhuivat, toinen toistensa päälle, oli ensimmäisinä päivinä häkellyttävää. Hämmästyneenä hän vielä seurasi, miten keskustelun edetessä äänen voimakkuus kasvoi sellaiseksi, jota hän olisi voinut kutsua huutamiseksi. Ja puhetta korostettiin vielä käsillä viittilöiden. Eikä todellakaan ollut kyse riidasta vaan ystävällisestä jutustelusta, ajatusten vaihdosta ja uutisten kertomisesta. Samalla lailla hän muistaa Franconkin käyttäytyneen silloin kun he tutustuivat. Tällä oli Lahdessa ensimmäisenä vuonna ollut jonkin asteisia vaikeuksia sopeutua suomalaiseen työelämään ja elämäntapaan. Nyt hän on kuitenkin yksi joukosta, erottuu vain hieman eksoottisella ulkonäöllään. Isä kun on italialainen, jonka kanssa suomalainen äiti on mennyt naimisiin.

Koska Franco ei ollut maininnut mitään iltapäivän työrupeaman aikataulusta, Laila ei enää illalla soita tälle, laittaa vaan tekstarin "Hyvää yötä kulta. Huomenna voitetaan. Tulen hakemaan sinut yhdeksältä."

Kolme

Heti herättyään Laila ottaa kännykän soittaakseen Francolle. Nyt hän huomaa, että on saanut tältä edellispäivänä tekstiviestin. "Taitaa mennä pitkäksi. Tavataan huomenna. Pusuja ja haleja." Laila päättää olla soittamatta, koska tietää Francon odottavan häntä.

Laila lähtee kotoaan Kivistönmäeltä kävelemään Francon asunnolle Vesijärvenkadulle. Matka vie vain kymmenisen minuuttia. Aamu on vielä hämärä eikä muita ihmisiä juurikaan ole vielä liikkeellä. Hän hengittää syvään raikasta ilmaa. Talvi on tänä vuonna tullut aikaisin. Vähän väliä hän jää ihastelemaan kauniita lumisia puita, jotka ovat kuin luonnon koruja. Vähän hän joutuu varomaan kulkemista, sillä jalkakäytävät ovat petollisen liukkaita yöllä tulleen kevyen lumen johdosta, joka peittää jäisen pinnan. Näin aikaisin sunnuntaina ei vielä ole jalkakäytäviä hiekoitettu, ei edes aurattu.

Laila tietää ystävänsä alaoven numerotunnuksen ja pääsee sisälle rappukäytävään. Hän nousee reippaasti muutaman kerroksen rappusia pitkin ja soittaa Francon ovikelloa. Sisältä ei kuulu mitään.

- Samperi, Franco on nukkunut pommiin. Taisi olla pitkä reissu eilen. Kelikin muuttui iltapäivällä aika huonoksi, miettii Laila ja soittaa uudelleen ovikelloa. Ei vieläkään mitään reaktiota. Hän katsoo postiluukusta ja näkee päivän lehden olevan lattialla.

On turha huutaa postiluukusta, sillä se vain herättäisi naapurit. Laila ottaa puhelimen ja antaa sen soida pitkään.

Sisältä ei kuulu minkäänlaisia ääniä, ei edes soivan puhelimen ääntä. Nyt häntä harmittaa, että ei ole suostunut ottamaan asunnon avainta, jota Franco on hänelle monta kertaa tarjonnut.
- Onkohan se jättänyt puhelimen äänettömälle? Kumma juttu. Mun täytyy soittaa sinne bussifirmaan ja kysyä, onko jotain sattunut. Eikö Franco ole tullut ollenkaan kotiin keikalta? pähkäilee Laila itsekseen puoliääneen, tilanteesta turhautuneena ja hämmentyneenä.

Laila etsii bussifirman puhelinnumeron, valitsee sen ja antaa soida. Hän pettyy kuullessaan vastaajasta, että toimiston aukioloajat ovat kahdeksasta kuuteen maanantaista perjantaihin ja lauantaisin kymmenestä kahteentoista. Kiukuissaan hän potkaisee Francon ovea ja lähtee laskeutumaan rappusia.

Laila saapuu kilpailupaikalle ja rientää heti Kaisan luo.
- Onko sulla tietoa Francosta? Onks se soittanu sulle? Oltiin sovittu, että tullaan yhdessä, mutta se ei ollut kotona, eikä vastannut puhelimeen. Ja kun soitin bussifirmaan, niin siellä oli vain se perhanan vastaaja. Ei mitään tietoa, vaahtoaa Laila pettyneenä. Hän ei tiedä, miten päin olisi.

- Ei ole Franco ottanut minuun mitään yhteyttä. Ja se eilinenkin harmittaa. Odotellaan nyt tässä. Kyllä hän vielä ilmaantuu. Otetaan rauhallisesti, Laila. Meidän vuoro on vasta puolen päivän maissa. Kolme kuoroa on ennen meitä. Tuomaristo päätti juuri ennen sun tuloasi esiintymisjärjestyksen - yhtyeet laulaa aakkosjärjestyksessä. Oispa meidän yhtyeen nimi ollut vaikka Öinen sointu tai jotain, niin oltais saatu vähän enemmän armonaikaa. Täytyy nyt kuitenkin kertoa tämä muillekin. Sieltä voi kuulua ärräpäitä.

- Hei kaikki! Huomenta! Onko hyvä fiilis? Voitetaanko tänään? aloittaa Kaisa.

- Joo-o, vaikka ei paljon nukuttanutkaan, kun niin jännitti, vastaa Heikki ja Pasi melkein yhtaikaa.

- Tilanne on nyt tämä. Laila kävi hakemassa Francoa, mutta se ei ollut kotona tai ei ollut herännyt. Hänhän oli töissä eilen ja se retki on saattanu mennä pitkäksi. Odotamme häntä. Mitään hengenhätää ei välttämättä ole, sillä me laulamme vasta neljäntenä. Mutta yritetään vielä tavoittaa Franco ja saada hänet tänne. Ilman häntä ei meidän sointi ole se mikä se voisi olla. Se me huomattiin eilen iltapäivällä, kun Franco oli lähtenyt. Joten ihan rauhallisesti, pliis. Ja kun se tulee, muistakaa, ei mitään mutinoita. Sillä on varmaan hyvä syy, miksi myöhästyä. Ainahan se on ollut täsmällinen.

Laila soittaa uudestaan ja uudestaan Francon numeroon, mutta ei saa muuta vastausta kuin "numeroon ei saada yhteyttä".

Kuorolaiset alkavat silmin nähden hermostua. Laila kuulee jonkun kuiskaavan Francosta, että kyllä ne italiaanot ja niiden täsmällisyys tiedetään. Ettei vain olisi päättänyt mennä lakkoon tai ruvennut kiristämään bussifirmasta extra-palkkiota! Laila ei tunnista kuiskaajan ääntä eikä näe kuka kuiskasi. Jännitys tiivistyy. Heidän esiintymisvuoroonsa on enää reilu puoli tuntia.

Kaisa aloittaa äänenavauksen ilman Francoa. Hän on päättänyt, että kilpailuun osallistutaan kaikesta huolimatta. Olihan alkukarsinta jo ollut haastava. Halukkaita osallistujia oli kolmisenkymmentä, joista seitsemän valittiin. Se tehtiin ääninauhojen perusteella. Ollaan päästy jo näin pitkälle. Niin paljon on tehty töitä tämän tilaisuuden eteen, että nyt se käytetään hyväksi. Meni sitten syteen tai saveen. Saahan yhtye tässä joka tapauksessa kokemusta ja tietysti myös näkyvyyttä tulevaisuutta varten. Motivaatiota varten tarvitaan lisää keikkoja ja muita esiintymismahdollisuuksia.

- Nyt pitää osallistua ihan ryhmän yhteishengen ja moraalin vuoksi. Me tehdään parhaamme. Nähdään kuitenkin mihin asti se riittää, päättelee Kaisa ikävästä tilanteesta itsekseen.

***

Kilpailu päättyy iltapäivällä ja tuomaristo vetäytyy harkitsemaan tuloksia. Se ei kestä kuin puoli tuntia. Päätöksen teko on näköjään ollut helppo.

Kaisa joukkoineen tulee kuuntelemaan tulosten julistamista suureen saliin. Siellä eri puolilla salia tuloksia odottaa kuusi muutakin jännittynyttä yhtyettä. Järjestäjä on pitänyt huolen siitä, että turvavälit eri ryhmien välillä ovat tarpeeksi suuret. Tuomarineuvoston puheenjohtaja Kalle Mäkitupa antaa jokaiselle yhtyeelle ensin lyhyet kommentit onnistumisista ja jatkossa huomioitavista parannuksista. Tämän jälkeen hän julistaa voittajaksi Hollolan hulivilit. Yhtye sai lähes täydet pisteet raikkaista ja teknisesti vaativista suorituksistaan. Muita yhtyeitä ei pantu paremmuusjärjestykseen.

Kaisa on tyytyväinen oman ryhmänsä onnistumisesta. Samoin hän on hyvillään juryn antamasta kritiikistä. Hän arvostaa sitä, että saa palautteen juryltä, joka on paitsi puolueeton niin myös asiantunteva ja ammattitaitoinen.

Hän ymmärtää hyvin, että lopputulos harmittaa laulajia. Mutta kyllä hänkin kuuli, ettei kaikki mennyt ihan putkeen. Varmaan jännityksestä johtuvaa hienoista hapuilua. Hänen mielestään yhden laulajan poissaolo ei ollut missään nimessä se ratkaiseva tekijä voittoa ajatellen. Hollolalaiset vaan olivat ylivoimaisia.

- Lähdetäänpäs nyt meille. Olen varannut sinne syötävää ja juotavaa. Jutellaan ja käsitellään tämä keissi läpikotoisin. Jokainen saa purkaa ajatuksensa ja mahdollisen pahan olonsa. Kun ilma on puhdistettu, niin voimme jatkaa. Kuulittehan miten paljon hyvää meidän laulussa on! Täältä me tullaan!

Kotimatkalla karonkasta Laila vielä käy soittamassa Francon ovikelloa. Turhaan. Vielä kotiin tultuaan myöhään illalla Laila soittaa hänelle monta kertaa ennen nukkumaan menoa. Turhaan. Vain automaatti vastaa, ettei yhteyttä saada.

Neljä

Painajaismaisten unien ja huonosti nukutun yön jälkeen Laila soittaa maanantaiaamuna bussifirmaan heti kahdeksalta. Hän on paitsi väsynyt, myös äärimmäisen jännittynyt ja se kuuluu hänen äänessään. Jotta hän saisi äänen kulkemaan normaalisti, hän puhuu ennen soittoa hetken ääneen itsekseen, ikään kuin avaisi ääntään.

- Hyvää huomenta. Täällä puhuu Laila Lipponen. Olisin kysynyt siitä ajosta, jonka Franco Spinelli teki lauantai-iltapäivällä jonkun toisen kuljettajan sairastuttua.
- Huomenta. Sanoitko lauantain? Tarkoitatko toissapäivää?
- Niin, juuri sitä tarkoitan. Franco Spinelli sai aamupäivällä puhelinsoiton, että hänen pitäisi korvata joku sairastunut kuljettaja. Iltapäivällä kun piti olla jonkun yhdistyksen retki Hämeenlinnaan tai jonnekin, en tiedä mihin.
- Nyt on kyllä sattunut joku erehdys. Ei meillä ollut lauantaina yhtään retkeä minnekään. Kaikki kuljettajat olivat vapaina.
- Mitä, ei ollut sairastunutta kuljettajaa, joka tarvitsi sijaisen? Ei voi olla totta. Franco sai tekstiviestin ja puhui puhelimessa, niin me oltiin harjoituksissa, ja hän sai puhelun ja vastasi siihen, ja kertoi minulle, että hänen piti lähteä harjoituksista ja olla jonkun toisen kuskin sijainen iltapäiväbussiretkellä jonnekin, eikä hän ennättäisi enää iltapäivällä harjoituksiin, mutta tulisi huomenna kilpailuun ihan niin kuin olimme sopineet, eikä me voitettu, ja me oltiin Kaisan luona ja nyt hän on hävinnyt, ei ole kotona, ei vastaa puhelimeen...

- Hyvä rouva. Rauhoittukaa nyt. Ei mitään hätää. Odottakaa hetki, niin tarkistan vielä ajo-ohjelman. Onhan siihen saattanut tulla joitain viimehetken muutoksia, joista en tiedä. Odottakaa hetki, niin avaan tietokoneen. Tulin juuri työpaikalle.

Laila kuulee vain ähinää ja napsautuksia, jotka syntyvät, kun tietokone avataan. Samalla hän kuulee hienoista puhetta ja huutelua, jossa puhutaan lauantaista ja bussiretkestä ja sairastuneesta kuljettajasta.

- No niin rouva Lipponen. Olen tutkinut ajo-ohjelman ja kysynyt nopeasti kollegoilta lauantaista. Mutta kuten jo mainitsin, niin lauantaina meillä ei kyllä ollut yhtään ajoa. Tiedättehän, että pandemian takia yhdistykset ovat joutuneet perumaan lähes kaikki retket. Niin, minusta tuntuu, että Franco Spinelli on antanut teille harhaanjohtavaa tietoa. Oletteko käynyt hänen kotonaan? Ehkä hän on saanut jonkun sairauskohtauksen...

- Niin mutta... Hyvä on. Uskon mitä sanotte. Kiitos tiedosta, kuulemiin. Laila lopettaa kuulemastaan täysin ällistyneenä keskustelun bussifirman ajopäällikön kanssa.

Laila istuu puhelun jälkeen pitkän aikaa paikallaan täysin lamaantuneena. Häntä pelottaa. Franco oli valehdellut hänelle. Miksi? Siksikö, että ei kehdannut muulla tekosyyllä lähteä harjoituksista? Eivätkö hänen hermonsa kestäneet? Kun hänellä oli niitä solistiosuuksiakin.

Laila oli aavistanut ystävänsä silloin tällöin jännittäneen hienoisesti, etenkin jos paikalla oli enemmän ihmisiä. Ei Franco voinut ihmisiä pelätä. Italiassa niitä on monin verroin enemmän kuin Lahdessa. Vai oliko ihmisjoukossa ollut joku, joka aiheutti jännityksen. Mutta miksi? Ja kuka se olisi voinut olla? Miksi Franco ei ollut puhunut siitä mitään? Mikä oli nyt, juuri ennen kilpailua niin tärkeää, että piti valehdella ja lähteä? Lailan pelko muuttuu kiukuksi.

Vielä kerran Laila soittaa Francon numeroon ja saa tutun vastauksen "numeroon ei saada yhteyttä". Hän päättää lähteä Vesijärvenkadulle selvittämään tilanteen.

- Francolla saa olla tosi hyvä selitys tähän kaikkeen, hän puhisee itsekseen, kun kävelee Kivistönmäkeä alas reippaasti, melkein juosten.

Vielä kerran hän soittaa ovikelloa, mutta kukaan ei tule avaamaan ovea. Hän tuntee olonsa hyvin turhautuneeksi ja miettii kuumeisesti mitä tehdä.

Hetken kuluttua hän päättää ottaa yhteyden talonmieheen ja pyytää tätä tulemaan ja avaamaan oven. Ehkä Franco on sittenkin saanut jonkun äkillisen sairauskohtauksen. Talonmies Makkonen tivaa Lailan suhdetta Francoon ennen kuin suostuu tulemaan. Kymmenen minuutin päästä hän on paikalla ja sanoo töksäyttäen, että oven avaaminen maksaa 50 euroa.

- Mitä sä sanot, totta kai saat rahat, avaa nyt vain se ovi, vastaa Laila kiukkuisesti ja avaa samalla lompakkoaan.

Laila astuu varovasti empien eteiseen, Makkonen seuraa häntä silmä tarkkana. Ensimmäiseksi Laila nostaa sunnuntain ja maanantain sanomalehdet eteisen pöydälle. Asunto on aivan hiljainen. Kuin hiipien ja ujostellen Laila menee olohuoneeseen, joka näyttää olevan samassa kunnossa kuin lauantaina, jolloin hän oli täällä edellisen kerran. Kurkistus makuuhuoneeseen, jossa hän näkee Francon vaatteet sängyn päällä.

- Onko Franco todella käynyt kotona vaihtamassa vaatteet? Mutta miksi? ihmettelee Laila. - Eihän mitään keikkaa ole ollut. Mitä ihmettä on tapahtunut?

Keittiön pöydällä on pari juomalasia. Tiskipöydällä on yksi kahvikuppi, tuolilla Francon harjoituksissa mukana ollut avaamaton reppu. Keittiö on siisti. Se on samassa kunnossa kuin lauantaina, jolloin Laila kävi täällä viimeksi.

- Ei täällä näytä olevan ketään kotona, toteaa Makkonen ja on jo kääntymässä poistuakseen asunnosta. Viidenkympin seteliä hän työntää lompakkoonsa, jonka on ottanut tummansinisten työhaalareiden takataskusta. - En voi jättää sua tänne, ymmärrät kai. Lähdetään!

- Oota, katson vielä kylpyhuoneen, toteaa pikaisesti Laila, joka pitää tilannetta jo menetettynä.

Laila avaa oven melkein varovasti ja empien. Hän näkee ovea vastapäätä olevasta peilistä väsyneeltä näyttävän itsensä, oikoo oikealla kädellä hieman hiuksiaan ja suoristaa selän. Ihan rutiininomaisesti, lähes välinpitämättömästi hän vetää ammeen edessä olevan suihkuverhon auki.

Hän kiljaisee, nostaa käden suun eteen, kääntyy Makkosen puoleen ja viittilöi ammeeseen. Vähän laiskasti ja vastahakoisesti Makkonen tulee Lailan viereen ovelle ja näkee ammeen. Siinä on puolimakaavassa asennossa Franco Spinelli. Kasvoilla tutkimaton ilme. Silmien ilmeestä ja ruumiin asennosta päätellen kuolleena.

Hetken näkemästään toivuttuaan Laila soittaa järkyttyneenä Lahden poliisilaitokselle, jossa hänet yhdistetään rikoskomisario Ritva Arvetvuolle.

Viisi

Rikoskomisario Ritva Arvetvuo saapuu kollegansa Jussi Kolin kanssa Vesijärvenkadulle Franco Spinellin vuokraamaan asuntoon. Sieltä he löytävät Lailan ja talonmies Makkosen. Lyhyen keskustelun jälkeen rikoskomisario Arvetvuon kanssa Laila poistuu asunnosta. Hän ei mene kotiin, vaan kävelee kuin unessa Vesijärvenkatua Aleksanterinkadun kulmaan ja kääntyy siitä työpaikalleen, keskustassa sijaitsevaan kenkäkauppaan. Hän vapisee ja kertoo esimiehelleen Tuomo Holopaiselle, mitä on tapahtunut ja miksi myöhästyi. Tämä ottaa Lailan karhumaiseen halaukseen ja pitää siinä Lailaa kauan.

- Laila, hirveätä! Haluatko tai voitko kertoa siitä enemmän? En tiedä mitä muuta osaisin sanoa kuin lämmin osanottoni tapahtuman johdosta. Et sinä tuossa mielentilassa voi jäädä tänne tänään. Lähde kotiin! Jos tarvitset paria päivää pidemmän loman, niin hoidetaan se työterveyslääkärin kanssa. Laila, otan osaa suruusi, olen hirveän pahoillani, sen voit arvata. Tiedän että Franco oli sinulle rakas. Kerro, jos voimme olla avuksi tai tehdä jotain, mitä tahansa. Haluaisitko vaikka Liisan mukaan seuraksi? Tehän olette hyviä ystäviä!

- Kiitos. Minusta tuntuu, että haluan olla nyt ihan yksin. Soitan, jos mieli muuttuu, saa Laila jollain lailla soperrettua vastauksen. Hän on romahduksen partaalla. Tuomo tilaa hänelle taksin.

Kotona Laila ottaa Buranan ja heittäytyy sängylle. Hän toivoo, että ajatukset lakkaisivat laukkaamasta. Koko kroppa on jännityksestä jäykkä. Päätä kivistää. Hän etsii hyvää asentoa. On välillä sikiöasennossa, välillä kyljellään ja välillä selällään yrittäessään rentouttaa lihaksia ja saada unta, mutta turhaan. Uni ei ota tullakseen. Kaikki tapahtunut pyörii hänen päässään, pahimpana kuva Franco makaamassa kuolleena ammeessa. Hän kelaa mielessään koko parin vuoden jakson, jonka ajan on tuntenut Francon. Ja jonka melkein koko ajan he ovat seurustelleet. Onko jotain tapahtunut, jota hän ei tiedä? Mitä Franco tarkoitti, kun sanoi lauantaina "kerron sinulle sitten kaikki"? Mitä kerrottavaa hänellä olisi ollut? Oliko Francolla ongelmia? Rahahuolia? Sairauksia? Hänen on täytynyt nähdä puhelimesta, kuka hänelle soitti. Kyllä hän on tiennyt, että soitto ei liittynyt töihin ja sairastuneen kuljettajan sijaisuuteen. Miksi hän oli ollut niin vakava? Pelkäsikö hän jotain?

Näitä asioita Laila miettii ja yrittää löytää ratkaisuja, mutta turhaan. Juuri nyt hän tuntee itsensä täysin avuttomaksi ja yksinäisemmäksi kuin koskaan. Hän ei tiennyt, että kaipaus ja suru voivat tuntua jysähtävältä lekan iskulta.

***

Sängyllä maatessaan Laila palauttaa mieleensä lauantain, jolloin näki viimeisen kerran rakkaan ystävänsä. Oliko jo silloin tapahtunut jotain, mitä hän ei huomannut eikä osannut kysyä? Kaikki kun vaikutti ihan normaalilta.

Hän näkee mielessään, miten Franco vetää housut nopeasti jalkaansa ja kiirehtii ovelle, kun kuulee ovikellon soivan. Francolla aina lähtö jäi viime tippaan, vaikka ei koskaan myöhästynytkään. Ja elävästi hän muistaa heidän keskustelunsa.

- Huomenta karvakorvani, tässä pieni pusu poskelle. On jo partakin ajettu! Hyvä!

- No se olikin oikein muiskaus! Tahtoo lisää, vastasi Franco.

Hän muistaa miten työnsi paksut kudotut lapaset taskuihin, kääri kirjavan kaulaliinan pois päänsä ympäriltä, heitti sen ja repun sohvalle. Hän avasi takin, muttei riisunut sitä. Heittäydyttyään mukavaan viininpunaiseen Lepakko-tuoliin hän nosti jalat pöydälle.

- Hopi, hopi. Joko olet kohta valmis?

Vastausta odottamatta hän kurottautui ottamaan pöydältä päivän lehden. Hän muistaa selanneensa lehteä, muttei jaksanut lukea siitä muuta kuin otsikot. Ja nekin valikoiden. Ne, jotka oli kirjoitettu suurilla kirjaimilla. Ajatukset olivat jo tulevissa harjoituksissa ja seuraavan päivän kilpailuissa.

- Hetki vielä, pesen hampaat ja kerään nuotit. Tulit viisi minuuttia sovittua aikaisemmin, huudahti Franco naurahtaen ja kelloonsa katsoen. - Älä vaan sano, että miehiä saa aina odottaa!

- Sinä sen sanoit. Mutta kato. Ihan kuin tää lehti olisi jotenkin huumeongelmien erikoisnumero. Niin monta juttua tässä on, niin huumekuolemista kuin huumeoikeudenkäynneistäkin. Siis täällä Lahdessa. Kyllä on masentavaa. Sen vaan sanon, että on vastuutonta myydä sitä paskaa lapsille ja nuorille, kun tietää miten koukuttavia ja hengenvaarallisia ne on. Aikuiset kyllä tietää homman nimen, vaikkei aina ymmärrä, mistä on kyse. Vastuu on heillä itsellään. Ei keneläkään muulla, ei edes myyjällä.

- Joo, siinä samaisessa lehdessä on maininta siitäkin, että ainakin vielä pari vuotta sitten Lahtea kutsuttiin Suomen amfetamiinin pääkaupungiksi. Pitääköhän vielä paikkansa? Myyjissä on varmaan kaikenikäisiä. Onkohan niissä myös tyttöjä? ihmetteli Franco kerätessään nuotteja pianon päältä.

- En tiedä. Mutta vaikea minun on uskoa, että tytöt sellaiseen sortuisivat, ainakaan suuremmassa mittakaavassa. Ehkä silloin kun ovat koukussa ja tarvitsevat huumeita itse. Niin joutuvat myös myyjiksi sadakseen rahaa oman tarpeen tyydyttämiseen. Mutta että ihan ammatikseen, suuressa mittakaavassa, niin en kyllä usko.

- Anna olla. Jätä vaan se lehti pöydälle. Ei puhuta siitä. Liian masentavaa. Kerro mieluummin joku hauska juttu!

- Ai niinku se, kun Manne tuli taloon illalla ja kysyi, tarviiko isäntä koivuhalkoja...
 - Ei sitä, et taida muita hauskoja juttuja tietääkään.
 - Jo vain tiedän. Oletko kuullut sen, kun suomalainen, ruotsalainen ja norjalainen...
 - Olen kuullut. Tuttu juttu sekin. Ei enää jaksa naurattaa. En taida enää sinua pyytää kertomaan hauskoja juttuja, haha! jatkoi Franco päätään pyörittäen ja nauraen.
 - Ok. Totta, en muita hauskoja taida tietääkään. Minän en vain muista vaikka olen kuullut ja lukenut niitä kymmenittäin tai jopa sadottain, puhumattakaan että osaisin kertoa ne oikein. Mutta masentavia noi huumejutut kumminkin on. Mutta tiedätkö, että mua jännittää ihan kauheesti? Mä en meinannut saada unta viime yönä, kun jännitti niin paljon. Eiks sua jännitä yhtään? Mitenkähän meidän käy? oli hän väläyttänyt hieman epäröiden ja noussut tuolista.
 - Kyllä muakin vähän jännittää, mutta niin kai pitääkin. Kaikki estraditaitelijat sanovat, että jännitys kuuluu asiaan. Eiks mekin olla nyt niitä? Ja toisaalta harjoitusten suhteen me ollaan samassa tilanteessa kuin muutkin yhtyeet. Etänä...
 - No tietysti ollaan. Koko joukko!
 - Ajatella, että tulin tänne Lahteen pari vuotta sitten. Enkä tuntenut ketään. Kukahan se oli, olisko ollut töissä joku, joka kertoi teidän, siis tarkoitan nyt tästä meidän yhtyeestä? Sehän oli toiminut jo vuoden. Mulle kerrottiin, että uusia laulajia ei oteta. Mutta surprise, surprise. Minä pääsinkin mukaan. Ja kuorossahan me tutustuttiin. Ajattele miten pienestä se onni voi olla kiinni! Pari vuotta ollaan mekin jo laulettu yhdessä. Ja joukko on pysynyt samana. Fiilis paranee kerta kerralta. Luulen että laatu myös. Ja tietysti ohjelmisto. Oispa mun vanhemmat täällä kuulemassa meitä!
 - Eiks ne tuu Suomeen nyt ennen joulua?
 - Tulee. Mutta ei ne ennätä kuulla meidän laulua. Saiskohan sen esityksen nauhoitettua jollain tavalla? Musta on ihana nähdä

niitä pitkästä aikaa. Saas vaan nähdä, ettei tää pandemia vielä aikaansaa muutoksia. Kauheeta, jos ne ei pääsekään tänne. Mutta tarkoitus ois, että ne tulee jouluviikoksi. Ne on varannut Kuhmoisista jostain Lomakoti Lomalinnasta yhden mökin. Ai niin. Olenkin unohtanut kertoa, että ne pyysi myös meidät sinne jonain päivänä. Mitäs sanot! Siellä on kuulemma niin paljon tilaa, että voitais vaikka olla yötäkin.

- Ihanaa. Joo, totta kai mennään. Musta sulla on tosi nastat vanhemmat. Oispa mullakin ollu sellaset.

Franco haki mukavat "sisään ajetut" talvilenkkarit eteisestä ja tuli olohuoneen puolelle sitomaan kengännauhat. Naulakosta hän otti tumman sinisen kevytuntuvatakin ja Lailan kutomat sinivalkoisen pipon ja pitkän kaulaliinan. Reppu oli melkein valmiina. Termospullon, parin mukin ja muutaman makkaraleivän seuraksi hän vielä työnsi sinne nuotit. Vielä reppu selkään ja hän oli valmiina lähtöön.

- Onko kaikki mukana?

Valmiina lähtöön napitin takin ja kiersin suuren kaulaliinan niin, että sen takaa näkyi tuskin muuta kuin nenä ja silmät. Käsi kädessä lähdimme kävelemään Vesijärvenkatua pitkin kohti Mieskuoron harjoitustiloja Hämeenkadulle. Taisimme välillä ottaa jonkun tanssi- vai olisiko ollut juoksuaskeleen. Jo ulko-ovella aistimme ihan käsin kosketeltava tunnelman. Jännittyneen, iloisen ja optimistisen.

Kukaan ei voinut tietää, että se oli meidän viimeinen yhteinen kävelymme.

Kuusi

Rikoskomisario Ritva Arvetvuo on saanut Francon vanhempien puhelinnumeron Lailalta. Hän miettii, miten kertoa pojan kuolemasta. Se olisi varmaan parasta tehdä äidin kanssa keskustelemalla. Äitihän on suomalainen. Tämä ei suinkaan ole ensimmäinen kerta, kun hän joutuu viemään kuolinilmoituksen omaisille. Aina se tuntuu yhtä vaikealta. Ja kun kyseessä on mahdollinen rikos, niin se tuntuu vieläkin vaikeammalta. Tämä on ensimmäinen kerta, kun hän joutuu tekemään sen puhelimitse näkemättä ihmistä, jolle suru-uutisen kertoo. Francon vanhemmat asuvat Italiassa. Hän katsoo kelloa ja miettii aikaeroa Suomen ja Italian välillä. Lopulta hän valitsee numeron mietittyään pitkään tapaa, millä kertoa suru-uutinen.

- Pronto, kuuluu puhelimesta naisen vastaus, kun hän soittaa saamaansa numeroon kolmannen kerran. Italiassa on hänen sinne soittaessaan ollut siestan aika, eikä toimistossa tietenkään ole ollut ihmisiä töissä.

- Can I speak to Mrs Annika Mäkinen? kysyy Arvetvuo englanniksi. Italiaa hän ei osaa.

- Yes, I am. How can I help you? vastaa Annika Mäkinen reippaasti.

- Päivää, voimme varmaan puhua suomea, jatkaa Arvetvuo ja esittelee itsensä.

- Sanoitteko rikoskomisario? Mistä saitte minun numeron tänne toimistoon? Ei kai Francolle ole sattunut mitään ikävää?

- Niin. Sain numeron poikanne naisystävältä Laila Lipposelta. Ikävä kyllä, minulla on huonoja uutisia. Minun on valitettavasti ilmoitettava, että poikanne on kuollut. Lämmin osanottoni.

Seuraa pitkä hiljaisuus, jonka jatkuessa Arvetvuo joutuu kysymään, onko rouva Mäkinen vielä siellä.

- Olen kyllä. Mutta tämä tieto! Mitä on tapahtunut? Onko kyseessä sairauskohtaus vai onko hän joutunut onnettomuuteen? Ei kai hän itse ole aiheuttanut omaa kuolemaansa? jatkaa järkytykseltään juuri ja juuri hiljaisella äänellä puhumaan pystyvä rouva Mäkinen.

Arvetvuo kuulee, kuinka rouva kutsuu aviomiestään ja sanoo tälle jotain italiaksi. Hän kuulee, kuinka tuolia siirretään, ja kuinka rouva Mäkinen huohottaa raskaasti istuutuessaan sille.

- Kuolinsyy ei vielä ole selvä. Se saadaan laboratoriotutkimusten valmistuttua parin päivän sisällä.

- Mitä, mitä! Miksi se kestää niin pitkään?

- Kun vainaja löydetään, niin kuin tässä tapauksessa kodistaan, joudutaan kuolinsyyn selvittämiseksi tekemään koko joukko erilaisia kokeita ja tutkimuksia. Syitä voi olla useita, kuten esimerkiksi sairauskohtaus, tapaturma tai onnettomuus. Siksi olemme aloittaneet jo laboratoriotutkimukset ja myöhemmin jatkamme vielä ruumiinavauksella.

- Niin, ymmärrän. Anteeksi, että kysyn tyhmiä. Olen vain niin järkyttynyt. Mistä hän löytyi?

- Ei tarvitse pyytää anteeksi. Ymmärrän oikein hyvin. Hän löytyi kotoaan. Tällaiset uutiset ovat ikäviä. Ja niiden vieminen omaisille on aina vaikeaa. Erityisen vaikeaa se on tehdä puhelimella. Onko teillä siellä ketään, jonka voitte kutsua seuraksi ja tueksi?

- On. Mieheni saapui juuri toimistoon. Hän tuli tähän viereeni ja toi minulle tuolin. Hän auttoi minut istumaan. Jouduin ottamaan pöydästä kiinni. Olin horjahtamaisillani. Olemme varanneet joululomaksi mökin Kuhmoisista Lomakoti Lomalinnasta. Tarkoitus oli tulla Suomeen jouluviikoksi. Mutta nyt, tässä tapauksessa tulemme sinne heti, kun saamme hankittua liput ja koronatestit tehtyä.

- Hyvä, on ehkä varmaan parempi, että jatkamme keskusteluja täällä kasvokkain. Silloin meillä on lisää tietoa tapauksesta. On tärkeää, että pääsemme haastattelemaan muutamia henkilöitä ennen teidän tuloanne. Teidän saapumisella ja tutkimusten ensituloksilla lienee aika lailla samanlainen aikataulu.

- Minulle se sopii mainiosti. Toivottavasti pääsemme sinne jo parin päivän sisällä. Näistä asioista on niin kovin vaikea puhua puhelimessa, enkä osaa kysyä mitään. Ymmärrätte varmaan, että tieto sai minut pois tolalta. Näen tästä puhelimesta teidän puhelinnumeron. Siihenkö soitan, kun olemme Lahdessa?

- Kyllä vain. Vielä kerran rouva Mäkinen, lämmin osanottoni myös miehellenne.

Tähän päättyi puhelu. Surutyö Italiassa alkoi. Tutkimukset Suomessa olivat jo hyvässä vauhdissa.

Seitsemän

Tiistaina Laila tapaa Arvetvuon ja tämän kollegan Jussi Kolin poliisilaitoksella. Arvetvuo esittää osanottonsa. Hän puhuu ja toimii hyvin rauhallisesti, ei osoita minkäänlaisia kiireen merkkejä eikä painosta puheillaan millään lailla. Lailasta Arvetvuo tuntuu hyvin empaattiselta ja turvalliselta. Hän arvostaa sitä ja rauhoittuu itsekin. Yhdessä sovitaan, että voidaan sinutella.

Ihan aluksi Arvetvuo pyytää Lailaa kertomaan suhteestaan Francoon.

- No voin kai aloittaa siitä, kun tutustuimme. Franco liittyi meidän kuoroon, tai oikeastaan se ei ole kuoro vaan paremminkin lauluyhtye, kaksi vuotta sitten. Hän oli muuttanut Suomeen Italiasta, Sorrentosta, jossa hänen vanhempansa asuvat ja ovat töissä. Tämänhän tiedät jo. Francon isä on italialainen, äiti suomalainen - niin kuin sukunimestä voi päätellä. Minulla ei ollut sillä hetkellä mitään vakavasti otettavaa seuralaista, joten oli hyvin aulis... Niin, minua ihastutti tapa, jolla Franco otti minut huomioon. Ennen pitkää havaitsin seurustelevani hänen kanssaan. Hän on linja-auton kuljettaja, oli ollut jo Italiassa. Siellä hän ajoi enimmäkseen vanhempiensa matkatoimiston järjestämiä ulkomaalaisten retkiä.

- Tiedätkö miksi hän tuli juuri Lahteen? alkaa Arvetvuo ja viittaa kahden vuoden takaiseen saapumiseen. - Oliko hänellä täällä ehkä tuttuja?

- Joo, hän kertoi, että oli saanut täältä työpaikan bussifirmasta. Mutta ei hän kyllä koskaan sanonut, että olisi tuntenut täällä entuudestaan ketään.
- Miten hyvin tunnet Francon vanhemmat? Olisivatko he jotenkin voineet vaikuttaa siihen, että Franco päättikin palata uudestaan Suomeen? Oliko heillä mahdollisesti jotain eripuraa...
- Olen tavannut heidät kerran. Viime kesänä vietimme viikon heidän luonaan. En millään voi uskoa, että heidän välinsä olisivat missään vaiheessa tulehtuneet niin pahasti, että Franco sitä varten olisi lähtenyt Suomeen. Minusta tuntui, että asia olisi voinut olla melkein päinvastoin. Niin läheisiä vanhempien ja pojan välejä näkee Suomessa harvoin. Tytön ehkä kyllä, mutta ei pojan.
- Oliko hänellä tästä kotoa irtautumisesta johtuen vaikeuksia asettua Lahteen? jatkaa Arvetvuo.
- Ehkä hieman, ihan alussa. Mutta hyvin pian hän sopeutui joukkoon ja oli kuin kuka tahansa meistä. Eikä hänen puheestaan voinut mitenkään kuulla, että olisi ollut ulkomaalainen.
- Miten se liittyminen kuoroon tapahtui?
- En ihan tarkkaan tiedä, mistä hän oli kuullut ryhmästämme. Emme olleet vielä silloin esiintyneet julkisesti. Joka tapauksessa hän oli ottanut yhteyden kuoron johtajaan Kaisaan ja vakuuttanut tämän hyvällä tenorillaan. Tosin se oli johtanut siihen, että toinen alkuperäisistä tenoreista joutui siirtymään baritoneihin. Se aiheutti jonkinlaisia jännitteitä aluksi, mutta tilanne rauhoittui hyvin pian.
- Tiedätkö, oliko hänellä vihamiehiä?
- Vihamiehiä, ei todellakaan. Hän tuli kaikkien kanssa hyvin toimeen ja töissäkin hän oli hyvin joustava vuorojen suhteen. Jos perheellisellä kuskilla oli ongelmia kotona, niin Franco kyllä ajoi tämän vuorot. En osaa kuvitellakaan, että hänellä olisi ollut vihamiehiä.
- Entä tämä kuoron toinen tenori?

- Ai Heikki. Ei, ei missään nimessä. Uskon, että kyllä hänkin hyvin pian huomasi, että Franco oli mies - eli tenori - paikallaan. Ja meidän harjoitukset kesti silloin lauantaina sitä paitsi koko päivän. Ei hän olisi voinut tehdä mitään.

- Kertoisitko, mitä lauantaina tapahtui?

Laila kertoo kaiken juurta jaksain, aina siitä lähtien kun tuli lauantaina hakemaan Francon harjoituksiin siihen asti, kun tämä lähti ja sanoi lähtiessään kertovansa hänelle illalla kaikki. Hänen käytöksensä oli ollut normaalia. Kiireinen työkutsu, ei muuta. Mutta näkyihän se harmittavan Francoa, joka vakavoitui, kun joutui poistumaan.

- Et tavoittanut Francoa myöhemmin iltapäivällä etkä illalla? jatkaa Arvetvuo.

- En. Arvelin hänen olevan töissä enkä halunnut häiritä. Lähetin hänelle vain illalla Whatsapp-viestin, jossa toivotin hyvää yötä. Vähän kai olin odottanut, että hän olisi vastannut siihen, mutta... No aamulla herättyäni huomasin, että hän oli lähettänyt minulle tekstarin, jossa epäili bussikeikan menevän pitkäksi. Kun huomasin tämän, niin ei minun tarvinnut soittaakaan hänelle, että olin lähdössä. Tiesin, että hän osaa minua odottaa ja menisimme yhdessä kilpailuun. Vähän minua kuitenkin ihmetytti, että hän oli käyttänyt tekstaria eikä Whatsappia. Ei sitä meidän ystävistä kukaan käytä. En ollut huomannut sitä lauantaina. Yleensä tekstareissa on vain viestejä, että uusi lasku on tullut, hammaslääkärin vastaanottoajan vahvistus tai jotain vastaavaa.

- Mihin aikaan Franco oli lähettänyt viestin? kysyy Koli ja nostaa katseen papereistaan.

- Jaa, enpä katsonut. Hetki. Sehän selviää puhelimesta. Niin, se oli lauantaina kaksikymmentäviisi yli neljä. Oman viestini lähetin joskus yhdeksän maissa.

- Ja mihin aikaan hän lähti harjoituksista?

- Puolen päivän maissa, kun meillä alkoi harjoituksissa tauko. En katsonut kelloa.

- Ja hän lähti siis soitettuaan jollekin?
- Kyllä. Hän oli saanut puhelun ja viestin aamupäivällä ja halusi tauolla vastata niihin.
- Oliko Francolla ongelmia, paineita tai jotain erikoista, joka olisi vaikuttanut hänen käytökseensä?
- Ei tietääkseni. Eikä hänen käytöksessään ollut koskaan mitään erikoista. Miksi?
- Tiedätkö oliko Francolla käteistä lompakossaan?
- Kuinka niin? Yleensä hänellä oli ehkä satanen tai korkeintaan pari. Hän käytti pankkikorttia.
- Eilen uhrin asunnossa teimme ensimmäiset tutkimukset. Löysimme repusta hänen lompakkonsa, jossa oli satasen verran käteistä. Pankkikortti oli tallella, samoin ajokortti ja kirjastokortti. Nämä tiedot eivät ainakaan viittaa ryöstöön. Ilman jatkotutkimuksia näyttää siltä, että kyseessä on luonnollinen kuolema, mahdollisesti sairauskohtaus tai pahimmassa tapauksessa itsemurha. Hänen ruumiissaan ei näkynyt ensi silmäyksellä minkäänlaisia pahoinpitelyn merkkejä, asunto oli siisti, sieltä ei ilmeisesti ole etsitty tai viety mitään. Ei ole myöskään mitään merkkejä siitä, että asunnossa olisi ollut joku ulkopuolinen henkilö. Hänen puhelimensa löytyi, tosin hieman yllättävästä paikasta. Se oli ammeessa hänen allaan. Hän on sieltä soittanut viimeiset puhelut.
- Itsemurha! Ei voi olla totta! Ei Franco olisi ikimaailmassa tehnyt itsemurhaa. Ei Franco...
- Niin se on nyt tämänhetkinen arviomme, mutta laboratoriotutkimuksista selviää lisää. Hän on voinut saada esimerkiksi jonkun kohtauksen ammeessa, eikä ole pystynyt nousemaan sieltä eikä soittamaan puhelimella, tai se ei enää ole toiminut. Mutta niin kuin sanoin. Tekninen tutkinta on kesken. Saamme tulokset huomenna ja olemme tietysti sinuun yhteydessä. Jos ilmenee jotain poikkeavaa, niin aloitamme saman tien laajemmat tutkimukset. Mutta tällä erää, Laila meillä ei ole muuta kerrottavaa tai kysyttävää. Kiitos tiedoista, jotka

kerroit. Ennen kuin lähdet, haluaisimme ottaa sinulta sormenjäljet. Ymmärrät varmaan miksi. Jussi Koli hoitaa sen kanssasi. Pidetään yhteyttä.

Laila poistuu poliisilaitokselta järkyttyneenä ja epäuskoisena. Miksi Franco olisi tehnyt itsemurhan? Vai oliko hänellä todella joku vakava sairaus, josta halusi puhua hänelle. Ennen kaikkea hän ihmettelee, miksi Franco oli mennyt kylpyyn iltapäivällä, kun hän sanoi menevänsä töihin. - Eihän tässä ole mitään järkeä.

Kotimatkalla hän käy lähikaupassa ja ostaa itselleen lounastarpeet sekä jääkaappiin maitoa ja kermaa, juustoa ja leikkeleitä sekä Ohuen-ohut Reissumies-paketin.

Syötyään ja levättyään hetken hän soittaa ystävättärelleen Marille. Puhelu kestää reilun tunnin. Hän kertoo käynnistä poliisilaitoksella ja poliisin epäilyistä. Hän miettii ääneen mitä on tapahtunut ja miksi. Miksi Franco valehteli hänelle lauantaina? Mari ei osaa auttaa, mutta sitä ei Laila odotakaan. Hän tarvitsee vain hyvän kuuntelijan. Hänelle tärkeintä on se, että on joku, joka vain on ja kuuntelee. On läsnä.

Illalla hän ei malta keskittyä yhteenkään televisio-ohjelmaan katsellakseen sen alusta loppuun. Puolihorroksessa hän vain surffailee kanavalta toiselle. Saapuneen tekstiviestin ääni saa hänet ottamaan pöydällä olevan kännykän käteen ja tarkistamaan viestin. Se on lyhyt ja ytimekäs "Se oli murha". Hän järkyttyy siitä niin paljon, että heittää kännykän sohvalle. Oliko tämä viesti jonkun ilkeämielistä pilaa?

Kahdeksan

Rikoskomisario Arvetvuo käy seuraavana päivänä heti aamusta läpi kollegoiden maanantaina ja tiistaina uhrin koti- ja naapuritaloissa tekemät haastattelut. Niistä ei selviä mitään ratkaisevaa tai paljastavaa mahdollisesta tekijästä tai tapahtuneesta. Läheiset ostoskeskukset ja marketit ovat houkutelleet paljon ihmisiä liikkeelle. Ne, joulun läheisyys ja kaunis ilma on kiinnostanut enemmän kuin muiden kadulla tai rapussa liikkujien seuranta.

On kuitenkin yksi poikkeus, jonka Arvetvuo noteeraa. Vanha rouva Kuula, joka asuu samassa talossa, kerrosta alempana kuin Franco. Hän kertoi kuulleensa rapusta joskus iltapäivällä, ehkä yhden maissa, jotain kovaäänistä puhetta. Sitä oli kuitenkin kestänyt ehkä vain puoli minuuttia tai jopa vielä vähemmän aikaa. Sitä seurasi kolaus, kun ovi vedettiin kiinni. Myöhemmin iltapäivällä, hän kuuli hetkellisiä kovaäänisiä puheita. Sanoista hän ei kuitenkaan saanut selvää. Ehkä joskus neljän tai viiden tienoilla hän oli kuullut, että jossain huoneistossa laskettiin vettä pitkään.

- En minä tiennyt mistä se kohina kuului. Ja oliko vesi suihkusta vai kraanasta vai pesukoneesta. Mutta tiedättehän, että veden kohina kuuluu vanhoissa taloissa hyvin. Ajattelin, että sen täytyy olla pesukone, sillä kuka nyt iltapäivällä kävisi suihkussa. En minä ainakaan, oli rouva kertonut haastattelevalle poliisille.

Arvetvuo päättää haastatella tätä rouvaa vielä uudestaan. Raportit luettuaan hän soittaa Lailalle ja pyytää tätä tulemaan uudestaan poliisilaitokselle.

- Onko jotain erikoista selvinnyt? kysyy Laila.
- Olemme saaneet laboratoriotutkimusten ensimmäiset tulokset. Haluaisimme puhua niistä kanssasi, vastaa Arvetvuo rauhallisesti. Hän ei halua herättää paniikkia Lailassa ja kertoa puhelimessa saamiaan huonoja uutisia.
- Hyvä on. Tulen heti, vai mikä aika teille sopii, vastaa Laila ääni kiihkeänä.

Laila ottaa bussin ja saapuu poliisilaitokselle, jossa häntä odotetaan.

- Niin, päivää vaan vielä kerran, alkaa Arvetvuo leppoisasti. Miten olet jaksanut?
- No arvaahan sen. En ole saanut nukuttua, kun ajatukset pyörivät päässä. On niin monta kysymystä, joihin en löydä vastausta, vastaa Laila hermostuneesti ja pyörittää pitkiä vaaleita hiuksia sormillaan.
- Ja nyt on valitettavasti niin, että avointen kysymysten määrä kasvaa.

Arvetvuo katsoo ystävällisesti ja rauhoittavasti Lailaa, joka ei oikein tiedä miten päin pitäisi käsiään ja päätään.

- Se oli murha, huudahtaa Laila odottamatta ja katsoo paniikissa Arvetvuota ja Kolia.
- Mitä sanoit? kysyy rauhallisesti Koli, joka pitää kynää kädessään kuin olisi valmiina kirjoittamaan muistiin kaiken tarpeellisen.

Kyyneleet silmissä Laila kertoo saamastaan viestistä. Hän ei tiedä kuinka istua aloillaan, vaan viittilöi käsiään aivan vauhkona. Arvetvuo antaa hänelle nenäliinan, jolla Laila pyyhkii kyyneleitä.

- Kerropa nyt ihan rauhallisesti kaikki. Koska sait tämän viestin?
- Se tuli eilen illalla. Järkytyin ja epäilin, että joku haluaa pilailla kanssani. Mutta kuka tietää Francon kuolemasta? Minä

olen kertonut sen vain työnantajalleni ja kuoron johtajalle Kaisalle.
- Tämä saamasi viesti vahvistaa valitettavasti uusia epäilyksiämme. Osaatko sanoa tai epäillä, kuka olisi voinut sen lähettää.
- En tiedä. Yritin selvittää numeron, mutta se taitaa olla prepaid. Mutta mitä epäilyksiä teillä oikein on? kysyy Laila lannistuneen oloisena ja katsoo ihmetellen, melkein anoen ensin Koliin ja sen jälkeen Arvetvuohon.
- Laboratoriossa on tutkittu vainajan verinäytteitä. Niistä löytyy jäämiä aineesta, jota kutsutaan kansanomaisesti "tyrmäystipoiksi". Se on yleisnimitys usealle lamauttavalle aineelle. Niitä käytetään huumaamaan, sekaannuttamaan tai jopa tainnuttamaan niitä nauttineen. Helpoin tapa tarjota tätä ainetta on sekoittaa se johonkin juomaan. Ravintoloissahan se tarkoittaa yleensä alkoholijuomaan. Jos uhrin löytyminen olisi myöhästynyt vielä vaikka päivällä, olisi aine varmaankin jo poistunut verestä, emmekä olisi saaneet siitä mitään tietoa. Tässä tapauksessa uhrille annettu annos on ollut suuri, koska siitä vielä löytyy jäämiä verestä. Hän tuskin on itse ottanut ainetta ja mennyt sen jälkeen ammeeseen.

Arvetvuo ei kerro, että kuolinsyyksi on kuitenkin varmistunut hukkuminen. Uhrin päätä on mitä todennäköisimmin pidetty veden alla niin kauan, että tämä on tukehtunut. Se on ollut helppoa, sillä uhri on jo veteen joutuessaan ollut tajuton. Ruumiista ei kuitenkaan löydy minkäänlaisia merkkejä väkivallasta tai voimasta, jota on tarvittu uhrin hukuttamiseen. Tämä asia ihmetyttää tutkijoita.

- Tyrmäystippoja! Mutta kuka ja miksi?
- Sen selvittämiseen tarvitsemme sinun apuasi.
- Toinen asia, joka vahvistaa käsityksemme tahallisesta kuolemantuottamuksesta löytyy puhelimesta.
- Niin, senhän löysitte vedestä. Vieläkö se toimii? ihmettelee Laila.

- Ei toimi. Puhelimen kuoresta näkyy selvästi, että sitä on lyöty tai sillä on lyöty jotain kovaa ja terävää niin, että se on rikkoontunut. Sen jälkeen se on heitetty ammeeseen. Tekniikka yrittää saada tiedot puheluista ja viesteistä. Mutta jos se ei onnistu, niin puhelutiedot saadaan kyllä operaattorilta. Meitä vaan ihmetyttää, miksi tekijä ei vienyt puhelinta mennessään. Uskoiko hän, että mitään ei siitä enää pystyttäisi selvittämään. Eikö hän tiennyt, että kaikki puhelu- ja viestitiedot voidaan selvittää muilla keinoin? Ensikertalainen? Tai oliko niin fiksu, että tiesi, että puhelimen liikkeet voidaan selvittää, ellei virtaa ole katkaistu. Ja jätti sen siksi ammeeseen.

- En ymmärrä, vaikeroi Laila hiljaa ja vie käden suulleen. Välillä hän haukkoo henkeään kuin paniikissa.

- Oliko Francolla vihamiehiä?

- Ei tietääkseni. Ei hän ainakaan mitään kertonut. Mutta miksi niitä olisi ollut? Tämänhän kerroin jo aikaisemmin. En kyllä tiedä pelkäsikö hän jotain?

- Mitä tarkoitat?

- No, joskus kaupassa tai konsertissa Franco yhtäkkiä kääntyi pois menosuunnasta, ihan kun se ei olisi halunnut nähdä jotain ihmistä tai tulla nähdyksi. Kyselinkin häneltä, mutta hän vain nauroi.

- Tiedätkö hänen tuttavapiiriään tarkemmin?

- Enpä juuri muuten kuin sen piirin, jossa olimme molemmat. Enkä voi uskoa, että heistä kukaan...

- Teemme tutkimuksen vain poistaaksemme heidät epäiltyjen joukosta. Sitä paitsi heiltä kyllä voi tulla joku uusi tiedonmurunen, mitä sinä et ole voinut tietää. Pojathan puhuu pojille, tai oikeasti tässä tapauksessa miehet miehille, hieman eri asioita kuin naisystäville. Vai mitäs luulet, kysyy naurahtaen Arvetvuo yrittäen siten keventää tunnelmaa.

- No totta kai. Te tietysti haluatte listan kaikista! Teenkö listan vai katsotaanko nimet nyt yhdessä?

- Tee lista kotiin palattuasi kaikessa rauhassa. Se on helpompi sekä meille että sinulle. Siten pääsemme mahdollisesti vielä tänään tutkimuksissa eteenpäin. Kotona sinulla on rauha muistella kaikkien nimet. Jos sinulla on myös puhelinnumerot, niin aina parempi, jatkaa Koli rohkaisevasti.

- Sinähän tunsit Francon hyvin. Yrittäisitkö nyt muistella mitä näit maanantaina hänen asunnossaan. Huomasitko siellä jotain poikkeavaa? Mehän emme tiedä, onko asunnossa ollut yksi vai useampi vieras, aloittaa Arvetvuo pyytäessään Lailaa palauttamaan mieleen ensihavaintojaan Francon asunnosta.

Laila miettii. Hän sulkee silmänsä ja liikehtii käsillä kuin palauttaakseen mieleensä asunnon ja näkemänsä. Arvetvuo ja Koli istuvat vaiti ja seuraavat Lailan käsien liikkeitä ja kasvojen ilmeitä.

- Niin, kyllä. Pari asiaa oli toisin kuin yleensä. Mutta en kiinnittänyt niihin silloin mitään huomioita.

- Kerropa mitä ne olivat!

- Vähän minua hävettää kertoa tämä. Mutta ensinnäkin Francon vaatteet. Ne oli laskostettu siististi sängylle. Hän ei koskaan laskostanut vaatteitaan siististi. Riisuuduttuaan hän heitti ne yleensä tuolille. Jos ne eivät lentäneet sinne asti, niin ne saivat tippua lattialle ja saivat jäädä juuri siihen paikkaan. Hän oli sitä mieltä, että siitä ne helposti ja nopeasti seuraavana aamuna sai.

- Tämä on tärkeä tieto. Kyseessä on siis joku henkilö, joka ei tunne Francon tapoja. Tämähän on aika intiimiä tietoa. Sanoit että oli pari asiaa!

- Niin oli. Francon sängyllä on iso päiväpeitto, jossa on hyvin epäselvä tiikerin kuvio. Päiväpeitteen tuli aina olla tietyllä lailla sängyllä. Tiikeri seisoo ja sen häntä sojottaa vasemmalle. Jos joskus laitoin päiväpeiton väärin päin, niin hän kyllä käänsi sen saman tien oikein päin. Tiikeri ei saanut olla ylösalaisin. En tiedä mikä juju siinä oli. Mutta hän oli siitä hyvin tarkka. Nyt päiväpeitto oli taatusti väärinpäin.

- Jotain siis on etsitty sängystä, toteaa Arvetvuo ja katsoo Koliin. Tämä nyökkää ymmärtäneensä uuden vihjeen, joka vahvistaa sen, että Francon asunnossa on ollut joku vieras henkilö. Ainakin yksi.

- Tiedätkö, missä Franco piti tietokonettaan? jatkaa Arvetvuo kysymättä enempää Lailan tekemistä huomioista.

- Itse asiassa hänellä on - oli - niitä kaksi. Toista hän piti kotonaan ja toinen oli hänen työpaikallaan. Hän sanoi, että usein siellä saa odottaa hommia, eikä ollut mitään tärkeää tekemistä. Ja siksi hänellä oli oma koneensa siellä. Hän rakasti erilaisia tietokonepelejä. Firman koneilla ei saanut pelata. Viime aikoina hän oli alkanut kiinnostua sijoittamisesta, joten hän seurasi pörssiä ja luki talousuutisia hyvin ahkeraan. Nyt kun tarkemmin muistelen, niin lauantaina lähtiessämme harjoituksiin, näin tietokoneen pöydällä. Mutta maanantaina sitä ei enää siinä ollut.

- Tiedätkö oliko hänellä taloudellisia ongelmia?

- En minä tiedä. Ei hän niistä ainakaan kertonut. Kun jonkun kerran sanoin, että voin kyllä maksaa oman osuuteni ravintolalaskusta tai kauppaostoksista, niin hän vain näpsäytti näkymättömiä ja olemattomia henkseleitään ja sanoi, että kyllä meillä rahaa on, älä siitä huoli Laila. En minä halunnut siitä sen enempää kysellä. Jos hänellä olisi ollut rahahuolia, niin olisiko hän siinä tapauksessa innostunut pörssistä? En tiedä. Tämä kaikki on niin epäselvää, huudahtaa Laila jo epätoivoisena.

- Nyt pandemia-aikana ajot bussifirmassa kuitenkin vähenivät. Olisiko hänellä ollut varallisuutta, josta ei halunnut kertoa.

- Ei tietääkseni. Ei hän ainakaan koskaan siitä maininnut. Varmaan hänen palkkansa oli pudonnut, mutta kuinka paljon, en tiedä. Ei hän koskaan valittanut. Ja kyllä hän alkoi viime aikoina puhua meidän yhteisestä asunnosta, mutta...

- Teillä oli siis aikomus, kuinka sen nyt sanoisin, muuttaa yhteen, ehkä mennä kihloihin ja naimisiin. Siis solmia avioliitto.

- Niin, kyllä siitä oli ollut puhe. Kyllä hän oli minua kosinut. Jopa vielä ihan vanhanaikaisesti polvillaan minun edessäni.

Tarkoitus oli, että nyt joulun aikana, kun hänen vanhempansa ovat täällä, ilmoitamme kihlauksesta. Sormukset oli katsottu mutta ei vielä hankittu, vastaa Laila hetken mietittyään ujosti, nyt jo hieman rauhoittuneena, melkein haaveillen.

- Muistele Laila vielä asunnon ulko-ovea. Oliko siinä mielestäsi joitain merkkejä siitä, että asuntoon olisi menty väkisin, esimerkiksi ovea vääntämällä tai...

- Ei, kyllä ovi näytti ihan ehjältä. En minä ainakaan havainnut mitään naarmuja, tosin en osannut kyllä sillä silmällä katsoakaan. Ja lukkokin näytti avautuvan ilman mitään vaikeuksia. Kyllä Makkonen olisi jotain maininnut, jos olisi ongelmia ollut. Ei hänkään maininnut mistään naarmuista tai kolhuista.

- Laila. Kiitos tästä keskustelusta. Saimme sinulta paljon uutta tietoa. Kun saamme teidän ystäväpiirin tiedot, niin pääsemme kunnolla aloittamaan tutkimukset nykytietojen lisäksi.

Yhdeksän

Lailan poistuttua Arvetvuo ja Koli keskustelevat hetken ja päättävät lähteä vielä uudelleen Francon asunnolle. Siellä he ensimmäiseksi tutkivat ulko-oven hyvin tarkkaan. He tietävät, että sormenjäljet on jo otettu. Ei ainoastaan ulko-ovesta vaan koko huoneistosta. He toteavat yksissä tuumin, että ovessa ei näy naarmuja tai väkisin väännetyn avaamisen merkkejä. Alaoven aukaisemiseksi tarvitaan joko koodi tai sisältä summerin soitto. Vierailijalle on siis avattu ensin alaovi. Onko hän ollut tuttu? Vai tuntematon, jolle ovi on avattu ovikellon soitua?

Parivaljakko tekee asunnossa vielä kerran perusteellisen tutkimuksen. Tekniikka ei ole löytänyt vieraita sormenjälkiä, muita epäilyttäviä jälkiä tai ylimääräisiä esineitä asunnosta. Keittiön on todettu olevan tiskipöydän osalta yllättävän puhdas, siinä ei ole edes yhtä sormenjälkeä, ei edes uhrin. Ei myöskään ammeessa.

Tekijä on ollut taitava. Hän on mitä todennäköisimmin tiennyt, että hänellä on hyvin aikaa tehdä se, mitä hänen tarvitsee tehdä. Hänellä on täytynyt olla koko ajan suojakäsineet kädessä. Se ei tänä päivänä välttämättä herätä mitään epäilyjä, koska kaikkea voidaan puolustella koronalla. Kaikki näyttää ihan normaalilta. Asunnosta ei löydy mitään uutta valaisevaa tai paljastavaa. Ohuet valokuva-albumit on nopeasti selattu. Ei löydy kalentereita salaperäisine merkkeineen, ei salaisia papereita laatikoissa, ei valeseiniä, mutta ei myöskään tieto-

konetta. Tätähän he olivat etsineet jo ensimmäisellä kerralla. Silloinkin turhaan. Oliko tietokone viety?
 - Tämä näyttää liian normaalilta, ollakseen totta. Jos ihminen tapetaan, niin yleensä siihen on jokin syy. Aika usein siihen liittyy joku konkreettinen asia. Jotain viedään. Rahaa, arvoesineitä tai vaikkapa tietokone. Etenkin jos tekijä tulee kotiin asti. Katutappelut ovat erikseen, toteaa Koli ja katsoo hämmentyneenä vielä ympärilleen siistissä olohuoneessa.
 - Niin kyllä silloin jotain jälkiä jää, jos jotain on etsitty. Nyt päiväpeitto oli ollut väärinpäin, sehän on merkki jostain. No, tietokonetta ei löydy, vaikka uhri on sellaisen omistanut. Ja Laila on sen nähnyt pöydällä vielä lauantaina. Sekö on kiinnostanut tekijää? Lailan mukaan niitä on ollut kaksi.
 - Jotain, mutta mitä, on varmasti etsitty sängystä? Sängystä! Laila kertoi, että sängynpeitto oli ollut väärin päin.
 - Onko sänkyhuoneessa sittenkin joku salalokero, jota emme ole löytäneet? Sehän selviää kohta, sanoo Arvetvuo ja menee reippaasti vielä kerran sänkyhuoneeseen.

Hän tarkastaa yöpöydät vetämällä ne irti seinästä ja kääntämällä ne ympäri. Hän vetää laatikot yksi toisensa jälkeen kokonaan ulos ja tarkistaa mahdolliset valepohjat. Vaatekomeron hyllyt ja laatikotkin hän vielä kääntää käytännöllisesti katsoen ympäri. Turhaan. Mitään ei löydy. Turhautuneena hän nostaa yhdellä kädellä sängynpeiton pois, heittää sen lattialle ja tutkii haparoiden, käsillään tunnustellen sängyn päällisin puolin.

Sänky on ihan tavallisen näköinen runkopatjaparisänky, jossa on puhtaat yksiväriset aluslakanat ja kauniit Marimekon pussilakanat. Kurkistus sängyn alle herättää Arvetvuon kiinnostuksen. Patjan alla, sängyn pääpuolessa on levy, jolla patjanpohjasta on tehty umpipohja.

 - Jussi, tuus tänne. Viitsitkös vetää tätä sänkyä sen verran, että saadaan se irti seinästä. Ehkä voisit nuorempana mennä sängyn alle ja katsoa, mikä tuo umpipohja on, kutsuu Arvetvuo kollegaansa uutta innostusta äänessään.

Jussi Koli tulee, katsoo kysyvästi Arvetvuohon, menee lattialle ja yrittää mahtua sängyn alle. Turhaan.
- Olen tainnut hieman lihoa, naurahtaa Koli ja nousee seisomaan. Mutta eiköhän yhdessä saada tämä sänky käännettyä kyljelleen.
Sänky on painava ja se pitää kääntää varovasti. Varmuuden vuoksi se tuetaan vielä nojatuoliin, ettei se pääse rämähtämään lattialle. Näin pohjatila saadaan kokonaan näkyviin.
Tutkiessaan sängyn pohjaa ja sivuja tarkemmin Kolille selviää, että kyseessä on jonkinlainen laatikko. Arvetvuon kanssa sänky käännetään uudelleen lattialle. Koli siirtyy sängyn pääpuoleen ja nostaa patjakangasta.
- Ritva, usko tai älä. Täällä on salalokero, vai miksi sitä nyt kutsuisin.
- Ei voi olla totta. Mitä sellaista hänellä on ollut, jota pitää piilotella näin? Katsos, löytyykö sieltä mitään.
Koli nostaa kangasta hieman lisää ja työntää kätensä sen alta paljastuvaan aukkoon. Ja vetää sieltä tietokoneen.
- No jopas jotakin. Tämän täytyy olla tärkeä. Tätä se joku on etsinyt, huokaa Koli silmin nähden tyytyväisenä. Hän pudottaa koneen muovipussiin, jonka sulkee hyvin. - Nyt tämä alkaa mennä mielenkiintoiseksi. Onko niin, että Spinelli on kotiin tultuaan piilottanut tietokoneen ennen vierailijan tuloa? Onko hän aavistanut jotain?
- Hieno homma, Jussi! Alkaa todella mennä mielenkiintoiseksi niin kuin sanoit. Tästä tuleekin vielä kinkkinen keissi. Tekniikkaan kone saman tien, toteaa Arvetvuo innoissaan. - Laila sanoi, että tietokoneita on kaksi. Toinen on työpaikalla. Meidän pitää saada sekin tutkittavaksi. Se on tuskin yhtä "arvokas" kuin tämä, jos se saa olla näkyvillä työpaikalla. Mutta joka tapauksessa. Jussi, sinä varmaan haluat käydä siellä.
- Totta kai. Haastattelen sitten myös kavereita. Kyllä tekniikka on onnellinen saadessaan kaksi konetta, joista ainakin toisessa on jotain - ihan varmasti - hyvin salattua. Ja taatusti mielen-

kiintoista. No, sen kyllä meidän tekniikka selvittää. On ne sellasia eksperttejä.

Luotuaan vielä viimeisen silmäyksen asuntoon Arvetvuo istuutuu eteisen tuoliin ja vetää suojamuovia talvikenkien päältä ja käärii ne kassiin. Tehtyään saman operaation Koli selvittää bussifirman osoitteen.

- Käyhän sinä nyt siellä bussifirmassa, minä lähden tästä laitokselle. Tavataan siellä, kun tulet, toteaa Arvetvuo ja pukee takin päälleen ja kietoo kaulaliinan pään ympäri. Ei kyllä voisi ulkonäön perusteella sanoa, että hän on kovan luokan rikostutkija.

***

Arvetvuo lähettää heti työpaikalle tultuaan tietokoneen tekniikan tutkittavaksi. Hän on aloittanut raportin kirjoittamisen, kun Koli koputtaa oveen ja astuu sisään.

- Mikäs kone sillä Francolla oli siellä työpaikassa? alkaa Arvetvuo ja luo kiinnostuneen silmäykseen kollegaansa.
- En tiedä. Sitä ei enää ollut siellä. Sanoivat, että joku oli sen käynyt hakemassa huoltoon maanantaiaamuna. Eivät olleet kysyneet hakijan nimeä. Tämä oli esiintynyt niin vakuuttavasti Spinellin hyvänä tuttuna. Eivät myöskään oikein osanneet kuvata hakijaa. Ehkä keskimittainen mies. Talvivaatteet, pipo päässä ja maski kasvoilla. Puhe oli ollut hieman murteellista ja epäselvää muminaa. Olisiko ollut joku ulkomaalainen? Ei paljon muuta jäänyt näkyviin kuin silmät. Mutta pyysin varmuuden vuoksi vartiointiliikkeen valvontakameranauhan. Sen pitäisi tulla meille vielä tänään.
- No voi! Vai että Spinellin tuttu. Pitää sekin kysyä Lailan mainitsemilta kavereilta. Olisiko heistä joku tietokonekorjaaja? Onpa hyvä, että alueella on kameravalvonta. Nauhalta varmaan selviää koneen hakenut "huoltomies". Kaikki yritykset eivät ole varustautuneet yhtä hyvin mahdolliseen tunkeutujaan. Moni

firma yrittää säästää turvatoimissa ja jättää kamerat hankkimatta. Ja säästöstä voi tulla kallis.

- Niinpä. Toisaalta tämä vahvistaa olettamuksen, että koneella on jotain tosi tärkeää. Ensin sitä etsitään uhrin asunnolta ja sen jälkeen uskalletaan vielä mennä työpaikalle. Henkilö ei varmaan tiennyt, että Spinellillä oli kaksi konetta.

- Ei kai se kauhean yleistä ole, vai onko. Nyt pitää kiirehtiä tekniikkaa, että päästään näkemään ainakin tämän ekan koneen herkut.

Kymmenen

Francon vanhemmat saapuvat Lahteen illalla ja asettuvat siellä Lahden Seurahuoneelle. He ovat varanneet mökin Kuhmoisista, mutta varaus alkaa vasta jouluviikon maanantaina. He ovat sitä mieltä, että tässä vaiheessa tutkimuksia heidän on parasta olla Lahdessa. He eivät yritäkään aikaistaa mökin varausta.

Heti seuraavana päivänä he tapaavat rikoskomisario Ritva Arvetvuon kollegoineen poliisilaitoksella. Siellä heille kerrotaan laboratoriotutkimusten tulokset. Mikään ei voi järkyttää heitä enempää kuin se, mitä he kuulevat. Heidän poikansa on murhattu. Ja tekotapa. Ensin tyrmäystipat ja niiden tehottua hukuttaminen ammeeseen.

Heille kerrotaan, että Francon lähiystävien kuulustelu on aloitettu. Rouva Mäkinen kysyy miksi juuri lähimmät ystävät. Hänelle selitetään, että näin eliminoidaan iso joukko henkilöitä ja voidaan keskittyä uusiin tutkimuksiin. Lisäksi toivotaan, että haastatteluissa saadaan uutta tietoa uhrista ja tämän käyttäytymisestä. Poliisi ei voi laskea vain yhden tutun eli tässä tapauksessa Francon naisystävän Lailan kertomuksien varaan.

Rouva Mäkinen sanoo ymmärtävänsä ja pahoittelee taas tyhmiä kysymyksiään.

- Tyhmiä kysymyksiä ei ole, on vain tyhmiä vastauksia. Saadaksemme paremman kuvan pojastanne, niin voisitteko kertoa hänestä jotain, ihan mitä vain mieleenne tulee. Tarkennetaan kertomaanne myöhemmin mahdollisin lisäkysymyksin, jos tarvetta ilmenee.

- Jos nyt aloitan ihan alusta, alkaa Annika Mäkinen ja nojaa tuolin selkänojaan. - Lähdin Italiaan matkaoppaaksi ja jäin sille tielle. Rakastuin ja menin naimisiin. Miehelläni on matkatoimisto, joka edustaa muutamaa suomalaista matkanjärjestäjää Amalfin rannikolla. Asumme nykyisin Sorrentossa. Poikamme Francesco, kutsumme häntä Francoksi, syntyi siellä. Hänellä on kaksoiskansalaisuus. Hän on käynyt koulunsa Italiassa, mutta lukeminen tai akateeminen ura ei oikein kiinnostanut häntä. Hän suoritti ammattiajokortin ja hoiti toimistomme bussikuljetuksia erään paikallisen bussiyhtiön palveluksessa.

- Hän viihtyi Italiassa, vai kuinka?

- Kyllä, ainakin nuorempana poikasena. Kävimme lähes vuosittain Suomessa, yleensä talviaikaan, kun turistisesonki meillä oli ohi. Hänestä täällä oli paljon vapaampi meno, josta hän näytti pitävän. Luulen että vanhetessaan hänen tilanteestaan ja suhteestaan kahteen maahan tuli hieman kaksijakoinen. Käytyään armeijan Suomessa, hän halusikin muuttaa Suomeen. En ihan tarkkaan tiedä, mikä oli syy. Olisiko ollut tyttöystävä tai vain kiinnostus täysin erilaiseen elämänrytmiin kuin Italiassa.

- Koska hän suoritti armeijan? Puhuiko hän suomea?

- Kyllä. Hän oli täysin kaksikielinen ja puhui suomea ja italiaa yhtä hyvin. Minä pidin huolen siitä, että hän oppi ja puhui suomea. Onhan, tai olihan suomalaisuus osa hänen identiteettiään. Armeijaan hän meni, hetkinen, se taisi olla vuonna 2015. Olikohan se paikkakunta Parola? Joka tapauksessa sellainen paikkakunta, jossa hän myös sai ajaa autoja. Olen pahoillani, en oikein ymmärrä näistä asioista mitään. Sen kuitenkin muistan, että hän oli erittäin tyytyväinen ja suoritti asepalveluksen innolla. Siellä hän myös tutustui suomalaisiin miehiin. Niin ja tietysti myös naisiin.

- Jäikö hän armeijan jälkeen Suomeen vai tuliko hän takaisin Italiaan? jatkaa Koli.

- Kyllä hän jäi Suomeen, asui Tampereella pari kolme vuotta, mutta palasi sitten Italiaan.

- Osaatteko kertoa, miksi hän palasi?

- Ei hän oikein koskaan halunnut kertoa yksityiskohtia. Mutta jos ymmärsin jotain rivien välistä, niin jotain ikävää oli sattunut. Olisiko ollut lemmensuruja? Hän palasi bussifirmaan ja kaikki näytti olevan mallillaan. Yllätys oli melkoinen, kun hän yhtäkkiä ilmoitti meille, noin vain, muuttavansa kuitenkin takaisin Suomeen. Tämä oli puoli vuotta ennen pandemian alkua. Juuri ennen kuin meillä Italiassa loppui turismi kuin veitsellä leikaten. Ihan kuin hän olisi aavistanut, että olisi silloin varmaan jäänyt työttömäksi. Ja lähtenyt siksi muualle. Bussifirma, jossa hän oli töissä, oli puhtaasti vain tilausajoja hoitava yritys.

- Hän tuli tänne Lahteen ja sai töitä täkäläisestä bussifirmasta. Eikä aikaakaan, kun täällä tilanne oli yhtä paha kuin Italiassa. Työt vähenivät, mutta eivät loppunet kokonaan. Miten hän mahtoi pärjätä taloudellisesti? kysyy Arvetvuo.

- En tiedä. Tekikö hän jotain pimeitä keikkoja? Niitähän voi tehdä joka maassa. Meiltä hän ei kuitenkaan pyytänyt rahaa. Ei hän koskaan maininnut palaavansa Italiaan, vaikka tilanne täälläkin oli se mikä oli. Oli kuitenkin yksi asia, joka meitä vähän kummastutti.

- No mikä?

- Meitä ihmetytti se, että hän yhtäkkiä, päätettyään tulla Lahteen, halusi ottaa mieheni sukunimen. En tietystikään voinut estää. Pyysin vain miettimään mitä etuja ja haittoja siitä olisi täällä Suomessa. Niin hänestä tuli Franco Spinelli.

- Olisiko niin, että eksoottinen sukunimi aina herättää kiinnostusta, etenkin vastakkaisessa sukupuolessa? Mäkinen Italiassa ja Spinelli Suomessa. Onhan tämä myös tapa osoittaa kunnioitusta synnyinmaalleen, vai mitä, ehdottaa Koli.

- Niin kai, vastaa Annika Mäkinen hiljaa ja kääntyy miehensä puoleen. He olivat keskenään sopineet, että keskustelut käydään suomeksi. Näin tulkinnan vaaraa puolittaisessa kielitaidossa voidaan välttää mahdollisimman paljon.

Rouva Mäkinen kertoo miehelleen italiaksi kaiken, minkä on kertonut Arvetvuolle ja Kolille. Lyhyen keskustelun jälkeen hän kysyy mieheltään, olisiko tällä jotain lisättävää. Mies pudistaa heikosti päätään ja vastaa kieltävästi.

- Tiedättekö rouva Mäkinen, miksi Franco halusi tulla juuri Lahteen? kysyy hetken kuluttua mietteliäästi Jussi Koli, hänellähän oli ilmeisesti tuttuja Tampereella. Eikö se olisi ollut aika luonteva ja helppo paikka jatkaa elämää siitä, mihin se päättyi edellisellä kerralla?

- En todellakaan tiedä. Olisiko se ollut työpaikka, jonka hän oli varmistanut ennen lähtöä. Ei hän juuri mitään asioistaan kertonut, vaikka meillä olikin läheiset välit. Sanoisinko jopa hyvin läheiset ja luottamukselliset välit.

- Tiedättekö oliko hänellä täällä ehkä tuttuja? Naisia tai vaikka armeijakavereita?

- En tiedä. Täällä kyllä asuu, tai ainakin on joskus asunut, yksi puolituttu mieshenkilö. Hän on vieraillut muutaman kerran Sorrentossa - ensin vaimonsa kanssa ja myöhemmin tämän kuoltua yksin. Tutustuimme häneen sattumalta jollain bussiretkellä. Taisi olla Caprin retki. Minä toimin silloin tällöin vieläkin retkioppaana. Hän oli erittäin sympaattinen samoin kuin rouvansa. Molemmat puhuivat jonkin verran myös italiaa. Ei, en usko, että hän olisi ollut syy muuttaa juuri tänne. Hän on paljon vanhempi kuin poikani. Hänellä oli ihan erilaiset harrastukset ja elämänpiiri kuin pojallamme on - oli.

- Muistatteko hänen nimensä? Saattaahan olla, että poikanne on ollut häneen yhteydessä, vaikkei siitä olisi mitään kertonutkaan.

- Kyllä vain. On muuten kai aika hassua, tai jopa ehkä luonnollista, että italialaiset nimet jäävät mieleeni paremmin kuin suomalaiset. Olen ollut täältä niin kauan poissa. Hän kertoi nimekseen Marco Casagrande. Vaikka emme koskaan puhuneet työasioista, niin sain sen käsityksen, että hänellä olisi ollut jonkinlainen yhteiskunnallinen korkea asema ja tärkeä työ.

- Kiitos. Heti ei tule mieleen henkilöä täällä Lahdessa, jolla olisi noin kaunis nimi. Turussa Casagrandeja on useita. Mutta tutkimme asiaa, vastaa Arvetvuo ja luo pikaisen silmäyksen Koliin. Tämän on vaikea pitää kasvojaan peruslukemilla.
- Kiitos rouva Mäkinen ja Signor Spinelli. Tämä oli oikein valaiseva keskustelu ja auttaa meitä jatkamaan tutkimuksia. Vielä kerran osanottomme, lopettaa Arvetvuo keskustelun. Hän nousee ylös ja ojentaa käyntikorttinsa rouva Mäkiselle.
- Jos teille tulee jotain uutta mieleen, mitä ette mahdollisesti muistanut kertoa pojastanne, niin soittakaa toki. Kaikki tiedonmuruset ovat tärkeitä tässä tutkimuksessa. Lähtökohta-asetelma on hyvin haastava.
- Kiitos teille. Ilmoitattehan meille heti, kun voimme alkaa hautajaisjärjestelyt.

Rouva Mäkinen nousee, ottaa miehensä käsivarresta kiinni ja sanoo hänelle jotain italiaksi. Signor Spinellikin nousee ja nyökkää kohteliaasti sekä Arvetvuolle että Kolille.

Pariskunnan lähdettyä Arvetvuo katsoo Koliin ja toteaa lakonisesti. - Olisiko kyseessä Markku Isotalo? Mitäs tässä nyt tehdään seuraavaksi?

Samassa soi Kolin puhelin. Hänelle kerrotaan bussifirmasta, että Francon tietokone on tuotu korjattuna ja huollettuna takaisin. Se oli jätetty pihalla aikaisin aamulla paikalle samaan aikaan tulleelle kuljettajalle ilman mitään saatetta. Koli kertoo tulevansa hakemaan sen. Samalla hän pyytää heiltä valvontakameran nauhan myös siltä aamulta.

Ensimmäisestä valvontakameran nauhasta ei pystytä selvittämään tietokoneen hakeneesta henkilöstä mitään. Henkilö on hyvin suurella todennäköisyydellä mies. Aikaisesta ajankohdasta ja bussivarikon valaistuksesta johtuen ei kuvassa näy juuri muuta kuin tummaan kevyttuntuvatakkiin pukeutunut henkilö, jolla on pipo vedetty syvään silmille ja suun edessä se pakollinen "koronamaski". Samannäköisiä miehiä, samalla lailla pukeutuneita mahtuu Kolin mielestä tusinaan ainakin pari kymmentä. Paineet lisääntyvät toisen nauhan suhteen. Olisiko se yhtään selvempi ja tarkempi henkilön tunnistamiseksi?

- Voisiko olla niin, että tähän toiseen tietokoneeseen ei liity mitään epäilyttävää? Se helpottaisi tutkimuksia. Mutta täytyy se hakea ja laittaa sekin tekniikkaan. On tärkeää, että voimme verrata sisältöjä ja tietoja, toteaa epäillen Arvetvuo.

Yksitoista

Arvetvuo käy keskustelemassa esimiehensä kanssa ja kertoo tutkimuksesta ja sen tilanteesta. He toteavat, että enää ei voida olla tiedottamatta maanantaina löytyneestä ruumiista. Arvetvuo laatii lyhyen lehdistötiedotteen, jonka jakaa medialle. Lahtelaisissa lehdissä asiasta kirjoitetaan suurin otsikoin, kun taas muiden paikkakuntien lehdissä asia saa vain vähemmän palstatilaa. Murha mikä murha. Niitähän tapahtuu joka päivä.

Markku Isotalo lukee pitkän artikkelin tapahtuneesta murhasta ja soittaa Arvetvuolle.

- Täällä Markku Isotalo. Luin lehdestä siitä ikävästä tapauksesta, jossa eräs minulle puolituttu nuori mies oli saanut surmansa. Tiedän, että ette voi kertoa siitä enempää kuin mitä lehdissä on. Mutta voitte varmaan kertoa, ovatko hänen vanhempansa jo saapuneet Lahteen.

- Päivää, siitä onkin aikaa, kun olemme viimeksi keskustelleet. Voitteko kertoa, miten tunnette uhrin? kysyy Arvetvuo hitaasti ihmetellen Isotalon soittoa. Samalla hän kiittää sitä mielessään. Mahdollinen yhteydenpito selviäisi näin helpommin, ilman että he ovat aktiivisia.

- Kyllä vain. Tutustuin häneen ja hänen vanhempiinsa Sorrentossa, jossa kävin muutaman kerran lomalla. Hän teki minuun erittäin hyvän vaikutuksen. Hän oli reipas ja rehdin oloinen. En tiennyt, että hän oli tullut Lahteen. Voitteko kertoa, kauanko hän on täällä ollut?

- Niin, tiesin tuttavuudesta pariskunnan kanssa. Kerroitteko heille olevanne Marco Casagrande, herra Isotalo? kysyy Arvetvuo ja ohittaa Isotalon kysymykset Francon oleskelusta Lahdessa.

- Kyllä, naurahti Isotalo ja jatkaa itsevarmana. - Minusta se oli erinomainen tapa esittäytyä Italiassa. Emmehän me mitään parhaita tuttuja olleet. Eikä silloin ole niin nuukaa, minkä nimen esittää. Sitä paitsi onhan tämä Casagrande ihan oikea nimi – Isotalo italiaksi, jos ymmärrätte yhtään kieltä.

- Kiitos sen verran minäkin ymmärrän. Mutta kysyitte ovatko hänen vanhempansa tulleet Lahteen. Vastaus on, että kyllä ovat. Mutta valitettavasti en tiedä missä se asuvat ja kuinka kauan he viipyvät. Voitte varmaan soittaa hotelleihin ja kysyä, vastaa Arvetvuo nyt tiukkaan sävyyn ja lopettaa puhelun toivottamalla Isotalolle hyvää joulua.

***

Markku Isotalo soittaa ensimmäiseksi Lahden Seurahuoneelle ja toteaa tyytyväisenä, että heti nappasi. Hänelle kerrotaan, että pariskunta Mäkinen-Spinelli asuu hotellissa, mutta ei juuri nyt ole paikalla. Isotalo jättää rouva Mäkiselle soittopyynnön, hän kertoo nimekseen Casagrande.

Hän saa odottaa iltaan asti puhelua, johon vastaa kotoaan.

- Osanottoni, Annika - saanhan käyttää vain etunimeä tässä murheellisessa tapauksessa. Minulla on niin mukavia muistoja yhteisistä tapaamisista vuosia sitten Sorrentossa. Franco oli hieno nuori mies. Miten olet jaksanut?

- Kiitos Marco, kutsu ihmeessä minua etunimellä. Emmekös me tehneet sinunkaupat jo Italiassa. Se tekee tästä kaikesta vähemmän virallista, näin tuttujen kesken. Tulimme keskiviikkona. Kävimme eilen poliisilaitoksella kuulemassa tarkempia tietoja. Kysyit, miten jaksan. En oikein jaksa. Tämä on liian järkyttävää. Eikä poliisilla näytä olevan minkäänlaisia johto-

lankoja. Kaikki näytti ensin sairauskohtaukselta tai jopa itsemurhalta. Mutta että murha. En kestäisi tätä ilman Pietroa, siis miestäni. Selviääkö tämä koskaan?
- Ymmärrän tunteesi. Enkä löydä sanoja kertomaan, miltä minusta tuntuu. Poliisi varmaan ratkaisee jutun ja syyllinen löytyy. Olette täällä Lahdessa kovin yksin, ettekä taida tuntea ketään. Vai oletteko jo tavanneet Francon naisystävän?
- Emme ole vielä täällä tavanneet, mutta puhelimessa olemme puhuneet jo monta kertaa. Hän kävi viime vuonna Francon kanssa Sorentossa. Tunnemme hänet hyvin. Hyvin miellyttävä nuori nainen. Hän on yhtä järkyttynyt, ehkä jopa järkyttyneempi kuin minä. Hän tuntee syyllisyyttä siitä, että ei löytänyt aikaisemmin Francoa. Hän olisi omasta mielestään voinut ehkä pelastaa tämän hengen, jos olisi käynyt hänen luonaan jo silloin lauantai-iltana.
- Voi tyttöparkaa. Mitenkähän voisin olla hänen tukenaan? Annika, mitä mieltä olet, voisinko kutsua teidät käymään minun kotonani? Kutsuttaisiin sinne myös Francon naisystävä. Voisimme ehkä yhdessä purkaa järkytystämme ja pahaa oloa, ja siten tukea toinen toisiamme. Puhuminen yleensä helpottaa. Minä olen tarvittaessa hyvä kuuntelija.
- Kiitos. Tämä tuntuu hyvältä ajatukselta. Milloin haluaisit meidät kutsua? huokaa Annika mieli hieman keventyneenä saamastaan kutsusta. Onhan täällä Lahdessa nyt joku toinenkin tuttu Lailan lisäksi.
- Nyt on perjantai. Luulen, että se naisystävä on töissä huomenna lauantaina. Hän on myyjätär kenkäkaupassa Lahden keskustassa. Miten olisi lounas ylihuomenna sunnuntaina? Sinulla on varmaan sen naisen puhelinnumero, joten voisin soittaa hänelle, jos teille kahdelle tämä sopii.
- Kyllä se meille sopii. Olemme täällä hieman yksin ja eksyksissä, joten mielellämme tulemme vierailulle. Lähdemme Kuhmoisiin vasta maanantaina. Lähetän Lailan puhelinnumeron sinulle tekstiviestinä, kunhan olen sen etsinyt puhelimestani.

Vahvistathan meille ajan ja Lailan mukaantulon. Minusta olisi tärkeää, että hänkin tulee. Ymmärrät varmaan.
- Ai, hänen nimensä on Laila. Hyvä. Tehdään näin. Kiitos ja lämmin tervehdys Pietrolle. Vielä kerran, lämmin osanottoni.

Puhelun päätyttyä Annika jää miettimään, että jotain epäjohdonmukaisuutta oli Casagranden puheissa. Hän näytti tietävän hyvin naisystävän työpaikan ja työajat, mutta ei tiennyt etunimeä. Eikä hän siten tiennyt puhelinnumeroakaan.

Mutta kauaa hän ei jaksa tätä miettiä. Hänellä ja miehellään Pietrolla on muuta ajattelemista ja tekemistä. He ovat saaneet poliisilta luvan käydä Francon asunnossa. He eivät kuitenkaan saisi viedä sieltä mitään pois.

Francon asunnossa he arkailivat avata kaappeja ja laatikoita ja selata ja lukea poikansa yksityisiä papereita. Se kaikki tuntui liian intiimiltä. Sen sijaan he selasivat pitkän aikaa Francon valokuva-albumeita. Heitä ilahduttivat paperikuvat, vaikka samalla ne nostivat kyyneleet silmiin. Niitä ei kuitenkaan ollut enää Francon Italiaan palaamisen jälkeen. He tiesivät hyvin, että Francon puhelimessa tai tietokoneella olisi ajankohtaisempia kuvia. Mutta niihin he eivät ole vielä päässeet käsiksi. Molemmat laitteet ovat poliisilla. Arvetvuon mukaan pahimmassa tapauksessa puhelin olisi niin huonossa kunnossa, että siitä ei saisi mitään irti. Olihan se rikottu ja lionnut vedessä melkein kaksi päivää. Ja oliko Franco edes yrittänyt siirtää kuvia tietokoneelle? Pientä toivoa herätti se, että Lailalla olisi varmaan uusia kuvia kännykässään.

Myöhään illalla Annika huomaa saaneensa Marcolta viestin, jossa hän vahvistaa vierailun sunnuntaiksi. Marco ilmoittaa hakevansa heidät ja Lailan sunnuntaina autollaan noin kello yksi. Annika vastaa ja kiittää kutsusta.

Kaksitoista

Soitettuaan Annika Mäkiselle Markku Isotalo muistelee lomiaan Italiassa vaimonsa Kaijan kanssa. Mitä kaikkia he olivatkaan nähneet ja kokeneet yhdessä. Ja miten elämä oli silloin ollut onnellista ja tasapainoista aina vaimon alkolisoitumiseen saakka. Kaikki kuitenkin muuttui, kun hän vaimon kuoleman jälkeen sai syytteet kuolemantuottamuksesta ja osallisuudesta ihmisen katoamiseen. Vain pelkät aihetodisteet eivät riittäneet hänen vangitsemiseensa, ja käräjäoikeuden päätös oli vapauttava. Syyttäjä vei asian hovioikeuteen, josta sieltäkin tuli vapauttava päätös vain muutama kuukausi aikaisemmin.

Hän palaa mielessään parin vuoden takaiseen hetkeen. Siihen hetkeen, kun hän pääsi kotiin ja alkoi suunnitella uutta tulevaisuutta.

Hän ei kauaa aikaillut "mitä tehdä jatkossa". Hän tietää olevansa hyvä juristi. Se on näkynyt hänen vuosittaisissa palkkioissaan, jotka ovat vaihdelleet 150.000 ja 200.000 euron välillä. Vain hyvä juristi voi tienata vuosittain saman verran. Pääkaupunkiseudun suurissa toimistoissa tienestit ovat toki vielä sitäkin suuremmat.

Vaimonsa kuoleman jälkeen sinkkuna hän on elänyt omasta mielestään melko vaatimattomasti, vaikka vain paras on ollut kyllin hyvää. Joissakin asioissa hän on kyllä äärimmäisen pihi, ja tinkii jopa torilla ostaessaan perunoita.

Tilillä on ehkä parin kuukauden käteisen tarve ja laskujen maksamiseen vaadittava summa. Kaikki muu on sijoitettu arvopapereihin. Isotalo tietää, että enää, ei ainakaan aluksi omassa toimistossa, hänen tulonsa eivät missään tapauksessa yllä entisiin. Mutta varmaan hän kuitenkin saa, helpostikin, tienattua asianajajan keskimääräisen palkan, noin 8.000 euroa kuukaudessa. Vaikka ei hän enää asianajaja olekaan. Tavallinen juristi vain.

Isotalo miettii ja laatii yksityiskohtaisen suunnitelman oman lakiasiaintoimiston perustamisesta Lahteen. Hänen vahva itseluottamuksensa ja ylpeytensä ei anna periksi perustaa toimisto johonkin näkymättömiin, kerrostalon kerrokseen tai pimeälle takapihalle. Ei, hän haluaa toimistonsa näkyvälle paikalle. Mieluiten katutasoon. Ikkunaan näkyvin tyylikkäin kirjaimin toimiston nimi. Hän tuntee hyvin lahtelaiset kiinteistönvälitystoimistot ja ottaa yhteyden niihin. Rehvakkaasti hän kertoo mitä etsii ja tarvitsee, hinnalla ei ole väliä. Vinkkaapa vielä mahdollisesta pika-löytöbonuksesta.

Kuluu vain pari viikkoa, kun hänelle tarjotaan näyttävää ja edustavaa tilaa Aleksanterinkadun alkupäästä katutasossa. Sisäpihalla, jossa on muitakin hyvämaineisia liikkeitä, vapautuisi välittömästi tila, joka voisi hänelle sopia. Nykyinen vuokralainen on siirtämässä myymälänsä hänelle paremmin sopiviin tiloihin Rautatienkadulle. Tutkittuaan huoneiston Isotalo allekirjoittaa vuokrasopimuksen tyytyväisenä. Paikka on ihanteellinen, vuokra kohtuullinen ja tilat erittäin sopivat juuri hänen toimistolleen. Hänelle ja tulevalle sihteerille. Edellinen vuokralainen on iloinen päästessään lähtemään heti. Hänen ei tarvitse noudattaa kahden kuukauden irtisanomisaikaa, joka on määritelty hänen vuokrasopimuksessaan.

Isotalo ottaa yhteyden luotto-sisustusarkkitehtiinsa Anne Kivimäkeen, jonka kanssa sovitaan tilaan tehtävästä pienestä pintaremontista ja sen sisustamisesta. Isotalon ei tarvitse mainita mitään toiveistaan sisustuksen laadun suhteen. Anne tietää hänen makunsa, ehkä paremmin kuin Isotalo itse.

Yksinkertainen mutta toimiva, tyylikäs ja laadukas. Ei mitään kierrätyskalusteita eikä Ikeaa. Ei myöskään mitään pompöösiä.

Alkutalvesta 2020 hän avaa toimiston suurin odotuksin. Hän palkkaa tunnetun mainostoimiston suunnittelemaan näyttävän ilmoituskampanjan. Hän ottaa yhteyksiä moniin yhdistyksiin ja tarjoutuu pitämään näiden tilaisuuksissa lyhyitä esitelmiä tai ehkä olisi parempi sanoa tietoiskuja. Tietoiskuja testamenteista, avioehdoista tai vaikkapa yrityksen perustamiseen liittyvistä lakiasioista. Yhdistykset ottavat tarjouksen mielellään vastaan, sillä niiden on usein hyvin vaikea löytää esiintyjiä yhdistyksen kokouksiin tai tilaisuuksiin - etenkään sellaisia, jotka eivät vaadi palkkioita. Tilaisuudet onnistuvat hyvin. Kuulijoita on aina paikalla runsaasti ja Isotalo on optimistinen.

Mutta pikkuhiljaa käy kuitenkin ilmi, miksi kuulijat ovat tulleet paikalle. Ei niinkään saamaan lakitietoa kuin nähdäkseen elävänä kuuluisan, somessakin rikolliseksi mainitun miehen, joka voi olla jopa sarjamurhaaja.

- Olisihan se pitänyt arvata. Ei minulla ehkä täällä Lahdessa olekaan mahdollisuuksia tarjota palveluitani. Olisiko sittenkin pitänyt perustaa toimisto jonnekin, missä minua ei tunneta yhtä hyvin kuin täällä, miettii Isotalo tilanteeseen tyytymättömänä ja tuskastuneena. Hän ei ole päässyt laskuttamaan kuin muutaman henkilön testamentin teon. Niillä ei edes vuokraa makseta.

Mutta Isotalo ei kuitenkaan aio antaa periksi. Vielä hän täällä Lahdessa näyttää.

***

Eipä aikaakaan, kun Suomessakin alkaa pandemia liikkumis- ja tapaamisrajoituksineen ja -kieltoineen. Tuntuu, että elämä seisahtuu.

On helmikuun loppu eikä toimistossa ole töitä. Siellä Isotalo kuitenkin istuu ja on tekevinään jotain. Hän miettii tyytyväisenä, että ei ole vielä löytänyt ja palkannut toimistoon sopivaa ja

osaavaa sihteeriä. Kalliina tyhjän panttina tämäkin saisi olla. Ja varmaan nauraisi partaansa. Mitä kaupungillakin puhuttaisiin? Puhelimen ääni katkaisee Isotalon ajatukset ja hän ihan hätkähtää.
- Onko Markku Isotalo?
- Puhelimessa. Kuinka voin auttaa? kysyy Isotalo kohteliaasti.
- Täällä on Marko Kirjonen. Minulla ja yhteistyökumppanillani on suunnitteilla yrityssaneeraus tai miksi sitä nyt kutsuisi. Olemme juuri ostaneet puoliksi yhden yrityksen. Meillä kummallakin on myös omamme. Suunnitelmissa on vielä ostaa muutama muukin yritys, joista haluaisimme muodostaa toimivan ryhmän, ehkä muuttaa kaikki erilliset osakeyhtiöt konserniksi. Ja tarvitsemme siihen apua. Tiedämme, että olette hyvä, mutta maineenne on hieman kärsinyt viime vuoden aikana. Tulisimme mielellämme keskustelemaan siitä, miten tässä asiassa kannattaisi jatkaa. Ja katsomaan ja kuulemaan, josko meille löytyisi mahdollisesti yhteinen sävel. Kiinnostaisiko teitä keskustella kanssamme asiasta?
- Kiitos johtaja Kirjonen. Aina näin mielenkiintoiset kehityssuunnitelmat kiinnostavat. Minkälaisella aikataululla olette liikkeellä?
- No niin, ei mitään kiirettä, mutta kaiken olisi pitänyt olla valmista jo eilen. Niin että ei mitään kiirettä. Voin tulla kumppanini Petri Tupamäen kanssa tapaamaan teitä ihan koska vain teille sopii, jos asia kiinnostaa.
- Hienoa, että ei ole enää kiirettä. Oletteko täältä Lahdesta? Samalla Isotalo miettii kuumeisesti, onko soittajan nimi jostain yhteydestä tuttu. Hänen pitäisi kyllä tuntea paikalliset yrittäjät ainakin nimeltä.
- Emme ole. Yritykset sijaitsevat vähän eri puolilla Suomea. Itse asun Luopioisissa, kumppanini Tupamäki Nastolassa. Hän se juuri tuntee ja tietää teidän osaamisenne.

Isotalon itsetuntoa hivelee ajatus, että hänen osaamisensa tunnetaan. Ja jopa vielä hänelle ihan tuntemattomat. Aivan huomaamatta hänen ryhtinsä kohentuu mukavassa työtuolissa. Hän ei tunnista mielessään kumpaakaan nimeä vaan päättelee, että kyseessä täytyy olla pienyritykset. Hän ehtii jo miettiä, mitenkä niillä voi olla rahaa palkata hänet.

- Milloin teillä olisi mahdollisuus tulla tänne Lahteen?
- Sopisiko ensi viikon tiistai? Silloin tapaamme aamupäivällä Tupamäen luona Nastolassa. Eihän Luopioisista ole pitkä matka Lahteen, mutta yhdistäisin mielelläni nämä kaksi tapaamista.
- Kyllä, kyllä luulen, että se sopii. Hetki, niin katson kalenteristani. Kyllä, iltapäivä sopii. Jos teidän tapaaminen on aamupäivällä, niin olisiko vaikka esimerkiksi kello yksi sopiva aika? Vai aloittaisimmeko lounaalla? Nastolasta ei tänne Lahteen ole pitkä matka.
- Kello yksi sopii erinomaisesti, kiitos. Tulemme silloin.
- Haluatteko mahdollisesti lähettää minulle jotain materiaalia etukäteen tutustumista varten vai aloitammeko ihan puhtaalta pöydältä, johtaja Kirjonen?
- Eiköhän ole parasta väärinymmärrysten välttämiseksi, että puhutaan ja katsotaan materiaalia, jos ja kun pääsemme asioista yhteisymmärrykseen.
- Tehdään niin. Teitä tulee siis kaksi henkilöä! Tapaamme ensi viikon tiistaina kello 13.00 täällä minun toimistossani Aleksanterinkadulla, toteaa Isotalo vetäen yhteen keskustelun ja varmistaen tapaamisen aikataulun.
- Kiitos. Tapaamme silloin.

Puhelun jälkeen Isotalo istuu pöydän ääressä hiljaa miettien. Hän nostaa käden suulleen ja katsoo ikkunasta sisäpihalle, jossa ei näy mitään liikettä.

- Olisiko tässä nyt vihdoin jonkun uuden alku, vaikutti ainakin mielenkiintoiselta? Yrityksiä, saneerauksia, mahdollinen konserni. Töitä siis riittää. Nämä ovat minun heiniäni, ei pienet testamentit tai avioehdot.

Hetken kuluttua Isotalo avaa tietokoneen ja alkaa googlaamaan. Molemmista miehistä löytyy puhelintiedot ja firmojen kotisivut. Niille hän menee optimistisena odottaen löytävänsä enemmän tietoa niin miehistä kuin näiden yrityksistä. - Näistä sivuista ei kyllä kukaan tule hullua hurskaammaksi. Sillä niiltä ei mitään ajantasatietoa löydy. Tyypillistä. Luodaan kotisivut, mutta niitä ei jakseta tai viitsitä pitää ajan tasalla. Näyttää olevan opistoinsinöörejä molemmat, mutta... Ehkä tämä yrityskauppa on vielä niin uusi ja loput toteutumattomia, että niistä ei voi mitään kirjoittaa. No tiistaina se selviää, miettii Isotalo tyytyväisenä sulkiessaan tietokonetta.

- Ja täytyykin tarkastella omat kotisivut, ettei niissä ole mitään vanhentunutta tietoa. Mitenköhän muistan tämän jatkossa? Se täytyy lisätä sihteerin työtehtäviin. Nyt voi tulla kiire löytää hyvä tyttö töihin. Pitäisikö tätä sihteerikköä kutsuakin assistentiksi? Se kuulostaa varmaan tytöstäkin hienommalta ja vaativammalta!

Kolmetoista

Markku Isotalo muistaa tarkkaan ensimmäisen tapaamisensa Tupamäen ja Kirjosen kanssa. Vähän häntä jännitti, oliko kaikki valmisteltu hyvin. Edellisessä työpaikassa sihteeri hoiti kaikkien tarvittavien materiaalien puhtaaksikirjoittamisen ja monistamisen sekä yrityksen esittelykalvojen ajantasaistamisen. Nyt hän oli joutunut tekemään kaiken itse. Hän miettii, minkälaisen kuvan hän antaa yrityksestään, jossa ei ole hänen lisäkseen edes sihteeriä?

Hän ottaa kohteliaasti vieraat vastaan uutuuden kiiltävässä toimistossaan Aleksanterinkadulla. Pakollisten lyhyiden esittelyiden jälkeen Isotalo laskee mielessään miesten olevan viisissä kymmenissä. Hyvässä iässä kehittää yritystoiminnalle jotain uutta, sillä siihen ikään mennessä on kokemuksia jo kertynyt, samoin omaisuutta. Lisäksi molemmilla on lapsi mukana yritystoiminnassa, joka tietää todennäköistä tulevaisuuden varmistamista. Kun ajankohtaiset puheenaiheet on käsitelty ja kahvit juotu, siirrytään päivän teemaan.

Petri Tupamäki kertoo omasta yrityksestään, joka sijaitsee Nastolassa. Hän on ostanut yrityksen joitakin vuosia aikaisemmin ja muuttanut liikeideaa rakennuselementtien valmistamisesta enemmän korjausrakentamisen suuntaan. Hän kertoo omistavansa yhtiön yhdessä vaimonsa ja poikansa kanssa. Samalla hän nostaa salkun lattialta ja ottaa siitä nivaskan papereita. Hän pitää niitä hetken käsissään ennen kuin ojentaa ne pöydän yli

Isotalolle. Nivaskassa on edellisen vuoden tuloslaskelma ja taseet, vuosikertomus sekä muutama yrityksen esite. Tämä sama toistuu myös Marko Kirjosen kanssa. Hänen yrityksensä on keskittynyt lvi-projekteihin. Hänkin ojentaa edellisvuoden tilipäätöstiedot Isotalolle. Hän valittaa, että esitteet olivat päässet loppumaan. Mutta uusien olevan jo painossa.

Isotalo laittaa molempien paperit pöydälle ja kyselee niitä tutkimatta rauhallisesti tulevaisuuden suunnitelmista ja näkymistä.

Nyt miehet vuoron perään, välillä jopa toinen toisensa päälle puhuvat ja kertovat suunnitelmista ostaa muutama uusi, rakentamiseen liittyvä yritys. Tavoitteena on saada perustettua konserni, joka pystyisi toteuttamaan kokonaisvaltaisia rakennus- ja korjausrakennusurakoita. Ostoslistalla voisi siis olla vaikkapa maansiirto ja sähköalan yritys.

Isotalo miettii mitä oli lukenut rakennusteollisuuden tulevaisuuden näkymistä pandemian jälkeen ja peilaa lukemaansa miesten kertomuksiin. Hän ei koko aikana sano mitään, vaan antaa miesten puhua. Muutaman tarkentavan kysymyksen jälkeen hän kysyy, mitä miehet häneltä odottavat.

Tupamäki ja Kirjonen katsovat toinen toisiinsa. Kirjonen nyökkää Tupamäelle ikään kuin antaen tämän vastata.

- Niin, olemme kertoneet mikä on tilanne tänään. Olemme kertoneet mihin tähtäämme. Meidän osaamisemme ei riitä kaikkeen siihen hirveän monimutkaisesta lakipykäläviidakosta selviämiseen, mitä asettamamme tavoitteen saavuttaminen edellyttää. Tarvitsemme siihen jonkun, jolla on varmaa ja oikeaa osaamista niin, että meidän ei tarvitse jossain vaiheessa projektia huomata, että olemme ymmärtäneet lain kirjaimen väärin. Tiedämme, että te, Markku Isotalo olette tähän oikea mies.

- Kiitos luottamuksesta. Olette aivan oikeassa. Näitä vastaavanlaisia projekteja olen hoitanut vuosikausia. Ja hyvällä menestyksellä, vaikka sen itse sanonkin. Täytyy sanoa, että projektinne on kunnianhimoinen ja tavoitteenne korkealla. Mutta niin pitää ollakin, jos jotain haluaa saavuttaa. Sopiiko että tutustun nykyisten yritystenne tilinpäätöksiin, taseisiin ja vuosikertomuksiin. Jos teillä jo nyt on jonkinlaista ajatusta siitä, mitä yrityksiä olette ajatelleet, niin kertoisitteko niiden nimet minulle. Voisin hieman tutkailla, miltä ne vaikuttavat ja voisivatko ne olla teille sopivia.

- Kiitos, kyllä se vain sopii. Siksihän me ollaan täällä. Tässä on lista yrityksistä, joita olemme ajatelleet. Joidenkin omistajien kanssa olemme jo alustavasti keskustelleet mahdollisesta yhteistyöstä. Ne on merkitty pienellä + merkillä. Ne, jotka eivät ole kiinnostuneita, niiden kohdalla on punainen viiva vieressä. Muiden kanssa ei ole ollut toistaiseksi mitään kontaktia.

Isotalo lukaisee nopeasti listan läpi, katsoo ymmärtäväisesti molempiin miehiin vuorotellen ja nyökkää.

- Kiitos näistä tiedoista. Tässä onkin koko pino papereita ja tietoa, jonka lukeminen ja ymmärtäminen vaatii aikaa. Sopiiko, että tapaisimme noin viikon kuluttua. Esittäisin silloin arvioni mahdollisuudesta aloittaa yhteistyö kanssanne.

- Sopii meille erinomaisesti. Silloin mekin, kuultuamme ehdotuksenne, saamme varmistuksen siitä, haluammeko me tehdä teidän kanssanne yhteistyötä. Emmehän mekään ole päättäneet vielä mitään, vastaa Tupamäki, jota Kirjonen myötäilee.

***

Vieraiden lähdettyä Isotalo sujauttaa kaikki vierailta saamansa paperit, omat muistiinpanonsa ja tietokoneen salkkuun. Hän pukee takin, sammuttaa valot, lukitsee toimiston oven, astuu sisäpihalle ja sieltä autotalliin. Intoa ja energiaa täynnä hän ajaa kotiin, jossa aloittaa työn.

Isotalo on todella hyvin kiinnostunut mahdollisesta uudesta toimeksiannosta ja yhteistyöstä, josta voi parhaassa tapauksessa tulla jopa vuosien mittainen. Kyse on niin suuresta projektista. Tutustuttuaan papereihin paremmin ja hankittuaan tietoja mahdollisista uusista yhtiöistä hän alkaa kuitenkin epäröidä. Taseista hän päättelee, että yritykset saattavat liikkua harmaalla alueella. Ei vielä ihan mitään suoranaisesti rikollista, mutta ajatus rahanpesusta ei ole kaukana. Vähän lisää yrityksiä tutkittuaan, etenkin niitä, jotka ovat sanoneet ei-olevansakiinnostuneita yhteistyöstä, hän varmistuu asiasta. Mutta toisaalta tämä työ olisi juuri sitä, mitä hän toivoo. Ja minkä hän osaa.

- Enhän minä tee mitään laitonta laatiessani sopimuksia. Enhän minä olisi vastuussa siitä, mitä ja miten miehet sopimuksia soveltavat, päättelee Isotalo.

- Teen näistä nyt yhteenvedon ja kerron herroille, että toimeksianto kiinnostaa ja olen valmis yhteistyöhön heidän kanssaan. Kunhan vain taksoista sovitaan. En ole kyllä halpa.

Hän laittaa paperit järjestykseen ja lajittelee ne vielä erillisiin muovitaskuihin yksi kokonaisuus kerrallaan. Hän valmistautuu seuraavaan tapaamiseen jo henkisesti. Hän on tehnyt päätöksen. Häntä jännittää herrojen päätös, vaikka tietääkin, mikä se on oleva.

Markku Isotalo muistelee uuden toimistonsa alkua. Saatuaan sopimuksen ensimmäisten asiakkaiden kanssa valmiiksi hänen toimistossaan työtä riittää. Uusia asiakkaitakin alkaa ilmaantua melkein jonoksi asti. Tyytyväisenä tilanteeseen hän palkkaa assistentikseen Raija Frimannin, joka on valmistunut Haaga-Helian ammattikorkeakoulusta hyvin arvosanoin neljä vuotta aikaisemmin. Valintaan vaikuttaa tämän työkokemus Helsingissä pienessä lakiasiaintoimistossa. Raija Friman muuttaa Lahteen, jossa hänen lapsensa isä asuu.

Neljätoista

Ritva Arvetvuo ja Jussi Koli ovat tiiviisti kiinni Franco Spinellin murhatutkimuksissa. Tietokoneista ei vielä ole saatu mitään ratkaisevaa selville. Jotain kuitenkin. Francon kotikoneessa on kaksi erityisen vahvasti salattua kansiota. Niiden avaamista joudutaan vielä odottamaan. Samasta koneesta löytyy vain Francon sormenjäljet, ei kenenkään muun. Mutta hänen töissä olleesta koneesta ei löydy yhtään sormenjälkeä. Kone on pinnaltaan putipuhdas. Tämä kummastuttaa, vaan ei yllätä molempia tutkijoita. Jotain tällaista he olivat ehkä osanneet jo odottaa niin yllättävästä "huollosta".

- Onpa ollut hyvä huolto. Sisältöä ei kuitenkaan ollut putsattu. Ehkä siellä ei ollut mitään putsattavaa.

- Joo. Mutta Ritva, tässä minulla on operaattorilta saadut Francon tämän vuoden puhelutiedot. Aika pitkä lista. Katsos, tässä on yksi jännä juttu.

- Näytäs mikä!

- Kuolinpäivänä Franco on saanut puhelun tästä numerosta.

- Niin?

- Ja heti sen perään hän on soittanut tähän numeroon.

- Niin?

- Kun selaan tätä listaa, niin huomaan, että sama on toistunut kerran tai kaksi kuukausittain, ainakin tämän vuoden aikana. Pitää varmaan tutkia viime vuosikin. Pitää varmistua, miten kauan mahdollinen projekti on ollut käynnissä. Koska siltähän tämä näyttää.

- Siis ensin soitto Francolle numerosta X ja sen jälkeen Francon soitto numeroon Y. Mielenkiintoista. Onko siinä jokin syy ja seuraus -yhteys?
- Täytyy olla. Mutta lisää mielenkiintoista!
- No!
- Katsopas tätä. Laila oli saanut sen murhaviestin salaperäisestä prepaid-numerosta. Se on sama numero mihin Franco on soittanut. Mitäs siihen sanot?
- No nyt menee kryptiseksi. Mutta siinä on tärkeä linkki henkilöön, joka on tiennyt Francon kuolemasta. Onko kyse murhaajasta vai jostain henkilöstä, joka jostain syystä on tietoinen tapahtuneesta?
- Niinpä. Ne on tietysti prepaid-numeroita. Ei kukaan järki-ihminen viestisi moista omasta numerostaan. Eikös se Lailakin sanonut yrittäneensä selvittää sen murhaviestin lähettäjän, mutta turhaan. Täytyy nyt vain vielä odottaa tietokoneen paljastuksia. Mutta miksi murhaaja lähettäisi sellaisen viestin? Halutaanko Lailaa pelotella jostain syystä? Tietääkö Laila jotain, mitä ei ole meille kertonut?
- Sanopas se. Mutta jos lähettäjä on joku muu kuin murhaaja, miksi hän ei ilmoita siitä poliisille? En ymmärrä. Oletko muuten ennättänyt tutkia sattuvatko puhelinsoitot mahdollisesti samoille viikonpäiville? Löytyisikö sieltä jotain, johon tarttua?
- No en vielä, ajattelin kuitenkin tehdä sen, kunhan saan ensin vanhemmatkin tiedot. Mielenkiintoista, jos niille löytyy joku selvä linja, tuumailee Koli samalla kun pätkii koneella puhelulistaa noin A4-kokoiseksi printtausta varten, jolloin sitä on helpompi käsitellä.
- Oletko jo tavannut Francon täkäläiset kaverit? vaihtaa Arvetvuo puheenaihetta.
- Olen. Ihan jokaisen, jonka nimi oli Lailan listalla. Mutta ei sieltä herunut mitään uutta. Kaikki kehuivat Francoa, eivät olleet huomanneet, että tällä olisi ollut jotain ongelmia. Tiesivät että hänellä oli välillä vähän tiukkaa taloudellisesti, mutta kelläpä ei

näinä aikoina olisi, joka vaan on töissä jollain palvelualalla. Niin kuin esimerkiksi bussifirmassa. Kukaan ei myöskään kertonut hakeneensa Francon tietokonetta työpaikalta.

- Minua jäi vähän mietityttämään rouva Mäkisen kertomus Francon armeijan jälkeisestä elämästä. Ensin hän jää Tampereelle. Ykskaks yllättäen ilman selityksiä hän palaa kotiin Italiaan. Ja kun hän päättää lähteä takaisin Suomeen, hän tulee Lahteen ja vaihtaa suomenkielisen sukunimen italialaiseen. Se jos mikä herättää huomiota ja kiinnostusta Suomessa. Sitäkö hän halusi, kun ei enää halunnut olla vain Mäkinen.

- Voisi melkein kuvitella, että hänelle olisi tullut äkkilähtö Tampereelta. Onko meillä mitään tietoa hänen sen aikaista kavereista?

- Ei ole. Enkä usko, että Francon äiti tai Lailakaan osaa kertoa mitään. Olisivathan he jo maininneet, jos olisivat jotain tienneet. Eihän ikäviä asioita ole tapana huudella muille. Paitsi ehkä pakon edessä.

- Nyt kun tiedetään Francon elämästä vähän enemmän, niin mistäs tuumit, jos mentäisiin Francon asunnolle vielä kerran. Tutkittaisiin äidin kertomuksen pohjalta papereita ja etenkin valokuva-albumeja kuin uusin silmin. Mua rupesi kiinnostamaan etenkin armeija-ajan jälkeinen aika Tampereella. Saattaahan olla, ettei siitä ajasta löydy mitään. Mutta kuka tietää? Mutta voisihan sitä yrittää.

- Erinomainen ajatus, Jussi. Jospa jotain löytyisi jo armeija-ajasta! Lähdetään saman tien vai onko sinulla jotain kesken...

Arvetvuo ja Koli lähtevät Francon Vesijärvenkadun asunnolle. Se on samassa kunnossa kuin heidän siellä viimeksi käydessään. Francon vanhemmat ovat kertoneet käyvänsä siellä ennen lähtöään Kuhmoisiin.

Kaikki paperit mennään vielä uudestaan läpi. Niistä ei löydy mitään valaisevaa. Vain laskuja ja jotain sopimuksia. Kirjahylly on kapea ja korkea. Sen hyllyt ovat täynnä kirjoja. Niin suomen- kuin italiankielisiä tietokirjoja ja klassikoita. Ja tietysti italialaisia sarjakuvalehtiä. Alahyllyllä on muovinen lokerikko, josta löytyy muutama Arvopaperilehden irtonumero. Toiseksi ylimmän hyllyn oikeassa reunassa on kaksi melkein huomaamattoman ohutta valokuva-albumia. Näitä Koli alkaa tarkastella nyt lähemmin. Hän selasi ne läpi edellisellä kerralla, mutta mikään ei silloin herättänyt hänen mielenkiintoaan. Yhdessä, siinä hieman paksummassa on lapsuus- ja nuoruusajan kuvia, lähinnä Italiasta. Joitakin myös talvisilta Suomen matkoilta. Ne eivät tutkimuksen kannalta vaikuta kiinnostavilta. Toisesta albumista, johon siihenkään ei ole kirjoitettu kuvien yhteyteen päivämääriä, paikkoja eikä henkilöiden nimiä, löytyy jo uudempia kuvia muutaman sivun verran. Loppu albumista on tyhjä.

Koli pyytää Arvetvuota katsomaan. Hän osoittaa sormella yhtä kuvaa, jossa on kolmen nuoren miehen iloisen virnistävät kasvot. Keskimmäisenä on ilmi selvästi Franco. Koli ihmettelee itsekseen, miksei paneutunut albumeihin edellisellä kerralla tarkemmin. Hän manaa itsekseen omaa huolimattomuuttaan.

- Keitähän nämä kaksi ovat? He näkyvät myös aika hyvin muutamassa muussakin kuvassa, pohtii Koli ääneen ja katsoo kollegaansa. Hän irrottaa varovasti yhden liimatun kuvan albumin sivulta.

- Onkos siinä taakse kirjoitettu mitään? Aikaa tai nimiä?

- Ei ole. Mutta tässä on valokuvan kehityspäivä - näkyy olevan vuodelta 2016. Armeijakavereita, olettaisin.

- Kuuden vuoden takaa. Käytäpä nyt aivonystyröitäsi Jussi. Mistä saamme tiedon näistä kahdesta miehestä?

- No sehän on ihan selvä, jos pojat ovat armeijakavereita! Et ole tainnut käydä armeijaa, kun et tiedä, että kaikki alokkaat kuvataan yksin ja yhdessä. Lähetetään tämä kuva Parolaan. Eikös se Mäkinen muistellut tai epäillyt Francon olleen armeijassa juuri siellä. Ja pyydetään tiedot näistä kahdesta henkilöstä. Kyllä sieltä tiedot löytyy, jos olemme osuneet oikeaan.

- Teepä se. Ja pyydä pikaista vastausta. Joulu on tulossa. Olisi mukava saada vähän lisää vauhtia tutkimuksiin.

Tyytyväisinä kuvalöytöön Arvetvuo ja Koli jatkavat vielä kirjoituspöydän laatikoista löytyneiden papereiden tutkimista. Niistä ei kuitenkaan löydy mitään paljastavaa. Kuvineen he palaavat takaisin työpaikalle.

***

Tekniikasta tulee tieto, että molemmat tietokoneet on saatu tutkittua. Helppo tutkittava oli kone, joka Francolla oli ollut töissä. Se on ollut lähinnä pelikäytössä. Koneelta ei löydy mitään tallennettuja asiakirjoja, ei myöskään mitään poistettuja tiedostoja tai salattuja kansioita. Francolla ei ole ollut kotisivuja, eikä häntä löydy Twitteristä, Instagramista tai muiltakaan somesivustoilta. Vain tavallisia viattoman oloisia sähköposteja, joissa vastapuolen ihmiset löytyvät kaikki Lailan tekemältä ystäväpiirilistalta.

Sen sijaan kotoa löydetystä koneesta saatiin selville, että koneen omistajalla on kaksi bitcoin-tiliä, joita ei kuitenkaan ole saatu avattua. Sen lisäksi yksi salatuista kansioista on onnistuttu avaamaan. Toinen kansio on vielä työn alla.

- Tässä salatussa kansiossa on joku lista, jossa on vain päivämääriä ja lukemia, joista ei tiedä ovatko ne omenia vai appelsiineja, toteaa Arvetuo Kolille, kun hän on saanut koneen ja tutkimusraportin eteensä.

- Minkälaisia päivämääriä siinä on? utelee Koli.
- No katos itse tässä. Ei sano minulle juuri mitään.
- Annas kun tutkin niitä vähän tarkemmin.

Koli tutkii päivämääriä, jonka jälkeen hän hakee puhelulistan ja vertailee päivämääriä siinä oleviin.

- Heureka! Katsokaa rikoskomisario Arvetvuo, naurahtaa Koli innoissaan ja näyttää puhelulistat Arvetvuolle. - Katsos. Tässä on puhelulistan päivämäärät. Nämä taas näyttävät olevan aina noin viikkoa myöhäisempiä, kuitenkin hyvin lähellä olevia päivämääriä. Alkaa lämmetä, jos ei ihan vielä polttaa! Jos tulkitsen oikein, niin ensin tapahtuu asiat A ja B, ja niistä seuraa jonkin ajan kuluttua C.

- Totta tosiaan. Franco on sotkeutunut johonkin, mikä ei kestä päivänvaloa. Mutta mihin? Sen täytyy olla tosi salaista, kun läppäri oli niin hyvin piilotettu. Ja vielä ihan varmasti ennen vieraan tuloa. Ja kansiot on salattuja.

- Ja noi bitcoin-tilit. Liittyisivätkö nekin tähän samaan? Jos jotain tässä alkaa uumoilla, niin ne liittyy...

- Olen samaa mieltä. Mutta milläs todistat? Ja miksi kaksi tiliä? Samperi, kun ne on niin hyvin suojattu! Näkyishän niistäkin ainakin päivämäärät, ja niitä voitaisiin verrata tiedossa oleviin päivämääriin ja/tai lukuihin. Täytyy kyllä saada jokin selvä johtolanka, jotta päästään eteenpäin. Onko motiivina ollut raha?

Työtoverit miettivät vielä hetken yhdessä erilaisia, mitä uskomattomimpiakin murhan motiiveja. Lopulta he toteavat, etteivät nykytiedoilla pääse puusta pitkään. Arvetvuo jää omaan huoneeseensa Kolin poistuessa kahville.

Viisitoista

Ritva Arvetvuo soittaa kotiin ja kertoo jäävänsä vielä muutamaksi tunniksi ylitöihin. Kaisu-tyttärestä on mukavaa, että hän saa taas valmistaa päivällisen isälleen. Hän tietää, miten äiti yleensä paistaa silakat ja tekee nyt samoin. Muovipussiin ruisjauhoja, suolaa ja valkopippuria. Lopuksi kaikki silakat pussiin, jota hölskytellään, kunnes jauho on tarttunut kaloihin. Isä on sitä mieltä, että kala pitää aina paistaa runsaassa voissa, ei missään öljyssä tai margariinissa. Voi vahvistaa kalan makua! Niin Kaisukin nyt tekee. Osa paistetuista silakoista onnistuu hyvin, osa hieman kuivahtaa. Perunamuusia hän ei ole vielä koskaan tehnyt, eikä aio uskaltaa kokeilla sitä nytkään. Keitetyt perunat saavat tälle aterialle riittää.

Isä osallistuu ruoan valmistukseen sekoittamalla salaatin. Rapean jääsalaatin sekaan hän pilkkoo kurkkua ja tomaattia ja maustaa suolalla, balsamicoetikalla ja oliiviöljyllä. Ruokapöydässä isä kehuu tytärtään vuolain sanoin. - Tätä menoa kun harjoittelet, niin sinusta tulee vielä äitiäsikin parempi kokki. Ja hän on sentään tosi hyvä!

- Pitäisikö mun paistaa nämä loput nyt äidille? tuskailee Kaisu ruokailun jälkeen siirtäessään ruokia jääkaappiin.

- Ei varmaan kannata, kun ei tiedetä mihin aikaan äiti tulee. Saattaa mennä myöhäänkin, vastaa isä ja auttaa tytärtään laittamaan likaiset astiat koneeseen. - Äiti syö varmaan mitä löytää ja jaksaa syödä. Voihan olla, että hän syö töissä tai kotimatkan varrella jotain.

- Ok. En paista nyt, niin ei turhaan kuivu.

Pyyhittyään keittiön pöydän Kaisu poistuu huoneeseensa. Hän ottaa koulukirjat esiin ja tekee tulevan viikon maanantain läksyt. Tunnin verran hän chattailee parhaan kaverinsa Lissun kanssa. Asiana on tietysti tulevalle viikolle suunnitellut, yhdessä tehtävät joululahjaostokset. Molemmat kertovat toisilleen paljonko heillä on rahaa ja keille kaikille pitää lahja ostaa. Yhdessä mietitään erilaisia vaihtoehtoja ja rahojen riittävyyttä.

***

Ritva Arvetvuo kuuntelee poliisilaitoksen hiljentymistä. On perjantai-ilta. Vain muutama henkilö on jäämässä töihin. Hän rakastaa tätä hetkeä. Koko viikko on tehty kiivaasti töitä. On kokouksia, kahvihetkiä, neuvotteluita, kuulusteluita, on onnistumisen hetkiä ja epäonnea ja takapakkia tutkimuksissa. Talo on täynnä elämää. Ja yhtäkkiä talo hiljenee. Vain ilmastoinnin ääni kuuluu heikkona puhalluksena. On niin hiljaista, että voi melkein kuulla omat ajatuksensa. Kaikki se pitää virkeänä. Arvetvuo miettii, että tämä on juuri sitä, mitä hän oli poliisiammattikorkeakouluun mennessään toivonut työltään.

Arvetvuo istuu työpöytänsä ääressä. Hän avaa tietokoneen ja lukee tarkkaan Kolin tekemät raportit, jotka on tehty Francon kavereiden kanssa käydyistä keskusteluista. Hetken kuluttua raporttien sisältöä sulatettuaan hän siirtyy lukemaan kaikki laboratoriotulokset ja tekniikan raportit asunnosta tehdyistä vähäisistä löydöistä. Lopuksi hän vielä kertaa mielessään äsken Kolin kanssa käydyn keskustelun puheluista, päivämääristä ja bitcoin-tileistä.

Vielä kerran, hän katsoo bussifirmasta saadun torstaiaamun valvontakameranauhan, nyt hidastettuna. Siinä näkyy varmasti sama henkilö kuin ensimmäisessäkin nauhassa. Arvetvuo suurentaa kuvaa ja tutkii tarkkaan koko näkymän, joka ulottuu kadulle asti. Hän on jo lopettamassa, kun huomaa kadulla vaalean auton, jota koneen tuonut henkilö lähestyy. Hän näyttää pälyilevän ympärilleen ennen kuin nousee autoon. Kuvaa hän ei saa kuitenkaan tarkennettua enempää. Korkeat lumikinokset kadun varressa estävät häntä näkemästä pois ajavaa autoa ja sen rekisterinumeroa tarkemmin. Hän kutsuu huoneeseensa paikalla vielä olevan konstaapeli Palvan ja kysyy tämän mielipidettä autonmerkistä. Hänen mukaansa se voisi olla Honda, mutta hänkään ei ole huonosta näkyvyydestä johtuen sataprosenttisen varma.

Hetken vielä autoa ja siihen jotenkin epämääräisesti liittyvää mielikuvaa ajatellen Arvetvuo ottaa laatikosta puhtaan valkoisen paperin ja kynän. Hän katsoo tyhjää paperiarkkia ja näkee siinä jo asiat, jotka tulee ratkaista, ennen kuin selviää, kuka murhasi Francon. Hän kirjoittaa tässä vaiheessa työskentelyä kaiken mieluummin paperille kuin tietokoneelle. Paperi on hänestä niin konkreettinen ja siinä näkyy kaikki tehdyt korjaukset ja muutokset. Joskushan muutos tehdään ihan intuitiivisesti, ilman mitään järkevää selitystä. Jälkeenpäin, kun kaikki on jo selvää, on helppo ja mielenkiintoista katsoa merkinnöistä, missä vaiheessa mahdollisesti teki virheen tai mikä johti ratkaisuun.

Aivan ensimmäiseksi hän kirjoittaa kysymyksen: **Minkälainen on murhaajan profiili?**

Seuraava kysymys on: **Mitä tiedämme uhrista?**

Juuri tähän toiseen kysymykseen liittyviä ajatuksia hän alkaa kirjoittaa paperille. Profiilia hän miettisi myöhemmin, kun tietää enemmän uhrista.

1. Franco tietää jotain, joka on niin tärkeää ja jollekin vaarallista, että hänen pitää kuolla.

2. Francon on täytynyt päästää murhaaja, joku tuttu henkilö, kotiinsa lauantaina. Ei mitään murtoon liittyviä jälkiä ovessa. Mikä yhteys murhaan on lauluharjoituksiin tulleella puhelulla ja viestillä? Tekosyy lähteä?

3. Francon puhelutiedoista ja tietokoneesta löytyy päivämääriä, jotka liittyvät jollain tavoin Francon toimintaan. Mutta miten? Kenen numeroita ovat prepaid -numerot?

4. Kuka tiesi, että Franco murhattiin? Viesti Lailalle jo ennen kuin tieto murhasta tuli julkisuuteen.

5. Tietääkö Francon tyttöystävä Laila kuitenkin jotain, jota ei ole kertonut? PITÄÄKÖ VIELÄ KUULUSTELLA? Onko rakkaudessa ollut rikka?

6. Tietokoneelta löytyy lista numeroita, joista ei selviä, mitä ne tarkoittavat.

7. Mikä oli syy siihen, että Franco palasi armeijan ja lyhyen Tampereen ajan jälkeen yhtäkkiä takaisin Italiaan? Keitä ovat ne kaksi henkilöä, jotka ovat valokuvissa? Mikä on heidän roolinsa? ODOTETAAN PAROLAN VASTAUSTA.

8. Franco palasi Suomeen ja Lahteen, mutta vaihtoi sukunimensä? Miksi? OLETUS – EI TAHTONUT KENENKÄÄN TIETÄVÄN HÄNEN TULOSTAAN? KEITÄ HÄN PELKÄSI ja MIKSI? Vaihtoehto – miksi halusi herättää huomiota vieraskielisellä sukunimellä?

9. Tunsiko Franco Lahdessa entuudestaan jonkun/joitakin? KYSELE VIELÄ BUSSIFIRMASTA?

10. Isotalo on tutustunut Mäkisiin Sorrentossa, onko hän tavannut Francoa Lahdessa? Tarkista ovatko tavanneet!

11. Mitä ovat bitcoin-tilit? Miksi niitä on kaksi? SAADAANKO SALAUS MURRETTUA?

12. Millä Franco eli? KYSY PALKKA! PANKKITILI!

13. Oliko hänellä sairauksia? Lääkitys? ONKO OLENNAISTA TIETÄÄ?

14. Käyttikö Franco huumeita – usein/satunnaisesti? KYSY LAILA JA YSTÄVÄT!

15. Oliko hänellä muita harrastuksia? SELVITÄ LAILAN JA YSTÄVIEN KANSSA VAI SELVIÄÄKÖ HAASTATTELUISTA?

16. Onko rikosrekisteriä, syytteitä? TUTKI ETENKIN TAMPEREEN AIKA!

Ritva Arvetvuo katsoo listaa ja yrittää vielä keksiä muita avoimia, uhriin liittyviä kysymyksiä. Mutta hänelle ei tule mieleen mitään muuta. Muita kysymyksiä on paljon, mutta ne saavat jäädä maanantaihin. Ne hän voisi listata Kolin kanssa. Hän laittaa paperin laatikkoon, lukitsee sen, sammuttaa tietokoneen, kastelee kaikki kaksi kukkaa ikkunalaudalla, pukee takin päälleen ja kaulaliinan kaulaan, sammuttaa valot ja sulkee oven. Ritva Arvetvuo hakee auton tallista ja lähtee kotiin viettämään viikonloppua perheen kanssa tapahtumarikkaan ja rankan viikon jälkeen.

Kotimatkalla hän tuntee, kuinka nälkä kurnii vatsassa. Hän pysähtyy Kivistönmäen Burger Kingiin ostamaan hampurilaisen, jonka syö ahnaasti ja juo Sprite-mukillisen sen päälle. Saapuessaan kotiin televisiosta kuuluu juuri puoli yhdeksän iltauutisten alkukommentit. Kaisu tulee äitiä eteiseen vastaan ja kysyy huolestuneena, onko äidillä nälkä. Hän voisi paistaa silakoita. Äiti liikuttuu tyttärensä huolenpidosta, halaa häntä ja kiittää tarjouksesta. Hän sanoo syöneensä matkalla oikein tuplahampurilaisen, jonka jälkeen nälästä ei enää ole tietoakaan. Uutisia katsotaan yhdessä. Kaisu tulee istumaan äidin viereen ja painaa päänsä tämän olkaa vasten. Äidin vieressä on turvallista olla.

Uutisten jälkeen suljetaan telkkari ja keskustellaan viikonlopun vietosta ja suunnitelmista lähteä Messilään laskettelemaan. Säätiedotusten mukaan viikonloppuna olisi hienot ulkoiluilmat. Kaisu kysyy miksei mentäisi Messilän sijaan vaikka Himokselle, siellä kun on pidemmät ja paremmat rinteet. Eikä sinnekään ole pitkä matka. Äiti katsoo kysyvästi isään, joka nyökkää huomaamattomasti. Jonkin ajan kuluttua äiti katsoo silmät sirrissä tyttäreensä ja kysyy, ikään kuin vakavana, tietääkö tämä mikä on kompromissi. Kaisua hymyilyttää. Totta kai hän sen tietää.

- Jippii, iloitsee Kaisu ja hyppää ilmaan kädet ylhäällä. - Siis huomenna Messilään ja sunnuntaina Himokselle. Vai päinvastoin?

Kuusitoista

Markku Isotalo on pitkästä aikaa kutsunut kotiinsa ihmisiä lounaalle. Hän on vähän eksyksissä, miten pärjätä aikataulun ja tarjoilun kanssa. Siitä, kun hän on viimeksi järjestänyt lounaita tai päivällisiä, on pitkä aika. Siksi hän on tapansa mukaan tilannut ruoat tutulta catering-yritykseltä. Ne on tuotu lämpöastioissa jo hyvissä ajoin. Isotalo on pyytänyt mukaan myös lämmitysohjeet aikamääritelmineen, jotta mikään ei menisi vikaan. Hän haluaa tehdä hyvän vaikutuksen Francon vanhempiin ja Lailaan.

Kun hän nostaa lautaset kaapista kattaakseen pöydän, hän huomaa kauhistuneena, että ainakin päällimmäinen on aivan pölyssä. Sama koskee laseja. Hän kiroilee hiljaa itsekseen, ottaa puhtaan astiapyyhkeen ja aloittaa lautasten pyyhkimisen ja lasien kirkastamisen. Astioiden pesuun hänellä ei enää ole aikaa. Aikaa ei myöskään ole taittaa valkoisia kangasserviettejä lummemuotoon. Se on ollut hänen bravuurinsa jo vuosien ajan, ja siitä häntä aina muistetaan kehua. Nyt paksut punaiset paperiservietit saavat riittää, eiväthän vieraat hänestä ole kuitenkaan niin tärkeitä. Serviettejä hän kuitenkin pujottaa kauniisti kaiverrettuihin vanhoihin, hopeisiin lautasliinarenkaisiin.

Kaikkea tätä tehdessään Isotalo muistelee menneitä aikoja. Hänen tulee väistämättä ikävä entistä elämäänsä. Avioliiton alkuvuosien vilkasta seuraelämää vaimonsa Kaijan kanssa. Vaimon kuoleman jälkeistä alkuun hiljaista, sittemmin kiireisemmäksi muuttunutta poikamieselämää. Työntäyteisiä ovat kaikki vuodet olleet, etenkin pari viimeistä ennen vangitsemista ja oikeudenkäyntiä. Eikä tilanne nytkään näytä yhtään hullummalta.

Erityisellä haikeudella hän muistelee illallista melko tarkkaan kolme vuotta sitten täällä hänen kotonaan. Se oli lupaava ilta hänen silloisen ja sittemmin viimeisimmän naisystävänsä Anniina Korpelan kanssa. Suhde tuntui silloin jo hyvin vakaalta. Anniina oli täydellinen. Hänessä oli kaikki ne ominaisuudet, joita hän naisessa toivoi. Oli kuitenkin täysin ymmärrettävää, että suhde loppui heti, kun Anniina sai tietää häneen kohdistuneista syytteistä. Eivät hänen omat vakuuttelunsa syyttömyydestä eikä käräjäoikeuden päätös saaneet Anniinan päätä käännytettyä. Hän ei ole kuullut sanaakaan naisesta lähes kolmeen vuoteen. Eikä hän missään nimessä aio tätä lähestyäkään. Ei millään tavalla. Ties vaikka Anniina olisi jo naimisissa! Hänellä riitti kyllä ottajia.

Isotalo tietää ja ymmärtää, miten mahdotonta oli yrittää löytää uusi naisystävä ennen hovioikeuden parin kuukauden takaista vapauttavaa päätöstä. Hän oli toivonut mielessään asian nopeaa käsittelyä, sillä kyse oli myös yksilön oikeusturvasta. No, oliko käsittely nopea vai ei? Nyt on kuitenkin ratkaisu selvillä. Hän on syytön. Nyt hän on valmis uuteen suhteeseen.

Lahden seudulla, jossa hänen nimensä on ollut otsikoissa, hän ei näe mitään mahdollisuuksia luoda kestävä suhde. Ehkä joku voi tai haluaa mielenkiinnosta ja uteliaisuudesta tavata hänet. Silloinkin voi syntyä epäilys, että tämän taka-ajatuksena on halu nähdä millainen mies "sarjamurhaaja" Isotalo oikein on. Vaikka hovioikeudenkin päätös on vapauttava, häntä pidetään murhaajana, jopa sarjamurhaajana. Ei. Kyllä hänen täytyy löytää seuralainen jostain muualta kuin Lahdesta. Täytyykö hänen turvautua netin deittipalveluihin? Ajatus kammoksuttaa häntä.

Vilkaistessaan kelloa hän havahtuu siihen, että on kuluttanut liikaa aikaa näihin ajatuksiin. Nyt on tärkeää valmistautua tapaamaan Francon vanhemmat ja Laila myös henkisesti. Pelkkä ruokatarjoilu ei riitä.

Ennen lähtöä hakemaan vieraita vielä viimeinen silmäys ruokapöytään ja keittiön pöydällä oleviin ruokiin ja juomiin. Yksi kevyt napsaus, ja uuni alkaa lämmetä. Hän toteaa tyytyväisenä kaiken olevan kunnossa. Vieraat voivat saapua!

Puettuaan kevyen tumman untuvatkin ja kietaistuaan ja solmittuaan kirjavan kaulaliinan hän laskeutuu nopeasti iloista joululaulua, Petteri Punakuonosta hyräillen portaat alas autotalliin ja ajaa auton pihalle. Onneksi naapuri on hoitanut lumenajon ilman, että hänen on tarvinnut sitä erikseen pyytää. Korkeat puhtaan valkoiset lumikinokset reunustavat pihan kolmelta puolelta. - Olisi lumien luonnissa käsipelillä ollut kova homma. Missähän se lumikolakin mahtaa olla? hän miettii.

- Täytyy muistaa jotenkin maksaa tai korvata hänelle kaikki tämä työ, tuumaa Isotalo kaartaessaan autonsa pihasta.

Hän parkkeeraa auton Lahden Seurahuoneen eteen ja näkee jo autosta, että Annika ja Pietro istuvat hotellin ala-aulassa. Kummallakin on koronamaskit päällä. Olisiko hänelläkin pitänyt olla? Hän nousee reippaasti autosta ja kiirehtii sisään.

- Olettekin jo valmiita. Toivottavasti ette ole joutuneet odottamaan kauaa, puhisee Isotalo hieman hengästyneenä tervehtiessään kyynärpäillä aviopari. Mielessään hän kiittää Luojaa, että matkan varrella ei ollut tutkia. Niin lujaa hän ajoi ja ylinopeudesta olisi voinut tulla reippaat sakot.

- Ei toki, tulimme hetki sitten alas. Meistä on aina mukava seurata hotellin elämää. Tämä kun on vähän niin kuin meidän työtäkin. Ihmisiä tulee ja menee, eikä koskaan tiedä millä asioilla he liikkuvat. Usein annamme mielikuvituksen laukata ja kerromme toinen toisellemme mitä joku henkilö tuo mieleen. Se on kuin jatkokertomusta kirjoittaisi. Yksi aloittaa, toinen jatkaa, vastaa rouvan Mäkinen iloisesti.

- Jaa, mitä mahtaisittekaan ajatella minut nähdessänne? hymähtää Isotalo ja iskee silmää. - Vaikka kyllähän te jo minut tunnette vuosien takaa. Te ette muuten ole muuttuneet lainkaan

sitten viime näkemän. Olisin tunnistanut teidät vaikka täpötäydessä metrossa.
- No totta puhuen, et paljon sinäkään. Mitä nyt vähän hoikistunut, vastaa Annika kohteliaasti. - Taidat harrastaa kuntosalia ja liikuntaa.

Isotalo ei tiedä, onko pariskunta tietoinen hänen lähimenneisyydestään ja synkistä rikosepäilyistä. Eikä hän aio kysyäkään. Hän toivoo, että Laila, jonka täytyy tietää hänen tapauksensa, ei ota asiaa esille, ainakaan tänään lounaan aikana.
- No eiköhän nyt voida siirtyä autoon. Käydään vielä hakemassa Laila, hän asuu tässä matkan varrella, Kivistönmäellä.

Kun Laila näkee Isotalon Hondan pysähtyvän talon eteen, hän pukee nopeasti takin päälle ja kiirehtii ulos. Isotalo nousee autosta, tervehtii häntä ja avaa auton oven. Laila menee takapenkille Pietron viereen ja kiinnittää turvavyön. Annika istuu etupenkillä. Nopeasti Laila taputtaa molempia käsivarteen. Hän ei pysty sanomaan mitään, sillä vanhempien näkeminen saa hänen sisimpänsä kivistämään.
- Mitä mahtavat vanhemmat juuri nyt ajatella, hän miettii samalla kun yrittää estää kyynelten valumista. Varovasti hän tarkkailee Isotaloa ja muistelee, mitä tästä kirjoitettiin parisen vuotta sitten.

Seitsemäntoista

Kilpiäinen näyttää aurinkoisena talvipäivänä parhaat puolensa. Puhdasta vitivalkoista lunta on kinoksittain pihoilla ja katujen varsilla. Puita koristaa ohut lumikerros, joka näyttää ihan sokerikuorrutukselta. Metsä ei enää ole yhtä vihreätä massaa. Nyt erottuvat yksittäiset puut yksilönä lumisine oksineen. Kuusten kauniit pitkät oksat tuovat esiin kuusikon kauneuden.
Perille tultaessa omakotialueen rauhan voi aistia. Ja sitä vieraat kehuvat noustessaan autosta Isotalon omakotitalon edessä. Vieraat seisovat pihalla ja kuuntelevat hiljaisuutta. Hiljaisuutta, jota ei Italiassa ainakaan Amalfin rannikolla helposti löydä eikä kuule.
- Hetki vain. Ajan auton talliin. On iltapäivällä mukavampi lähteä lämpimällä autolla takaisin. Odottakaa tässä, niin mennään yhdessä sisään pääoven kautta. Kun on oikein näin tärkeitä vieraita, yrittää Isotalo jutella leppoisasti.
Vieraat jäävät pihalle ihastelemaan ympäristöä ja luontoa. Isotalo sulkee autotallin oven ja ohjaa vieraat sisään. Jokainen napauttaa kengät puhtaaksi lumesta ennen kuin astuu eteiseen. Naiset vaihtavat sisäkenkiin, herrat tyytyvät vain ravistamaan sulaneen lumen pois ja pyyhkimään kengät ovimattoon.
- Olkaa hyvät ja valitkaa mukavimmat istuimet. Sohva on aika pehmeä, nojatuolit ovat hieman korkeampia ja kovempia. Tuon ensin pienen aperitiivin, lausuu Isotalo jo isännän äänellä kehottaessaan vieraita istumaan.

Annika ei istuudu heti, vaan kiertää katsomassa olohuoneen tauluja. Hän huomaa takaseinän kirjahyllyn, jossa toinen puoli on täynnä kirjoja ja toinen levyjä. Niitä tutkiessaan Annika havahtuu, kun kaiuttimista alkaa kuulua hiljaista musiikkia.
- Kas tässä. Lasillinen Campari-Orange-Passion. Muistaakseni tätä juomaa nautittiin aina siellä Sorrentossa auringonlaskua ihastellessa, selittää Isotalo tarjoillessaan juomia vierailleen. - Eihän tämä oikein jouluinen juoma ole, mutta minulle se palauttaa mieleen ihania ja kauniita kesäisiä muistoja. Olisin tietysti voinut tarjota glögiä, mutta...
- Kiitos. Siitä taitaa olla jokunen vuosi, kun kävit meillä. Nykyisin kaikki juovat Campari-Spritziä, naurahtaa Annika Mäkinen ja jatkaa. - Mutta mitä on tämä kaunis, lähes mystiseltä kuulostava musiikki?
- Se on mielimusiikkiani. Se on Arvo Pärtin Spiegel im Spiegel. Laitan sen aina soimaan, kun tulen kotiin. Sitä ei tarvitse välttämättä keskittyä kuuntelemaan. Se voi soida taustalla ja se vain luo oikean tunnelman. Ja ennen kaikkea se rauhoittaa. Hauska, että pidät siitä, Annika, toivottavasti te muutkin, vastaa Isotalo ystävällisesti ja nyökäyttää päätään kaikille.
- Huomasin että katselit levykokoelmaani. Se on aika mahtava, vai mitä! Joku sanoi joskus, että minut on marinoitu musiikilla. Pitänee kai paikkansa. Aloitin musiikkiin tutustumisen valmistuttuani ja tutustuttuani edesmenneeseen vaimooni Kaijaan. Niin, hänethän tekin tapasitte siellä teillä vuosia sitten. Hän ohjasi minut tämän hienon taiteenlajin pariin. En ole siitä irti päässyt, melkeinpä päinvastoin. Musiikissa minulle tärkeää on melodia ja instrumentit, joko soitin tai ihmisääni. Ei niinkään sanat. Toisille taas sanat ovat hyvinkin tärkeitä. Voisin puhua tästä pitkään, mutta enpä taida tehdä sitä nyt.
- Soitatko itse jotain instrumenttia? jatkaa Annika ja käy istumaan sohvalle miehensä viereen. Hän luo samalla silmäyksen viereisessä huoneessa olevaan pianoon.

- Niin pitkälle en kuitenkaan ole päässyt, naurahtaa Isotalo. - Täytyy jättää se puoli ammattilaisille.

Suomeksi käyty keskustelu jatkuu lähes yksinomaan Isotalon ja Annika Mäkisen vuoropuheluna. Isotalo yrittää välillä käyttää heikkoa englantiaan voidakseen vaihtaa mielipiteitä Annikan miehen Pietron kanssa. Mutta keskustelu on jäykkää, sillä englanti ei ole Pietronkaan vahva kieli.

Laila istuu kädet sylissä muuten vain vaiti, vaikka pystyisi osallistumaan molempiin keskusteluihin. Häntä ujostuttaa ja ihmetyttää, miksi hänet on kutsuttu mukaan. Eihän hän tunne Isotaloa. Ei ole koskaan kuullut Franconkaan mainitsevan kyseistä henkilöä. Toki hän tietää Isotaloon liitetyt syytteet ja oikeudenkäynnit, mutta siinä kaikki. Mieluiten hän olisi tavannut Francon vanhemmat kahden kesken voidakseen käsitellä omaa suruaan heidän kanssaan. Hän toivoo, että vielä tulee siihenkin mahdollisuus.

Laila havahtuu yhtäkkiä siihen, kun Francon äiti osoittaa kysymyksen suoraan hänelle.

- Laila, haluaisitko kertoa, miten löysit Francon? Rikoskomisario Arvetvuo kertoi meille, että sinä löysit hänet ensimmäisenä.

- Niin, aloittaa Laila epävarmasti ja katsoo käsiään. - Franco sai lauantaina meidän lauluyhtyeen harjoitusten aikana viestin ja puhelinsoiton. Hän kertoi, että pitää mennä töihin. Tuuraamaan toista kuljettajaa. Hän huudahti minulle lähtiessään, että kertoo minulle illalla kaikki. Hän lähti kiireesti. En soittanut hänelle lauantaina illalla. Ajattelin hänen olevan ajossa. Sunnuntaina lähdin hänen luokseen, jotta voisimme yhdessä mennä kilpailuun, johon lauluyhtyeemme osallistui. Olimme harjoitelleet ohjelmistoa jo kauan. Kun soitin ovikelloa, Franco ei tullut avaamaan ovea. Ei hän myöskään vastannut puhelimeen. Olin kiukkuinen. Ajattelin että hän on nukkunut pommiin. Soitin ovikelloa ja puhelinta, useita kertoa. Turhaan. Menin kilpailupaikalle yksin. Jännitimme kuorolaisten kanssa, ennättääkö hän mukaan. Ei tullut. Ei vastannut puhelimeen eikä avannut ovea myöhemminkään. Maanantaina soitin bussifirmaan kysyäkseni lauantain ajosta. Kuulin, että ei sellaista ollut ollutkaan. Franco oli valehdellut minulle ja muille kuorolaisille. Minua sapetti vietävästi hänen valehtelunsa. Kiukkuisena lähdin taas hänen asunnolleen. Kun hän ei vieläkään avannut ovea, pyysin talonmiestä avaamaan oven. Pelkäsin että Franco oli saanut jonkun sairauskohtauksen. Sieltä hän löytyi kylpyammeesta. Siinä kaikki, kertoo Laila kiihkeästi ja nopeasti, hengästyneenä ja selvästi vielä järkyttyneenä.

- Mitä poliisi epäilee tapahtuneen? kysyy Isotalo.
- Ensin epäiltiin luonnollista kuolemaa tai jopa itsemurhaa. Laboratoriotutkimuksissa ilmeni kuitenkin, että hän oli saanut tyrmäystippoja. Hänet oli riisuttu ja viety ammeeseen, jossa hän oli kuollut, jatkaa Laila nyt hitaammin, varovasti ja pelokkaana.
- Siis se ei ollutkaan itsemurha vaan murha, huudahtaa kauhistuneena Isotalo. - Kuka halusi murhata Francon? Ja miksi?
- Ei sitä kukaan tiedä eikä tekoa ymmärrä. Ei Francolla ollut vihamiehiä, eikä hän missään nimessä ollut sekaantunut mihinkään epämääräiseen. Kyllä minä olisin sen havainnut ja tunnistanut, jos näin olisi ollut. Niin ja... Minä vielä sain maanantaina vai oliko se kuitenkin tiistaina illalla viestin puhelimeeni, jatkaa Laila taas kiihkeämmin ja antaa katseensa kiertää läsnäolijoissa.
- Minkälaisen viestin, kysyy Isotalo samanaikaisesti Annika Mäkisen kanssa.
- Se viesti oli karmaiseva. Siinä luki vain "Se oli murha."
- Eikä mitään muuta?
- Ei. Yritin selvittää puhelinnumeron, mutta se ei onnistunut. Kyseessä oli joko prepaid tai salainen numero.
- Kerroit varmaan tästä myös poliisille?
- Totta kai. He vain vastasivat, että viesti vahvisti laboratoriokokeiden tuloksia — murhasta.

- Annoit varmaan puhelinnumeron heillekin. Heillä on paremmat mahdollisuudet selvittää tällaiset numerot kuin matti meikäläisellä, jatkaa Annika.

- Kyllä annoin. Ja nopeasti poistin sen omasta puhelimestani. En halunnut nähdä sitä enää ikinä, en edes vahingossa. Se oli niin karmea viesti, että minua alkoi pelottaa. Kyllä meidän seurustelumme oli kaikkien tiedossa, mutta nyt pelkään, että minullekin sattuu jotain, jatkaa Laila selvästi peloissaan, lähes shokissa.

- Rauhoitu Laila, miksi sinulle nyt sattuisi jotain, toteaa Annika Mäkinen. Hän ottaa molemmin käsin Lailaa ranteesta kiinni ja puristaa sitä ystävällisesti samalla kun katsoo tätä rauhoittavasti silmiin.

Vähään aikaan kukaan ei sano mitään. Hiljainen musiikki soi taustalla. Mutta se on nyt jo jotain muuta kuin äskeinen viulumusiikki.

- Mitäs tämä musiikki sitten oikein on, kyselee Annika ihmetellen ja kääntyy Isotalon puoleen.

- Tämäkin kuuluu mielimusiikkeihini. Se taas on ensimmäinen Erik Satien Gymnopedies-sarjasta.

- Kaunista, lähes meditoivaa, jatkaa Annika.

- Niin, en halua nyt soittaa joulumusiikkia. Sitähän on tullut joka tuutista jo kohta kuukauden ajan. Mutta on tosi ikävä keskustella tästä onnettomuudesta tai eihän se ollut onnettomuus. Tästä Francoa koskevasta tapahtumasta, aloittaa Isotalo. - Mutta mitähän siellä oli tapahtunut ja miksi? Olikohan sieltä viety jotain? jatkaa Isotalo ja katsoo nyt Lailaa ymmärtäväisesti ja ikään kuin vastausta odottaen.

- Ei kai siellä mitään oltu viety, ei siellä ainakaan ollut mitään jälkiä siitä, että siellä olisi pengottu. Kaikki näytti ihan normaalilta, kun katsastin huoneiston tullessani sisään. Samassa kunnossa se oli kuin lauantaina, jolloin kävin siellä. En tiedä onko minulle kerrottu kaikki, mutta tässä kaikki mitä minä tiedän. Ehkä poliisi tietää enemmän...

- Sanoit, että Franco oli maininnut kertovansa sinulle kaikki. Mitä hän mahtoi tarkoittaa? jatkaa Isotalo.
 - En tiedä. Me kyllä aina kerroimme toisillemme kaikki. Ei hän nyt ennättänyt kertoa minulle mitään, hermostuu Laila Isotalon kysymyksistä.
 - Tehän olitte Francon kanssa yhdessä jo pari vuotta, eikö totta. Olisikohan hänellä ollut ongelmia töissä? Jotain mitä hän olisi sieltä halunnut kertoa?
 - Töistä? ihmettelee Laila. - Ei hän mitään muuta kertonut, kuin että nyt pandemian aikana ajovuorot vähenivät. Hän viihtyi erinomaisesti bussifirmassa, jossa hänellä oli hyviä työtovereita. Bussit olivat hyväkuntoisia ja ajovuoroista saattoi sopia hyvin ajomestarin kanssa. Mitä siinä olisi enempää kertomista, oudoksuu Lailaa.
 - Se varmaan vaikutti myös palkkaan. Millä hän tuli toimeen? jatkaa Isotalo.
 - Mitä se tähän kuuluu? ihmettelee Laila melkein kiukkuisesti ja luo oudoksuvan katseen myös Francon vanhempiin.
 - Anteeksi, ei tietenkään kuulu. Mitä minä nyt tällaisia? Anteeksi vaan. Taitaa olla ammatin vika, sopertaa Isotalo ja näyttää häpeävän tyhmiä kysymyksiään. Mielessään hän harmittelee, että töksäytti kysymyksen niin suoraan.
 - Tämä on niin kovin ikävä juttu. Ei siitä ole mukava puhua, vaikka me kaikki tietysti haluamme saada siitä selvyyden ja syyllisen kiinni. Mutta jätetään nyt tämä keskustelunaihe ja siirrytään pöytään. Olkaapa hyvät, kutsuu Isotalo vieraat pöytään sovittelevan tuntuisesti.

Kahdeksantoista

Pöytä on kauniisti katettu. Punaiset servietit tuovat mieleen lähestyvän joulun samoin punaiset kynttilät ja tulppaanit valkoisessa Aalto-maljakossa.

- Olen pahoillani, en muistanut kysyä, onko teillä mahdollisesti jotain ruoka-allergioita. Toivottavasti ei. Alkuruokana on korvasienikeitto, pääruokana on paistettua kuhaa lisukkeineen ja jälkiruokana vaniljajäätelöä ja lakkahilloa. En halunnut vielä mennä joulumenuun pariin. Sitähän saa syödä pitkän aikaa.

- Kuulosta herkulliselta ja aika suomalaiselta, naurahtaa Annika muiden vain nyökätessä päätään.

Laila kääntää menun Pietrolle italiaksi juuri ennen kuin Annika ehtii. Pietroa kiinnostaa etenkin korvasienikeitto. Hän ei tunne sientä lainkaan. Laila kertoo hänelle tästä supermyrkyllisestä, mutta oikein käsitellystä herkullisesta kevätsienestä kaiken juurta jaksain.

Pietro sanoo odottavansa mielenkiinnolla saada maistaa tätä hänelle uutta herkkua. Tatit hän tietää, onhan Italiassakin herkkukaupoissa myynnissä suomalaisia, Dalla Vallen yrityksen Italiaan tuomia kuivattuja tatteja. - Niitä ostetaan ja niistä Annika tekee keittoa silloin, kun halutaan tarjota jotain oikein herkullista ja ehkä vähän eksoottistakin. Kyllä Italiassakin kasvaa tatteja, mutta valitettavasti siellä sienestys on paljon hankalampaa kuin Suomessa, jossa se kuuluu olevan sellainen jokamiehen oikeus, hän vielä toteaa.

- Kylläpä puhut hyvin italiaa, ihastelee Annika Mäkinen ja kääntyy Lailan puoleen. - Missä olet oppinut?
- Luin koulussa latinaa, joka ei suinkaan ollut mieliaineeni. En silloin arvannut, mitä hyötyä siitä olisi. Mutta vanhempana menin Työväenopistoon ja aloitin italian alkeiskurssin siellä. Jatkoin siellä monta vuotta. Meillä oli hyvä opettaja. Italian kieli on minulle helppoa, sillä jo musiikkitermeissä on paljon käyttökelpoisia sanoja ja niistä ymmärtää tai oppii jopa kielioppiakin. Eikä ääntäminenkään ole suomalaiselle vaikeaa.
- Ei Franco kertonut meille, että näin hyvin puhut! *Auguri!*
- Harjoittelin puhumista tietysti Francon kanssa. Välillä se meni kyllä ihan hösseliksi, kun Franco oli sitä mieltä, että en minä kyllä koskaan opi kieltä kunnolla. Mutta jatkoimme silti harjoittelua. Meillä oli kyllä aika hauskaa… Meidän tarkoituksemme oli yllättää teidät nyt jouluna. Ja oli meillä ollut jo suunnitelmia yhteisestä tulevaisuudesta. Niin, joko täällä Suomessa tai ehkäpä jopa Italiassa.

Tämän jälkeen Annika tarttuu taas Lailan käteen ja hyväilee sitä rauhoittavasti. Lailalta pääsee pitkä huokaus. Samalla hän toisella kädellä hieraisee kostuneita silmiään.

***

Ruokapöydässä käydään hiljaista keskustelua pandemiasta ja kaikesta muusta ajankohtaisesta. Francon kuolemasta ei kukaan sano enää sanaakaan. Tunnelma on hieman jäykkä, mutta ruoka maistuu kaikille ja sitä kiitellään. Jälkiruoan päälle Isotalo keittää vielä espressot. Kahvin kanssa hän tarjoilee suklaata, sillä konjakista vieraat kieltäytyvät.

- Nämä After Eight -suklaat ovat mielisuklaitani, niin kuin oikeastaan kaikki hyvä suklaa. Minulle tulee niihin välillä ihan himo, naurahtaa Isotalo, kun hän avaa suklaarasian ja tarjoilee siitä vieraille.

Juotuaan kahvin ja syötyään suklaan Annika vaihtaa muutaman sanan hiljaa miehensä kanssa. Hän kääntyy Isotalon puoleen ja ilmoittaa tälle, että he olisivat valmiit palaamaan hotelliin. Tähän kommenttiin yhtyy myös Laila, silmin nähden helpottuneena.

Kaikki nousevat ruokapöydästä. Vieraat kiittävät isäntää herkullisesta lounaasta ja miellyttävästä iltapäivästä samalla kun ovat jo kääntymässä mennäkseen eteiseen. Isotalo kiittää vieraita käynnistä. Hän toteaa lopuksi, että on tarvittaessa kaikessa tukena ja apuna, niin että Francon murhaaja saadaan kiinni.

- Voitte soittaa minulle mihin tahansa aikaan vuorokaudesta, jos teille tulee kysymyksiä tai jos teitä alkaa ahdistaa. Yhdessä voimme hoitaa kaiken paremmin kuin yksin. Ja olen tarvittaessa yhteydessä vaikka poliisiin, hän jatkaa yrittäen olla vakuuttava. Odottakaa hetki, haen auton autotallista. Teidän on helpompi mennä tästä suoraan pihalle kuin kavuta jyrkät ja kapeat portaat alas autotalliin, joka on ahdas.

Isotalo auttaa vieraille ulkovaatteet päälle, avaa ulko-oven ja sulkee sen heidän jälkeensä. Itse hän laskeutuu nopeasti portaat alas ja ajaa auton pihalle.

Kun vieraat astuvat ulos, pääsee Annikalta ihastuksen huokaus.

- Katsokaa miten kaunista! Tämä on se kuuluisa sininen hetki. Pietro, Italiassa en ole koskaan nähnyt mitään vastaavaa. Eikö ole kaunista? Eikä tämä kestä kauaa ennen kuin pimeys tulee ja voittaa. Ja äkkiä se on ohi ja kaikki on mustaa. Voisin ihailla tätä vaikka kuinka kauan! Saisitko Pietro tästä kännykällä kuvan?

Paluumatkalla kaupunkiin ei autossa juurikaan käydä keskusteluita. Tunnelma on vaisu. Autossa Annika kertoo, että he lähtevät seuraavana päivänä eli maanantaina Kuhmoisiin, josta ovat varanneet itselleen mökin viikoksi. Hän mainitsee myös epäilevänsä, että jouluviikon aikana rikoksen tutkinta kovinkaan nopeasti pääsisi etenemään. Maalla he haluavat miehensä kanssa rauhoittua ja sopeutua uuteen tilanteeseen.

Joulusta tulee kuitenkin erilainen kuin mitä he olivat syksyllä suunnitelleet.

- Laila, sinulle toivotamme hyvää joulua ja jaksamista. Haluaisitko vielä jossain vaiheessa tavata meitä? Joko nyt jouluviikolla? Voisit tulla meille Kuhmoisiin koska tahansa. Mökissä on tilaa. Mutta tapaamme viimeistään ainakin Francon siunaustilaisuudessa, milloin se sitten onkaan. Sitä ennen emme lähde takaisin Italiaan. Siitä ajankohdasta on rikoskomisario Arvetvuo luvannut kertoa meille niin pian kuin se on mahdollista. Ehkä silloin on jo tekijäkin saatu selville.

- Kiitos Annika, haluan ehdottomasti tavata teitä. Jo ennen hautajaisia. Voimme yhdessä puhua vielä enemmän Francosta. Hän oli minulle hyvin tärkeä henkilö. Ja oli meillä jo alustavasti joitain yhteisiä suunnitelmiakin, kuten ruokapöydässä mainitsin, toteaa Laila hyvästellessään pariskunnan Isotalon autossa. Voinko soittaa sinulle ja sopia tapaamisesta?

- Totta kai voit soittaa, ihan koska vaan. Tapaamisemme olisi meille molemmille, tarkoitan Pietroa ja minua, erittäin tärkeä.

- Kiitos myös teille Markku Isotalo. Oli miellyttävä tutustua. Ja lounas oli erinomainen. Kiitos myös kyydistä.

- Voi Laila, ei sinun tarvitse minua teititellä. Sano vaan jatkossa Markku, naurahtaa omahyväisesti Isotalo avatessaan Lailalle autonoven. - Tässä vielä varmuuden vuoksi käyntikorttini, jos haluat soittaa minulle ja puhua, niin ihan mistä vaan. Ja ihan milloin vaan. Minulle voit kertoa kaikki huolesi.

- Kiitos, on Lailan lyhyt vastaus Isotalon tarjoukseen. Hän työntää käyntikortin puolihuolimattomasti taskuunsa ja kävelee pois autolta. Hän avaa kerrostalon alaoven ja astuu rappukäytävään, jonne sytyttää valon. Rapussa Laila huokaa.

Sama lähtöseremonia tapahtuu Lahden Seurahuoneen edessä. Käyntikortti vaihtaa omistajaa. Kiitos ja kättely. Sunnuntailounas on ohi.

Yhdeksäntoista

Laila nousee rappuset ylös kolmanteen kerrokseen ja avaa oven. Hiljaisuus on häntä vastassa. Eikä hän halua rikkoa sitä. Hän pukee päälleen kotiasun, heittäytyy sängylle pitkäkseen ja elää uudelleen kuluneen päivän hämärässä huoneessa. Ulkona on jo pimeää ja pihaa valaisee vain muutama pihavalo. On aivan hiljaista, ei edes lasten ääniä kuulu pihalta.

- Kyllä Isotalo vaikuttaa ihan asialliselta herrasmieheltä. Ihan selvästi hän haluaa auttaa ja tukea niin Francon vanhempia kuin minuakin. Mutta jotain sellaista oli hänessä ja hänen puheissaan, joka löi säröjä aitoon hyvään tahtoon. Yrittikö hän liikaa antaakseen itsestään ystävällisen ja luotettavan kuvan vai oliko hän yhtä hermostunut kuin me muut? miettii Laila hämmentyneenä ja katsoo näkemättömin silmin kattoon.

- Millä tavalla hän voisi olla apuna löytää murhaaja? Ei kai poliisi hänelle kerro tutkimuksistaan ja löydöistään? Minä en ainakaan kerro hänelle yhtään mitään enempää kuin mitä tänään kerroin hänen kotonaan. Olikohan se huono juttu, kun kerroin siitä tekstiviestistä?

Surullisesti itsekseen hymyillen hän muistelee viimeistä ateriaa Francon kanssa. Yhdessä syötiin Francon keittiössä niin sanottua roskaruokaa, ranskalaisia perunoita ja uunimakkaraa ja jälkiruoaksi kaupasta ostettua halpaa Paula-suklaavanukasta. Ei ollut joka ruokalajia varten omaa viiniä, ei hopeisia aterimia eikä kristallilaseja. Mutta ei myöskään ollut väkinäistä keskustelua. Tunnelma oli ollut lämmin ja ilmassa rakkautta, puhuttiinhan vakavasti yhteisestä tulevaisuudesta. Näitä hetkiä ja puheita muistellessa Lailalle tulee hyvä olo. Hän sulkee silmät ja ristii käsivartensa kevyesti rinnan päälle.

Tietämättä kuinka kauan oli sängyssä ollut, Laila havahtuu näistä ajatuksista nykyhetkeen. Hän terästäytyy ja päättää soittaa Annikalle. Nyt Laila haluaa, ja hänestä on hyvä aika sopia vierailusta Kuhmoisissa, kuten tämä oli ehdottanut. Lailalle sopii vierailu minä tahansa päivänä. Hän ei ole halunnut lupautua viettämään joulua kenenkään ystävänsä tai sisarustensa kanssa. Hän viettäisi sen joko yksin kotonaan tai Francon vanhempien kanssa Kuhmoisissa. Juuri tätä oli suunniteltu Francon kanssa.

***

Annika ja Pietro Spinelli nousevat hissillä hotellin neljänteen kerrokseen, jossa on heidän huoneensa. Ikkunasta on näkymä Aleksanterinkadulle. Huone on rauhallinen eikä ylös kuulu liikenteen ääni. Kun he astuvat huoneeseen, ottaa Pietro vaimonsa hellään halaukseen. Hän pitää käsiä Annikan ympärillä pitkän aikaa ja silittää rauhallisesti tämän hiuksia. Hän auttaa varovasti vaimoltaan päällystakin ja ohjaa tämän nojatuoliin istumaan. Kumpikaan ei sano mitään.

Minibaarista Pietro ottaa pienen punaviinipullon, jonka jakaa kahteen lasiin. He istuvat pitkän aikaa hiljaa viinilasit käsissään, edes maistamatta niistä. He eivät sano eivätkä tee mitään muuta kuin istuvat. Annika laskee lasin sohvapöydälle ja purskahtaa rajuun itkuun. Pietro nousee ja nostaa samalla Annikan seisomaan tiukkaan halaukseen. Hän hieroo tämän selkää rauhallisin, pitkin liikkein hartioista ristiselkään, kunnes tämän itku vähitellen loppuu ja hengitys tasaantuu. Pietro istuutuu vaimonsa viereen ja pitää tätä hellästi kiinni, vasemmalla kädellä hartioista ja oikealla kädestä.

- Kuulitko Pietro, Francolla ja Lailalla on ollut yhteisiä tulevaisuuden suunnitelmia, joista he olisivat kertoneet meille jouluna? Ja sitä varten Laila on opetellut italiaakin niin hyvin, että varmasti pärjäisi myös Sorrentossa tai mihin päin Italiaa he nyt olisivatkaan muuttaneet. Onkohan Laila raskaana? Minä en kestä, valittaa Annika ja purskahtaa uuteen rajuun itkuun.

- Kyllä kuulin ja ilahduin suunnattomasti. Olen aina toivonut, että Franco olisi meidän kanssa tai ainakin meidän lähellä. Mehän olemme perhe. Ja varmaan sinäkin olit Francolle se kuuluisa italialainen "mamma" vaikka et itse siitä nimityksestä niin välitäkään. Se kai sitten on enemmän kuin suomalainen "äiti" tai mistä minä sen tiedän. Tiedäthän sinä minun suhteeni "mammaani". En voi sille mitään. Se vain on niin.

- Kyllä tiedän, hymähtää Annika ja kuivaa silmiään. - Eiköhän se ole tullut selväksi jo pari vuosikymmentä sitten, kun minut ensi kertaa vanhemmillesi esittelit. Nyt se tilanne naurattaa, mutta silloin se lähinnä itketti. Eihän kukaan muu osaa hoitaa poikaansa ja laittaa oikeanlaista ruokaa kuin "mamma". Ei sitä hyvällä katsottu, kun poika kaiken kukkuraksi vielä nai suomalaisen...

- No niin. Ei kai tarvitse taas puhua siitä, kiirehtii Pietro lopettamaan aloittamansa keskustelun italialaisesta "mammasta".

- Mitäs jos soitettaisiin saman tien Lailalle. Pyydettäisiin ja sovittaisiin vierailu. Jouluaatto on perjantaina. Voisikohan hän tulla ensimmäisenä joulupäivänä ja olla vaikka yötä. Niin meillä olisi hyvää aikaa jutella keskenämme ja...

- Se on hyvä ajatus. Minusta vaikutti siltä, että Laila ei oikein viihtynyt siellä Isotalon luona. Ehkä hänkin haluaa purkaa mielensä ja tunteensa. Ilman että paikalla on ketään ulkopuolista. Isotalohan on täysin vieras Lailalle. Ja melkeinpä meillekin. Sinullahan on hänen numeronsa, vai...

- Joo, minä olen asentanut sen kännykkään. Soitetaan hänelle nyt saman tien, yhtyy Annika miehensä ehdotukseen ja valitsee Lailan numeron.

***

- Laila, kuuluu puhelimesta vaimea ja varovainen ääni.
- Annika täällä hei. En kai häiritse sinua?
- Et todellakaan. Makasin sängyllä miettimässä tämän päiväistä tapaamista Isotalon luona. Täytyy myöntää, että olen hieman hämmentynyt. Enhän tunne häntä entuudestaan, tiedän vain sen, mitä lehdissä on kirjoitettu. Ja täytyy kyllä sanoa, että mietin myös Francon ja minun viimeistä yhteistä ateriaa...
- Mitä lehdissä on kirjoitettu? ihmettelee Annika ja vaikuttaa uteliaalta.
- Voi, ei mitään. Hänhän on asianajaja, jolla on ollut suuria juttuja ja jopa oikeudenkäyntejä asiakkaiden kanssa. Niistä on lehdissä kirjoiteltu ja... Ajattelin juuri soittaa sinulle ja ehdottaa tapaamista. Olimme iloinneet teidän tulosta ja odottaneet Francon kanssa yhteistä tapaamista, mutta näin tässä kävi. Mutta nyt jos koskaan, niin haluan tavata teitä ja puhua sydämeni puhki omasta hädästäni ja tunteistani. En voi ymmärtää sitä, mitä on tapahtunut.
- Puhumista varmaan riittää. Tässä Pietron kanssa ajattelimme, että voisitko tulla meille Kuhmoisiin ensimmäisenä joulupäivänä, sehän on lauantai. Voisit olla meillä yötä tai vaikka kaksikin yötä. Vai onko sinulla muita suunnitelmia jouluksi?
- Ei ole muita suunnitelmia eikä sopimuksia. Olimmehan Francon kanssa jo ajatelleet viettävämme joulun teidän kanssanne.
- Voidaanko sopia lauantaista. Millä pääset tulemaan? Busseja ei varmaan kulje.
- Minä voin lainata auton ystävältäni, joten ei ongelmia. Voinko tuoda jotain tullessani? Syötävää tai juotavaa?
- Auto taitaa olla ainoa tapa päästä tänne jouluna. Hienoa että tulet. Ei sinun tarvitse tuoda mitään muuta kuin itsesi. Kyllä siellä on syötävää ja juotavaa ihan riittävästi. Päärakennuksen ravintolassa on kuulemma erityisen hienot jouluateriat, jonne ei-asukkaat oikein jononottavat. Laila, on ihana tavata sinut oikein ajan kanssa. Voidaan jutella oikein kunnolla. Pikaisiin

tapaamisiin! Tai odotas! Voit sittenkin tuoda jotain. Sinulla on varmaan tuoreita valokuvia Francosta. Toisitko niitä meille näytille? Francon valokuva-albumien paperikuvat loppuvat Tampereen aikaan. Sen jälkeen varmaan kaikki kuvat on kännykässä. Ja sitä Francon kännykkää tuskin saadaan toimimaan.

- Totta kai tuon. Franco tykkäsi napsia kuvia ja laittoi niitä minulle. Kuvia on vaikka kuinka paljon. Voidaan samalla katsoa mitkä kannattaisi kehittää paperikuviksi ja mitkä riittävät diginä, jotka lähetän sinulle. Soitan teille, kun lähden täältä. Matka vie noin tunnin verran, ehkä vähän enemmänkin. Se riippuu kelistä. En ole kovin taitava talvikelien ajaja. Terveiset Pietrolle! Tapaamisiin!

- Sanotaan, hän istuu ihan tässä vieressä ja pitää minua kädestä kiinni. Totta puhuakseni, olen niin onneton. *Stai bene! Tante belle cose, Laila!*

Puhelun päätyttyä Laila istuu pitkään paikallaan. Häntä harmittaa, että tuli maininneeksi jotain Isotaloa koskevista lehtikirjoituksista. Kaiken todennäköisyyden mukaan Francon vanhemmat eivät tiedä mitään Isotaloa koskevista syytteistä ja oikeudenkäynneistä. Mutta toisaalta eihän niistä kai voi vaietakaan, jos ne nousevat esiin.

Laila pukee ulkoiluvaatteet ja tekee illalla vielä pienen lenkin Mukkulan ympäri ennen nukkumaan menoa.

Kaksikymmentä

Laila palaa jouluaaton aattona töistä kotiin. Kassissa painavat joululahjat asiakkailta, työnantajalta ja kollegoilta. Kotona hän purkaa kantamuksensa pöydälle ja ihastelee kukkia, Bacisuklaarasioita, hunajapurkkia, muutamaa glögipulloa ja kauniisti sellofaaniin pakattuja piparkakkuja.

- Olenko ollut näin kiltti? Näin paljon lahjoja! hän huokaa lahjapaljoutta katsellessaan.

Kun Laila nostaa lahjoja kassista hän huomaa, että osa lahjoihin kiinnitetyistä korteista on irronnut. Kassi tuli hänen sitä pakatessaan niin täyteen, että viimeiset paketit piti tunkea sinne väkisin, jolloin kortit ovat irronneet ja pudonneet kassin pohjalle. Kortteja lukiessaan hän hämmästyy, kun kaikissa korteissa ei olekaan nimeä. Laila uskoo kuitenkin osaavansa yhdistää lahjan sen antajaan. Tosin luettuaan pari ensimmäistä korttia ja katsoessaan lahjoja hän alkaa epäillä asiaa.

- Ei tämä olekaan niin selvää. Mistä nyt voin tietää, mikä lahja on keneltäkin ja miten kiittää lahjan antajia? ihmettelee Laila puoliääneen ja nostaa kädet yhteen puristettuina suun eteen.

Hämmentyneenä hän lukee kortit uudelleen läpi ja laittaa ne pöydälle yrittäen samalla muistaa tilanteen, jossa oli lahjan saanut. Osa lahjoista oli kuitenkin odottanut häntä kahvihuoneen pöydällä. Hän ei ollut tavannut henkilökohtaisesti kaikkia lahjan antajia.

Hetken kuluttua, kun hän tajuaa, että ei ole ketään kenen kanssa iloita ja nauttia lahjoista, häneltä pääsee itku. Vähitellen nyyhkytykset loppuvat. Hän kuivaa silmät ja niistää nenän niin että tuhina kuuluu. Tämä äänekäs nenän niistäminen palauttaa hänet takaisin nykyhetkeen.

- Nyt olen varmaan ansainnut pienet glögit, kun olen saanut lahjat ja ostokset kaappeihin ja kukat pöydille.
- Tämä glögi on varmaan Kaisalta, vaikka kortti on irronnut. Kaisa tietää, että lempparijäätelöni on rommi-rusinaa. Teksti "Hiljaa, hiljaa, joulunkellot kajahtaa" voisi olla Kaisan tervehdys. Hän on vain unohtanut laittaa nimen korttiin. Lämmitän siitä mukillisen ja alan virittäytyä jouluun.

Laila poistaa pullon ympäriltä punaisella silkkinauhalla kiinnitetyn sellofaanin ja avaa pullon kierrekorkin helposti. Glögi tuoksuu hyvin mausteiselle. Hän ottaa pienen kattilan, laittaa sen levylle ja kaataa siihen glögiä ja antaa sen lämmetä. Kaadettuaan höyryävän glögin lasiin, jonka pohjalla on rusinoita ja manteleita, hän siirtyy olohuoneeseen. Tilanteeseen sopiva joulumusiikkilevy löytyy telineestä helposti.

Hän heittäytyy mukavaan nojatuoliin kuuntelemaan musiikkia, ottaa yhden Baci-konvehdin, antaa sen sulaa hitaasti suussaan. Ottaa toisen ja kolmannenkin... Kaikissa suklaissa on sisällä kaunis lyhyt rakkausruno. Hän silittää ryppyiset paperit ja laittaa ne järjestykseen pöydälle. Mielessään hän yhdistää kolme sanaa: - baci - suudelma - Franco. Maistuivatko Francon suudelmat suklaalle?

- Onpa tämä glögi mausteista ja vahvaa. Olisi varmaan pitänyt hieman laimentaa sitä vaikka ruokakaupan glögillä? hän miettii ja juo lasin tyhjäksi. - Mutta hyvää se oli. Uskaltaisinko juoda vielä toisen lasillisen?

Kyllä hän uskaltaa ja lämmittää vielä puoli lasillista. Sen nautittuaan häntä alkaa unettaa. Hän siirtyy sohvalle, jonne myös nukahtaa.

Joululevy on soinut loppuun tunteja ennen kuin hän herää tokkurassa puhelimen pirinään. Hän vastaa siihen, mutta ei kuule mitään. Häkeltyneenä hän katsoo puhelinta ja sulkee sen.

Tokkuraisena hän katsoo kelloa ja ihmettelee. - Tulin kotiin iltapäivällä viideltä ja lämmitin glögin. Ja nyt kello on yksitoista. Olenko niin loppu ja väsynyt, että en enää hallitse itseäni? Vaikka en kyllä yhtään ihmettele, niin rankkoja nämä kaksi viikkoa ovat olleet. Laila ottaa glögipullon pöydältä ja tutkii sitä tarkemmin. - No niin, tietenkin. Tämähän on Rommi-Rusina -glögiä ja prosenttejakin on 22. Kyllä se minuun tehoaa, kaksi lasillista, vaikka vähän vajaita ja vielä kuumana. Olisihan minun pitänyt tämä tietää. Nyt ymmärrän.

Vähän häntä alkaa naurattaa oma "sammuminen". Hän kirjoittaa Kaisalle viestin. "Se oli maukasta, mutta aika tujua kuitenkin. Sain hyvät unet. Kiitos ja hyvää joulua!"

Lähetettyään viestin hänen mieleensä muistuu yhtäkkiä Arvetvuon kertomus Francolle annetuista tyrmäystipoista ja niiden vaikutuksesta. Oliko glögissä kuitenkin jotain muutakin kuin etiketissä mainitut 22 prosenttia? Voiko glögillä ja soittajalla olla jokin yhteys? Mutta glögihän oli Kaisalta! Vai oliko? Soitettiinko hänelle ja tarkistettiin, miten glögi oli mahdollisesti vaikuttanut? Hän pelästyy ja alkaa vapista. Kuka on antanut hänelle tämän glögipullon? Kuka haluaa hänelle jotain pahaa? Olisiko joku voinut tulla ja... Hän menee nopeasti ulko-ovelle ja kuuntelee. Kuuleko hän rapusta askelia? Varovasti hän laittaa turvaketjun päälle, menee keittiöön ja sammuttaa sieltä valot. Keittiön ikkunaverhon raosta hän kurkistaa pihalle ja on näkevinään pihalla tumman hahmon poistuvan talosta poispäin.

***

Seuraavana aamuna, joka on jouluaatto, Laila huomaa Kaisan viestin kännykässään. "Tujua, voiko jouluruusu olla tujua? Ei niitä ole tarkoitettu syötäviksi vaan ihailtaviksi. Hyvää Joulua Sinullekin! Kaisa."

Nyt Laila on ymmällään. Hän todella on erehtynyt lahjan antajasta. Miettiessään lahjoja ja laskiessaan nyt niihin kiinnitettyjä kortteja hän tajuaa, että kortteja on yksi vähemmän kuin lahjoja. Hämmentyneenä hän miettii, mistä oikein voi olla kyse.

Nyt hän huolestuu uudestaan yöllisestä soittajasta. Vieras numero, joka ei selviä numerotiedustelusta. Oliko kyse väärästä numerosta vai jostain muusta?

Pitkään mietittyään, nyt yhä enemmän peloissaan, Laila soittaa ystävättärelleen Marille, jolle kertoo tapahtuneesta. Mari kuuntelee Lailan kertomusta sanomatta ensin sanaakaan. Tämän lopetettua kertomuksensa hän neuvoo Lailaa heti soittamaan poliisille, joka tutkii Francon murhaa. Eikös Laila ollut pelännyt, että häntä voitaisiin vahingoittaa. - Francon verestä löytyi tyrmäystippoja. Olisiko siinä glögissä voinut olla jotain? Nautitko jotain muuta saamaasi? Suklaata? Piparkakkuja? Oliko pakkaukset ehjät, kun avasit ne? Nyt kyllä soitat. Ei se ota, jos ei annakaan, käskee Mari.

Puhelu päättyy. Järkyttyneenä ajatuksesta, että joku on mahdollisesti yrittänyt myrkyttää tai jopa tappaa hänet, Laila yrittää palauttaa mieleen saamansa lahjat. Pöydältä hän löytää syömiensä Baci-suklaiden mukana olleet runopaperit. Niitä on kuusi. Mutta oliko pakkaus ehjä? Hän ei muista, niin innokkaasti hän halusi syödä ensimmäisen ja sen jälkeen toisen ja... Glögipullo oli kauniissa sellofaanissa, korkki aukesi helposti. Mutta aukesiko se oikeastaan liian helposti? Hän ei ole varma, sillä hän ei usein ollut avannut viinipulloja. Sen oli aina tehnyt Franco. Piparkakkupakkausta hän ei ole edes avannut.

Laila ottaa Arvetvuon antaman käyntikortin käteen, katsoo sitä ja miettii vielä hetken, voiko poliisille soittaa jouluaattona.

- En kyllä viitsi soittaa. Varmaan poliisikin on jo kotona jouluvalmisteluissa. Voihan tästä kertoa joulun jälkeenkin, jos ja kun vielä tapaan Arvetvuon. Voisin tietysti tyhjentää pullon viemäriin, mutta laitan sen nyt toistaiseksi vain pois silmistä. Vaikka tuonne roskapussikaappiin. Voihan olla, että olin vain niin väsynyt ja nukahdin ihan luonnollisesti.

Yöllistä soittoa Laila ei enää halua miettiä, vaan työntää ajatuksen pois mielestä. Ehkä sekin oli vikanumero! Ja saattoihan yöllä kuka tahansa poistua talosta, olihan kyseessä kuitenkin jouluaaton aatto, jolloin ihmiset käyvät kylässä ja voivat olla myöhäänkin.

Kaksikymmentäyksi

Joulupäivänä Laila ajaa Kuhmoisiin Lomakoti Lomalinnaan. Ajomatka menee kevyesti, sillä sää on pilvinen ja pakkasta vähän toistakymmentä astetta eikä tiet ole liukkaita. Laila jättää auton lomakylän parkkipaikalle ja nousee mäkeä "Loisto" nimiselle mökille, joka on Annikan ja Pietron vuokraama mökki. Laila miettii samalla Isotalon oikeudenkäyntiä. Eikö yksi syyte kohdistunut juuri siihen, että Isotalo olisi murhannut Einon jättäen tämän kuolemaan tämän lomakylän kuumaan saunaan parikymmentä vuotta sitten. Oliko juuri tämä mökki Isotalon tai Einon käytössä? Nopeasti Laila haluaa karistaa nämä asiat mielestään.

Hän on noussut mäen laelle ja soittaa mökin ovikelloa. Annika tulee avaamaan oven. He halaavat ja astuvat peremmälle, jossa Pietro odottaa heitä Prosecco-lasit valmiina.

Mökki on koristeltu kynttilöin ja kukkasin. Ulkoterassilla on valaistu joulukuusi. Isosta ikkunasta avautuu näkymä järvelle ja sitä reunustaville puille, valkorunkoisille koivuille ja lumisille kuusille. Jäälle on aurattu alue, jolla näkyy lapsia luistelemassa. Tunnelma sisällä on lämmin. Kukaan ei mainitse Francon kuolemaa. Tämä on puheenaihe, josta on sanattomasti sovittu, että sitä ei nyt käsitellä. Mutta kyllä Francoa muistetaan. Muistoilla on lupa palata.

Laila näyttää kännykästään tallentamiaan valokuvia ja kertoo niihin liittyvistä hauskoista tapahtumista, juhlista ja retkistä. Pietroa kiinnosti erityisesti kesäiset rapujuhlat snapsilauluineen ja koristeluineen. Annika toki tunsi tämän perinteen, mutta snapsilauluja hänkään ei osannut eikä tuntenut. Siksi Laila sai laulaa heille parikin näytettä.

Ruotsinkielinen *"Helan går"* ihmetyttää Pietroa. Hän kysyykin miksi tämä laulu on ruotsiksi. Laila kertoo vahvasta ruotsinkielisestä snapsilaulu- ja viisuperinteestä. Tästä tiedosta yllättynyt Pietro vielä utelee Lailan ruotsin kielen taitoa. Annika ja Laila kertovat melkein yhteen ääneen, miten ja miksi Suomessa opiskellaan ruotsia. Pietro pyörittelee ihmeissään päätään ja sanoo itsekseen *"Parlano anche svedese. Non sapevo."*

- Nämä kuvat ovat viime kevättalvelta. Oltiin Himoksella laskettelemassa pari kertaa. Meille sattui oikein kunnon oboisäät!
- Mitkä säät? kysyy Annika ihmetellen.
- Ai niin, ettehän te voi tietää. Me keksittiin nimi näille säille. Kun talvi on jo niin pitkällä, siis maaliskuussa, että kuistilla tai terassilla saattaa istua palelematta, ilman lapasia ja pipoa, niin silloin juodaan O´Boy-kaakaota. Joskus siihen sekoitetaan myös vähän konjakkia tai rommia, useimmiten kuitenkin se juodaan ihan naturel, siis vaan kaakaona. Se on eka merkki siitä, että kyllä se talvi taittuu ja kevät tulee.
- No onpa hauska nimi, oboi-sää. Mitähän minä keksisin jotain vastaavaa meille Sorrentoon?

Annika puolestaan muistelee, kun oli opiskeluaikoina joulun Italiassa, Firenzessä. Tämä oli kauan ennen kuin hän tutustui Pietroon. Jouluaattona hän käveli Duomon lähistöllä. Kadulla häntä vastaan tuli paikallinen joulupukki aasia taluttaen. Aasi, joka oli sen näköinen kuin olisi nälkäkuolemaisillaan. Niin laiha ja huonokuntoisen näköinen se oli. Päähän sille oli narulla kiinnitetty jonkinlaiset sarvet, niin kuin poroilla. Itse joulupukki oli noin 150-senttinen laiha mies, jolla oli tekoparta ja tonttulakki. Punainen kauhtunut takki roikkui liian suurena kantajansa päällä. Se teki reppanasta pikkumiehestä vielä surkeamman näköisen. Mutta iloisesti hän kyllä toivotti hyvää joulua ja kilisti tiukua. Lämmöllä Annika muisteli myös jouluyön messua Duomossa, joka oli tupaten täynnä ihmisiä. Ainoan valaistuksen loivat sadat kynttilät eri puolilla kirkkoa. Messun ehkä vaikuttavin osa oli kuoron saksaksi laulama korkealla katossa kaikuva "Stille Nacht, heilige Nacht ". Silloin ei monenkaan läsnäolijan silmä pysynyt kuivana.

- Sitä harrasta ja niin aitoa lämminhenkistä tunnelmaa kaipaan aina jouluisin. Olin niin toivonut, että täälläkin olisin päässyt messuun, vaikka en kovin jumalinen olekaan. En muista, koska olisin ollut suomalaisessa jumalanpalveluksessa. Eilinen, aaton Siunauskappeli-tilaisuus oli peruttu koronan vuoksi. Kävimme kuitenkin kävelemässä lumisella hautausmaalla, jossa oli kymmeniä ellei satoja palavia kynttilöitä. Siellä oli niin kaunista. Ihastelimme kappelia ja sen suurta värikästä lasiikkunaa vain ulkoa päin. Minä pidän hautausmaista, etenkin vanhoista. Ne huokuvat jotain sanoin kuvaamatonta rauhaa.

***

Iltapäivä sujuu leppoisasti vanhoja muistellen, vaikka välillä tunnelma muuttuukin haikeaksi. Hiljaiset hetket eivät ole kiusallisia. Ne ikään kuin kuuluvat asiaan. Niiden aikana voi jokainen hiljentyä ja miettiä omiaan.

Annikan ei tarvitse huolehtia ruokapuolesta lainkaan, sillä aamiaiset ja ruokailut on järjestetty Lomalinnan päärakennuksen ravintolaan. Kävellessään mäkeä alas päivälliselle Annika kertoo eräältä luxus-risteilyltä palanneelta suomalaiselta rouvalta kuulemansa kertomuksen. Hovimestari oli asiakkaita pöytään ohjatessaan sanonut, että jos he keksivät pyytää jotain sellaista ruokaa, mitä laivassa ei pystytä tarjoamaan, niin he saavat ilmaisen risteilyn. Tarina ei kerro, olivatko suomalaiset kokeilleet kepillä jäätä ja tilanneet jotain, ja jos, niin mitä. Olisiko ollut vaikka mämmiä? Tai karjalanpiirakoita. Ilmeisesti sitä "jotain" oli kuitenkin saatu, sillä rouva ei ollut ilakoinut ilmaisesta matkasta.

Kun Laila kiertää Lomalinnan seisovaa pöytää ja tutkii sen antimia, niin hän toteaa hymyssä suin Annikalle. - Joulupöydästä ei puutu mitään. Minä ei ainakaan keksi mitään, mitä voisin pyytää. Ei tulisi teille ilmaista päivällistä tai oleskelua täällä. Ravintolassa on rajoitusten vuoksi vain kolmisenkymmentä asiakasta. Kaikki syövät hitaasti ja nautiskellen. Ruokailun aikana on myös ohjelmaa. Musiikkiesityksiä, soittoa ja laulua. Ja tietysti myös joululauluja yhteislauluna. Pietro nauttii kaikin aistein, vaikkei laulujen sanoja ymmärräkään. Hän ottaa kuvia ja äänittää lauluja kännykällään. Hänen kunniakseen joulujuhlan vieraileva solisti laulaa italiaksi ensin *Sankta Lucian* ja aplodien jälkeen suomeksi ei-niin-jouluisen *Palaja Sorrentoon*. Koko salillinen nousee seisomaan antaakseen reippaat aplodit niin solistille kuin Pietrolle ja Annikalle.

Illalla ennen nukkumaan menoa Laila sanoo tekevänsä pienen lenkin alueen poluilla. Annika lähtee mukaan. Kun maisemat on ihailtu ja paikka kehuttu, Annika kysyy Lailalta, mitä tämä oli tarkoittanut puhelimessa lehtien kirjoittelusta Isotalosta. Laila ensin vähättelee asiaa. Hänestä ihmiset pitää yrittää ottaa sellaisina kuin ne ovat. Mutta Annika kovistelee häntä. Lailan ei auta muu kuin kertoa mitä Isotalosta on kirjoitettu ja mitä hänen tekemisistään tiedetään. Annika järkyttyy. Hän jää paikalleen seisomaan ja katsoo pälyillen ympärilleen.

- Ja täällä Lomalinnassakin on siis jotain kauheaa tapahtunut vuosia sitten. Ja vielä saunassa. Onneksi en tiennyt tätä viikolla, kun nautimme puulämmitteisen saunan löylyistä. Onkohan se sähkösauna kuitenkin vielä käytössä?

Seuraa pitkä hiljaisuus. Kumpikaan ei sano mitään, eikä tee mitään. He seisovat paikoillaan kuin kivettyneinä. Hiljaisuus päättyy, kun Annika kysyy varovasti Lailalta, mitä mieltä tämä on Isotalosta. Laila sanoo tuntevansa olonsa epämukavaksi tämän seurassa. Mutta ehkä se kaikki johtuu vain siitä, mistä miestä syytetään. Mieshän on hyväkäytöksinen ja kohtelias, ehkä hän vain ylireagoi tähän. Hän ei osaa sanoa voiko uskoa miehestä

113

sitä, mistä häntä syytetään. - Meillä sanotaan, että ihminen on syytön kunnes hänet syylliseksi tuomitaan. Joten en tiedä. Aika näyttää, ehkä...

Laila ei tiedä, että hovioikeus on käsitellyt asian ja todennut Isotalon syyttömäksi jo pari kuukautta aikaisemmin. Jos siitä on lehdessä kirjoitettu, niin Laila on ohittanut sen huomaamatta ja lukematta.

Itsekseen Annika miettii, mitä kaikkea Lailan kertomisista hän voisi kertoa Pietrolle. Ja missä vaiheessa. Juuri nyt hän ei halua pilata tunnelmaa, sillä hän tuntee miehensä, joka voi ikäviä uutisia kuullessaan reagoida niihin hyvinkin voimakkaasti.

Naiset palaavat vaitonaisina mökille, jossa Pietro on jo vetäytynyt sänkyyn lukemaan. Laila kuulee oven läpi, kun Pietro huikkaa hänelle *"Dormi bene! Sogni d'oro!"*. Hän hymyilee surullisesti ja miettii kunpa voisikin nukkua hyvin ja nähdä kauniita unia.

Kaksikymmentäkaksi

Seuraavaksi päiväksi Annika on varannut rekiajelun, joka kuuluu Tapaninpäivän traditioihin. Sää on siihen tarkoitukseen mitä parhain. Päivä on aurinkoinen ja tyyni. Hangilla kimmeltää tuhannet timantit. Metsän puut lumisine oksineen luovat satumaisen ympäristön rekiajelulle. Aisankellot kilkkaa ja hevonen ajaa hurjaa vauhtia vaihtuvien maisemien halki. Vällyjen alla on lämmin. Elämys on kaikille kolmelle uusi, niin harvinaiseksi rekiajelut ovat käyneet. Posket hehkuen hevosajelun jälkeen he nauttivat mökissä lasin glögiä muistellen retken hurjaa vauhtia, hevosen liehuvia harjoja ja pelottavilta tuntuvia mutkia.

Tämän ikimuistoisen rekiajelun jälkeen Pietro haluaisi lähteä pilkille. Valitettavasti se ei onnistu, sillä Päijänteen jää ei vielä ole niin paksua ja kantavaa, että sille olisi turvallista mennä. Tämä harmittaa, mutta hän hyväksyy selityksen oman turvallisuutensa vuoksi. Hän ei pidä jääkylmistä kylvyistä. Ei häntä Annika saanut avantoonkaan saunasta, vaikka sieltä olisi heti voinut juosta lämpimään löylyyn.

Lounaan jälkeen Laila on pakkaamassa vähiä tavaroitaan, kun mökin ovikello soi. Annika menee avaamaan oven ja hämmentyy, kun näkee Markku Isotalon.

- Hyvää loppuvuotta, aloittaa Isotalo. - Anteeksi että tulen näin ilmoittamatta, pyytämättä ja yllättäen. Olin äitini luona käymässä. Ajattelin että voisin samalla reissulla käydä tervehtimässä myös teitä. Häiritsenkö?

- Eee-i. Et häiritse. Tule sisään. Laila on juuri pakkaamassa tavaroitaan. Hän on lähdössä takaisin Lahteen. Mutta istu alas. Voinko tarjota jotain. Kahvia, suklaata, hedelmiä?
 - Ei kiitos. Ei tarvitse vaivautua, olen juuri syönyt lounaan äitini luona.
 - Maista nyt vaikka italialaisia Baci-suklaakonvehteja. Tosi hyviä. Laila toi ne tänne, koska ei itse halunnut tai jaksanut syödä niitä kaikkia, kun väitti niiden lihottavan. Ihan kuin se hänessä näkyisi.
 - Kiitos, en välitä suklaasta. Tulin vain tapaamaan teitä ja kysymään miten voitte. Onko jotain jo selvinnyt tai voinko jotenkin auttaa?
 - Emme ole saaneet mitään uutta tietoa. Eiköhän poliisi hoida tutkimukset. Osallistun niihin vain silloin kun kysytään. Eikös sama koske sinua. Vai oletko ruvennut yksityisetsiväksi? naurahtaa Annika hieman kireänä.
 - No, en nyt sentään. Mutta ymmärrät varmaan, että tämä tapaus kiinnostaa minua, koska tunsin Francon. Ja tekotapa on hyvin erikoinen.
 - Totta kai ymmärrän. Mutta emme nyt haluaisi puhua siitä. Yritämme nauttia tästä vierailusta niin paljon kuin mahdollista. Laila on ollut meille suureksi iloksi. Olemme kaikki nauttineet näistä päivistä ja tutustuneet toisiimme paremmin ja suunnitelleet hieman jo tulevaisuuttakin.
 - Ai, Laila on ollut täällä! Koko joulunko? Hienoa, että hänen ei ole tarvinnut olla yksin vaan olette pitäneet hänestä hyvää huolta. Jääkö hän vielä tänne teidän kanssanne?
 - Ei. Hän tuli eilen ja lähtee tänään. Tapaamme hänet kyllä vielä Lahdessa, kunhan asiat selviävät.
 - Hei Laila, miten jaksat? aloittaa Isotalo ystävällisesti, kun Laila tulee kasseineen olohuoneeseen.
 - Hyvin kiitos. Meillä on ollut ihanat kaksi päivää. Ne vaan on mennyt ihan liian nopeasti. Huomenna paluu arkeen ja takaisin töihin. Mutta nyt minun täytyy lähteä. Lupasin palauttaa auton

vielä tänään iltapäivällä. En välitä ajaa pimeässä ja kolmelta alkaa jo hämärtää. Kiitos Annika ja Pietro. *Mille grazie!* Tapaamme seuraavan kerran kaupungissa. Näkemiin Markku. Ja hyvää uutta vuotta!

Laila pohtii mielessään kuulemaansa Annikan ja Isotalon välistä keskustelua. Annika tarjosi suklaata, mutta Isotalo sanoi, ettei välitä siitä. Lounaalla kotonaan hän kertoi, että välillä suklaaseen hänellä tulee oikein himo. Ja nyt hän sanoo eivälittävänsä suklaasta. Omituista. Laila vaihtaa eteisessä vielä pari sanaa hiljaa Annikan kanssa ennen lähtöä. Annika käy sisällä ja tuo hetken kuluttua Lailalle pienen sellofaaniin kääritynpaketin.

Parkkipaikalla Laila katsoo taivaalle ja päättelee tummista pilvistä, että lumisade on varmaan alkamassa ihan pikapuolin. Hän haluaa päästä Lahteen ennen lumisateen alkua. Hän heittää laukkunsa auton takapenkille, mutta ottaa kännykän viereiselle istuimelle. Maantiellä hän toteaa, että joulun paluuliikenne molempiin suuntiin on jo vilkastunut. Ohitettuaan Vääksyn hän näkee Vesivehmaan suoralla taustapeilistä vaalean auton lähestyvän tuhatta ja sataa. Laila miettii mitä ihmettä autoilija oikein ajattelee, kun tämä poukkoilee ja ohittelee autoja niin, että vastaantulevat autot joutuvat ajamaan sivuun antaakseen tietä. Samoin hänen takanaan tulevat autot ihan selvästi hidastavat ja ajavat aivan tien oikeassa reunassa lumivalleja hipoen. Auto lähestyy häntä. Kuljettaja jarruttaa äkisti ja jää roikkumaan hänen autonsa taakse ihan puskurissa kiinni. Arkana kuljettajana Laila pelästyy ja laskee nopeutta reilusti alle sallitun ja ajaa sivuun ja pysähtyy kiireesti seuraavalle bussipysäkille. Hän odottaa, kunnes koko takana ollut jono on päässyt ajamaan ohi ennen kuin lähtee uudelleen liikkeelle.

Niin pelästynyt hän on, ettei onnistu katsomaan tarkemmin autoa tai sen kuljettajaa. Hänestä kuitenkin tuntuu siltä, että on nähnyt auton ennenkin. Oliko se auto juuri Lomalinnan parkkipaikalla? Hän kuitenkin järkeilee, että ei kai Isotalo olisi sillä lailla kaahannut vilkasliikenteisellä tiellä. Ja tämä oli sitä paitsi jäänyt vielä Kuhmoisiin.

- Vaaleita autoja on niin paljon, että tämän auton hullu kuski on voinut olla kuka tahansa. Miksi Isotalo olisi yrittänyt saada minut autolla kiinni? Jos hän haluaisi tavata minua, niin totta kai hän soittaisi ja sopisi tapaamisesta. Onkohan minusta tullut vainoharhainen? tuskailee Laila ajaessaan loppumatkaa Lahteen.

Laila palauttaa auton Kaisalle, joka asuu Asemantaustassa. Hän kiittää Kaisaa lämpimästi lainasta ja kertoo ihanasta joulusta. Kaisa on iloinen kuullessaan joulun sujuneen hyvin, kaikesta ikävästä huolimatta. Lopulta Kaisa ottaa puheeksi Lailan viestin "tujusta". Tämä kertoo Kaisalle nauraen koko tarinan. Mutta Kaisaa se ei naurata. Hän tivaa lisää omituisuuksista ja saa kuulla suklaajutun. Vaaleasta Hondasta Laila ei kerro mitään. Nämä jutut kuultuaan Kaisa vaatii Lailaa menemään poliisin puheille ja viemään glögit ja suklaat analysoitaviksi.

Laila pelästyy Kaisan vakavista sanoista ja lupaa toimia heti seuraavana päivänä. Vielä kerran hän kiittää Kaisaa ja lähtee reippaasti kävellen kotiin Kivistönmäelle. Vain Lailan kengänjäljet näkyvät juuri hiljalleen sataneen lumen peittämillä jalkakäytävillä.

Kaksikymmentäkolme

Markku Isotalo ei halua häiritä pidempään Annikaa ja Pietroa, vaan lähtee pian Lailan jälkeen. Hän miettii, oliko sittenkään viisasta tulla käymään täällä? Oli aivan toiveajattelua luulla, että poliisi olisi edistynyt murhatutkimuksessa kuluneen viikon aikana. Jos näin olisi käynyt, niin Annika olisi ihan varmasti kertonut hänelle. Isotalo on vihainen itselleen ja turhaksi, jopa typeräksi toteamalle käynnilleen.

Isotalolle jää vierailusta sellainen tunne, että Annika, samoin kuin Lailakin oli suhtautunut häneen jotenkin etäisemmin ja kylmäkiskoisemmin kuin hänen luonaan lounaalla. Hänen pitää jutella uudestaan Lailan kanssa, oikein kunnolla. Jos hän ajaa kovaa, niin hän saattaa saavuttaa Lailan ja nähdä, mihin tämä palauttaa auton. Hän voisi tarjota Lailalle kyydin kotiin, ikään kuin sattumalta paikalle osuneena. Vääksyn jälkeen hän saavuttaakin Lailan. Isotalo kiroilee itsekseen, kun huomaa Lailan ajavan tien sivuun bussipysäkille. Liike on niin nopea, että hän ei pysty tekemään samaa, vaan joutuu ajamaan jonossa eteenpäin. Hän päättää luovuttaa seuraamisen ja palata asiaan toisen kerran.

Autossa hän miettii valhetta, jonka kertoi juuri Annikalle. Että hän olisi ollut äitinsä luona. Ei ollut. Äiti ei halunnut edelleenkään tavata häntä. Ja nyt, eläkkeelle jäätyään hän on muuttamassa takaisin Jurvaan, jossa hänen sisarensa ja monet muut sukulaiset asuvat.

Ajaessaan hän muistelee parin vuoden takaista visiittiä äidin luona, sitä ensimmäistä tutkintavankeudesta vapautumisen jälkeen.

Hän oli vapautumisesta tyytyväisenä pukenut uudet rennot vapaa-ajan vaatteet, takin, pipon ja käsineet. Vankilassa ollessaan hän oli laihtunut kymmenisen kiloa, joten uudet vaatteet olivat myös siksi tarpeen. Hän ei halunnut tärkeillä kravatilla ja puvulla, vaikka tiesi näyttävänsä niissä tyylikkäältä.

Hän on pitkästä aikaa päässyt ajamaan autoa ja siitä ilahtuneena lähtenyt ajelemaan pohjoiseen, Kuhmoista kohti. Tarve nähdä äiti ja keskustella tämän kanssa on suuri, vaikka halua hänellä ei välttämättä juuri sillä hetkellä ollutkaan. Äitikin on ymmärrettävästi ollut hyvin vaitonainen ja vähäpuheinen.

Tullessaan äidin alaovelle hän kuulee tuttua musiikkia. Hän nousee rappuset ja soittaa ovikelloa. Äidin askeleet kuuluvat, kun hän tulee avaamaan oven.

- Sinä, huudahtaa äiti ja ottaa eteisessä pari asekelta taaksepäin ja nostaa käden suulleen.

- Äiti, tässä sinulle pieni joulukukka, vastaa Isotalo hermostuneena ja työntää kukan äidille yrittäen samalla halata häntä.

Äiti seisoo jäykkänä ja tuijottaa poikaansa. Seuraa pitkä hiljaisuus. Kumpikaan ei sano mitään. Kumpikaan ei löydä sanoja, joilla voisi murtaa jään. He vain katsovat toisiaan ääneti.

- Äiti, kiitos kun pidit kotiani silmällä ja hoidit postin ja kukat. Voinko jotenkin korvata sinulle kaikki käyntiesi aiheuttamat kustannukset?

- Ei kestä kiittää. En minä rahojasi halua. Niitä sinä aina tyrkytät.

- No miten sitten, kerro. Varmaan tarvitset tai haluat jotain, mitä...

- En minä mitään tarvitse enkä halua. Ainakaan sinulta.

- Miten voit äiti, mitä sinulle kuuluu? jatkaa Markku varovasti samalla ihmetellen äidin tylyä käytöstä.

- Kiitos, olosuhteisiin nähden voin hyvin. Jään tässä vuoden sisällä eläkkeelle.
 - Mutta ethän sinä vielä ole eläkeiässä?
 - En niin, mutta...
 - Mitä mutta? Oletko sairas vai mistä kiikastaa?
 - No ei mistään, mitä sinun tarvitsisi tietää. Ei puhuta siitä. En halua.
 - Onko sinua kohdeltu täällä huonosti minun takiani? Minuthan on todettu syyttömäksi. Eikä hovissa voi tulla mitään uutta esiin, mikä voisi muuttaa tuomiota, jatkaa Markku nyt itsevarmemmin.
 - Niin, olen kyllä saanut kuulla ja lukea yhtä ja toista, etenkin somesta. Tiedäthän pikkupaikkakunnat! Henkisesti olen ihan poikki. Ei silloin jaksa antaa töissäkään parastaan. Jotkut potilaat ovat valittaneet...
 - Nyt on joulu tulossa. Lähtisimmekö jonnekin, missä voit levätä ja missä ei tarvitse pelätä puheita?
 - Lähde sinä vaan. Kyllä minä pärjään.
 - Mutta...
 - Niin. Kaikkein vaikeinta on, kun en tiedä mitä ja ketä uskoa. Tiedätkö, että en enää luota sinun sanaasi. En oikeastaan uskalla jäädä sinun kanssasi kahden kesken. Minun kyllä täytyy ihmetellä, miten ihmeessä sinusta on tullut niin pitkävihainen ja kostonhimoinen. Minäkö sinut olen kasvattanut sellaiseksi? Minä en tunne sinua. Isäsi istui pitkän tuomion rikoksistaan. Ja minä tiedän, miksi hän teki minkä teki. Hän on rangaistuksen kärsinyt. Hän elää nyt omaa elämäänsä. Sinusta en tiedä. Olet ollut äärettömän laskelmoiva ja viekas. Ja se häiritsee, jopa loukkaa minua. Olen epäonnistunut, en voi muuta sanoa.
 - Oletko tavannut isää? kysyy Isotalo yllättyneenä ja uteliaana.
 - Olen nähnyt hänet pari kertaa. Hänellä näyttää asiat olevan kohdallaan.
 - Missä olet hänet nähnyt? tivaa nyt Markku.

- Lahdessa. Mutta nyt Markku. Nyt haluan olla yksin. Hyvää joulua!
 - Äiti, emmekö vietäkään joulua yhdessä. Olin jo niin odottanut sitä.
 - Ei, vietän joulun tänäkin vuonna yksin. Sinä voit tehdä mitä haluat. Lähde vaikka Thaimaahan! Liekö sieltä paluuta...
 - Äiti, olet järkyttynyt. Ymmärrän sen. Mutta...
 - Markku, lähde nyt. En jaksa enää jutella kanssasi. Ehkä tilanne muuttuu, kun annan ajan kulua. Mutta nyt. Nyt en jaksa. Hyvää joulua ja vielä parempaa uutta vuotta. Sitä sinä tarvitset.

Äiti kääntyy ja poistuu eteisestä olohuoneeseen. Mennessään hän veti oven takanaan kiinni.

Isotalo muistaa, miten hän oli jäänyt seisomaan hetkeksi paikoilleen. Koskaan aikaisemmin hän ei ollut tuntenut itseään yhtä hylätyksi ja yksinäiseksi kuin silloin. Oven läpi hän kuuli äidin nyyhkytykset, muttei voinut mennä tämän luo. Hän poistui hiljaa talosta ja ajoi takaisin Lahteen. Häntä harmitti, että oli ostanut kukan Kuhmoisista. Hän oli varma, että juorut lähtisivät liikkeelle nyt, kun hänet oli nähty. Olisi pitänyt ostaa se hemmetin kukka vaikka Vääksystä.

Vielä nytkin, pari vuotta tapahtuman jälkeen Markku miettii autossa äitinsä sanoja ja reaktiota. Hän pohtii taas äidin mainintaa siitä, että tämä oli nähnyt isän. Lahdessa, mutta milloin? Olivatko he keskustelleet? Minkälainen isä on? Tunnistaisiko hän isänsä, jota ei ole nähnyt sen jälkeen, kun hän äitinsä kanssa muutti Jurvasta Kuhmoisiin vuonna 1994. Hän muistelee isäänsä ensimmäistä kertaa vuosiin ja harmittelee mielessään, että repi aikoinaan kaikki isän kuvat valokuva-albumeista. Hänellä ei ole yhtä ainoaa konkreettista muistoa isästään. Nyt hän tunnustaa itselleen, ehkä ensimmäistä kertaa elämässään, että hänellä on ikävä isää.

Kaksikymmentäneljä

Maanantain aamupalaverin jälkeen Arvetvuo ja Koli menevät pitämään omaa palaveria Arvetvuon huoneeseen. Koli kysyy Arvetvuolta, onko tämän ikkunanlautakukat muovia, kun ovat niin hyvin voivan näköisiä. Arvetvo luo ilkikurisen silmäyksen kollegaansa ja toteaa. - Muoviahan ne ovat. Ja erikoista sellaista, kun vaativat vettäkin aina silloin tällöin. Suomalainen keksintö. Kummallakin on höyryävä kahvimuki edessään. Aivan ensimmäiseksi Arvetvuo avaa valvontakameran filmin ja pyytää Kolia katsomaan tarkkaan autoa, johon untuvatakki-maskimies menee. Koli ei tiedä, että asiaa on kysytty jo Palvalta. Koli katsoo hetken kuvaa ja sanoo, että se on ihan selvästi Honda. - Etkös sinä Hondaa tunne?
- Halusin vain varmistua. Kysyin samaa Palvalta, hänkin arveli sitä Hondaksi, mutta ei ollut ihan sataprosenttisen varma. Valitettavasti kuvasta ei näy rekkarit, vaikka kuinka olen yrittänyt kuvaa tarkentaa. No nyt se merkki kuitenkin varmistui. Saas nähdä, onko siitä tiedosta mitään hyötyä.
- Mitä, eikös Palva osannut Hondaa tunnistaa. Mikä automies hänkin?
- No, no Jussi. Hän oli kyllä 99,9 prosenttisen varma. Ei kyllä halaistua sanaakaan hänelle. Olen yrittänyt kuvasta tunnistaa tai löytää joitain tunnusmerkkejä maskimiehestä, mutta se on vaikeaa. Täytyy yrittää muistaa tuo kävelytyyli, jos vaikka sattuis kohdalle.

- Ok. Ei tavuakaan Palvalle, rouva rikoskomisario. Noita ankkatyyliin kävelijöitä on kyllä näinä päivinä paljon, kun jalkakäytävät on niin pirun liukkaita. Pitäis olla ihmisestä parempia tunnusmerkkejä kuin kävelytyyli.
- Niinpä, taitavat kaupungilla säästää hiekkaa. Mutta muita tunnusmerkkejä kun ei tällä hetkellä ole. Joudutaan toistaiseksi tyytymään näihin. Kuule, olen tehnyt vähän yhteenvetoa siitä, mitä kaikkea emme tiedä uhrista ja mikä saattaa vaikuttaa ratkaisuun. Muita ongelmia meidän pitää miettiä yhdessä. Hyvä olisi niitäkin jossain vaiheessa vähän listata. Täytyy kuitenkin ensin saada näitä perusasioita selville.
- Missä ihmeen välissä sinä tämän listan olet tehnyt? kysyy Koli hämmästyneenä lukiessaan Arvetvuon perjantaina tekemää pitkää listaa.
- No, se syntyi aika nopeasti. Ne asiat ei kuitenkaan ole tärkeysjärjestyksessä, vaan kirjoitin ne tajunnanvirran tuomina. Asiat kun ovat vielä ihan tuoreessa muistissa. Nyt on hyvä tehdä työnjako, niin päästään nopeammin eteenpäin. En vielä ennättänyt aamulla kirjoittaa sitä koneella puhtaaksi. Jos haluat niin teen sen. Jos valokopio tästä käsin kirjoitetusta kelpaa, niin parempi niin. Päästään heti töihin. Käyn myös raportoimassa pomolle missä mennään.
- Kyllä tämä sinun kaunokirjoitus on ihan luettavaa. Otetaan kopio ja ruvetaan töihin.

Samalla kun puhutaan työnjaosta, kuuluu tietokoneesta ääni, joka kertoo sinne tulleesta uudesta viestistä. Arvetvuo ei malta olla katsomatta mistä viestistä on kyse.

- Katos vaan. Parola vastaa näin nopeasti. Kyllä on heillä hommat hanskassa, naurahtaa Arvetvuo viestiä avatessaan.
- Sait siis niiden kahden miehen nimet?
- Ei kun kolmen. Keskellä Matti Francesco Mäkinen ja oikealla puolella Ville Tupamäki ja vasemmalla Janne Kirjonen. Osa kohdasta 7 eli keitä ovat kaksi miestä kuvassa on selvitetty. Hyvä alku!

- Mitä, Matti Mäkinen? Kas kun ei Ville Virtanen!
- Joo, sittemmin Franco Spinelli. Aika makee muutos, vai mitäs tuumit. Vetoaa varmaan suomalaisiin naisiin! Mutta se, miksi Matti Francesco Mäkinen eli Franco Spinelli palasi yhtäkkiä Italiaan, on vielä pimennossa. Nyt täytyy enää löytää kaverit ja päästä haastattelemaan heitä. Ja tutkia niiden mahdollinen rikosrekisteri. Jussi, tämä on ihan selvästi sun heiniä tämä perustarkastus. Mahtavatkohan veijarit vielä olla Tampereella? Kun tämä on selvitetty, niin katsotaan miten jatketaan.
- Sopii. Saattaapi olla, että siihen voi liittyä myös kohta 8 eli sukunimen vaihdos. Ja Francon osaltakin on vielä tutkimatta rikosrekisteri eli kohta 16. Miksiköhän en ole sitä tehnyt? Olisi kuulunut perusjuttuihin.
- Minä otan yhteyden bussifirmaan ja juttelen vielä Lailan kanssa. Ehkä emme ole saaneet vielä kaikkea irti hänestä. Luulen, että Lailan on helpompi puhua minulle kuin sinulle. Mietin vielä keitä ystäviä voisin jututtaa tarkemmin, vaikka kirjoittamasi raportit olivat tosi perusteellisia. Siis kohdat 14 ja 15. Ja sitten Laila eli kohdat 5 ja 9. Tämä kohta tietysti koskee myös bussifirmaa, josta saan palkkatiedot sekä kohdat 12 ja 13 eli työterveyslääkärin nimen. Kohta 10 tuottaa minulle erityisen suurta tyydytystä ja iloa. Eli mitä Signor Marco Casagrande mahtaa tietää?
- Sulle tulee nyt aika paljon haastateltavia, et varmaan saa kaikkia jututettua tänään.
- Niin voi olla. Sovitaan, että katsotaan tilannetta kuitenkin tänään neljältä. Vedetään silloin yhteenveto kaikesta mitä tiedämme. Sen jälkeen voi valitettavasti mennä ylitöiksi.
- Neljältä sopii. Itse asiassa se sopii oikein mainiosti, kun Minnallakin on jotain menoa. Se soitti ja ilmoitti tulevansa kotiin vasta kuudelta. Ei siis haittaa, jos vaikka menee ylitöiksi meikäläiselläkin, vastaa Koli ja nousee jo lähteäkseen.
- Ota tästä muutama pipari mukaan, niin kahvi maistuu paremmalta. Ne on meidän Kaisun leipomia ja koristelemia. Hän

nimenomaan pyysi minua tuomaan sinulle maistiaiset. Olet ilmiselvästi tehnyt häneen vaikutuksen, kujeilee Arvetvuo samalla kun antaa kauniin, joulupaperiin kääritjn piparipaketin Kolille.
- Kiitos. Laitan hänelle kiitosviestin, kun olen maistanut. Jos ne ei ole hyviä, niin sanon muutaman valitun sanan ja palautan ne valmistajalle reklamaation kera, toteaa Koli vakavana. Silmät kuitenkin nauravat!

Kaksikymmentäviisi

- No nyt on hiukan lisätietoa Francon Tampereen ajoista, alkaa Koli iltapäivän palaverissa.
- Kerro! huudahtaa innostuneena Arvetvuo ja laittaa omat paperinsa sivuun.
- Ensinnäkin, kumpikaan Francon kavereista ei enää asu Tampereella. Tupamäki asuu ja työskentelee Nastolassa isänsä firmassa. Kirjonen sen sijaan asuu ja työskentelee Luopioisissa. Hänkin isänsä firmassa. Ahkeria nuoria miehiä. Kun vähän tutkin heidän taustojaan Tampereen ajoilta, niin sieltä löytyi pieniä rikoksia kuten asuntomurtoja, varkauksia ja liikennerikkomuksia. Siis molemmilta. Mietin olisiko Franco ollut heidän joukossaan ja päätynyt samanlaiseen rikoskierteeseen. En kuitenkaan löytänyt hänen rikosrekisteristään mitään merkintöjä. Ehkä hän oli halunnut lopettaa, mutta niin kuin tiedetään, se on yleensä vaikeaa. Eihän rikoskumppania noin vain päästetä pois jengistä. Tämähän voi alkaa vaikka kiristää kavereita tai laverrella kaiken poliisille. Tällöin yksi vaihtoehto on, että ihminen poistuu paikkakunnalta ja yrittää hävittää jälkensä niin, että häntä ei löydetä. Ainakaan helposti. Tämä on siis minun arvaukseni. Ja se jatkuu vielä siten, että kun Franco palaa Suomeen, hän vaihtaa sukunimen, ettei häntä ainakaan heti löydetä.
- No onpas, onpas sinulla Jussi arvailut. Mutta kuulostaa loogiselta, jopa todennäköiseltä. Nämä täytyy nyt vain todistaa. Ja sehän selviää, kun tapaamme miehet. Olisiko viisasta tavata heidät erikseen mutta samanaikaisesti niin, etteivät pääse

kertomaan toisilleen mitään mitä kysymme. Mietis Jussi, miten tämä olisi parasta tehdä.

- Nythän heitä ei epäillä mistään rikkomuksesta, vaan halutaan vain kuulla jotain Tampereen ajoista. Mä ehdotan, että kannattais aloittaa vain juttelemalla Tampereen ajoista ja suhteesta Francoon. Jos kuitenkin ilmenee, että ne salaa jotain, niin sitten otettais kovemmat paukut käyttöön.

- Joo, totta kai. Näinhän se täytyy tehdä. Taisin mennä jo askeleen pidemmälle, toteaa Arvetvuo hieman hämillään yhtäkkisestä innostuksestaan. Hiljaa mielessään hän kehuu kollegaansa ja tajuaa, miten hyvä yhteistyökumppani hänellä onkaan.

- Joo. Kun tutkin Francon mahdollista rikosrekisteriä, niin eihän sellaista ollut, niin kuin jo äsken kerroin. Se on tainnut olla apupoikana kavereiden hommissa, eikä ne ole häntä käräyttäny, vaikka ovat itse jääneet kiinni. Reiluja kavereita kuitenkin...

- Minäkin olen saanut jotain aikaiseksi. Aloitetaan Isotalosta. Hän ei ole omien sanojensa mukaan tavannut Francoa Lahdessa, ei edes tiennyt, että poika, tai mieshän hän jo on, oli täällä. Olisi mielellään tavannut ja auttanut tätä kaikin tavoin. Olivat tuttuja Isotalon Italian matkoilta koko Spinellin perhe.

- Jaha. Että olisi oikein auttanut. Millä tavoin? Mitä apua Franco olisi tarvinnut? Rahaa ehkä näin pandemia-aikana. Hieno mies tuo Casagrande, toteaa Koli lakonisesti.

- Puhelinsoitosta bussifirmaan selvisi, että heillä oli reilu pari vuotta sitten ollut bussinkuljettajan paikka auki jo jonkin aikaa, eikä yhtään hakijaa. Franco oli soittanut Italiasta firmaan. Hän oli kertonut ajopäällikölle surffailleensa suomalaisten firmojen kotisivuilla ja nähnyt tämän avoimen paikan. He olivat puhelimessa tehneet alustavan sopimuksen saman tien. Francon tultua Lahteen oli lopullinen sopimus tehty siltä istumalta heti ensi tapaamisessa. Koeaika oli sujunut hyvin ja molemmat tuntuivat olleen tyytyväisiä toisiinsa. Ja molemminpuolinen tyytyväisyys oli jatkunut näihin päiviin, siis loppuun asti.

- Suomessa on paljon paikkoja auki, eikä niihin löydy tekijöitä. Aika ihmeellistä, kun samaan aikaan on satoja tuhansia ihmisiä työttöminä, kummastelee Koli ja jatkaa. - Kyllä minun mielestäni hallituksen...
- No eipäs ruveta puhumaan politiikkaa, jätetään politikointi työajan ulkopuolelle, hymähtää naurahtaen Arvetvuo. - Franco on ollut perusterve, hyväkuntoinen ja hyvän näön omaava nuori mies, joka ei tarvinnut silmälaseja. Tähän lisäisin omana kommenttinani, että myös hyvän ulkonäön omaava, vaikka tämä ei välttämättä liity tutkimukseen tai mistä sen tietää... Hänellä ei myöskään ollut mitään lääkärin määräämää lääkitystä. Juttelin myös muutaman työtoverin kanssa. He kertoivat, että Franco oli hyvin kohtuullinen alkoholin käyttäjä. He eivät voisi millään uskoa, että hän olisi käyttänyt huumeita.
- Siis normaali terve mies, toistaa Koli Arvetvuon kertomuksen lyhyesti.
- Francon palkka on nyt pandemian aikana ollut hyvin vaatimaton, koska ajoja on jouduttu vähentämään lähes 90 prosenttia. Kaikille vakituisille kuljettajille on kuitenkin maksettu pientä vakiopalkkaa työn vähenemisestä huolimatta. Kuljettajat on haluttu pitää yrityksessä parempia aikoja odotellessa. Francon kohdalla se on ollut noin 1500 euroa kuussa, brutto.
- No ei sillä palkalla pitkälle potkita.
- Ei niin. Franco on asunut vuokralla, senkin tarkistin. Vuokra on 800 euroa kuussa plus vesi 20 euroa, jatkaa Arvetuo ja katsoo muistiinpanojaan.
- Siis millä Franco eli. Hänellä on täytynyt olla pimeitä tuloja. Mitä Laila kertoikaan Francon maininneen, että kyllä meillä rahaa on...
- Niin on täytynyt olla. Jututin uudestaan muutamaa Lailan listalla ollutta ystävää. Ne kerto, että Francon elämä oli vaikuttanut suhteellisen normaalilta ja tasapainoiselta. Rahaa on käytetty, ei runsaasti mutta tasaisen reippaasti. On käyty ravintoloissa silloin, kun se oli vielä mahdollista eli kun ravintolat

oli auki. Vaatteilla hän ei ollut missään vaiheessa briljeerannut. Töissä hän käytti työnantajan virka-asua tai miksi sitä ajohaalaria nyt kutsuisi. Ruokiin on satsattu jonkin verran. Hän on ollut ilmeisesti taitava kokki, joka on Herkku-Sokoksesta löytänyt oikeat ainekset. Sekin on ihan tavallista italialaista osaamista. "Mamma" on varmaan opettanut hänelle Italian keittiön salat. Kaverit tunsivat ja tiesivät hänet ennen kaikkea hyvien viinien, ei niinkään väkevien alkoholijuomien paitsi grapan, tuntijana. Mekin nähtiin siellä kotona joitakin viinipulloja, jotka eivät ole suinkaan olleet siitä halvimmasta päästä. Mutta sehän on selvää, sillä kyllä italialainen hyvän viinin tuntee. Ei kuule mitkään halvat algerialaiset kelpaa. Ja viiniä juodaan kohtuudella nauttien, ei humalahakuisesti.

- Niin oli herkkuja vielä jääkaapissa ja pakastimessakin. Äyriäisiä, mitä lie hummereita ja simpukoita. En muuten ole koskaan syönyt hummeria, varmaan se on hyvää, kun on niin kallistakin, jatkaa Koli

- Pankkitili on välillä ollut nollassa, ei kuitenkaan koskaan miinuksella. Tilillä ei näy mitään suuria panoja. Vain palkka. Sain myös selville, että pikavippejä hän ei ole ottanut. Viisas nuori mies!

- Siis summa summarum. Francolla on täytynyt olla pimeitä tuloja. Voisivatko ne liittyä ne salaisiin päivämäärämerkintöihin, puhelinnumeroihin ja bitcoin-tileihin?

- Siinäpä meille selvitettävää.

- Bitcoineista olen vähän kysellyt. Sen verran voin sanoa, että tekniikan mukaan tilejä on lähes mahdoton murtaa. Siihen vaadittaisiin ainakin 10 miljoonan kvanttibitin suuruusluokan kvanttitietokoneen. Ja sellaisia koneita ei meillä ole.

- Ei ole, vai? Se kyllä vaatii meiltä muunlaisia ratkaisuja. Mehän emme luovuta, emmehän! lopettaa Arvetvuo palaverin.

***

Palaverin jälkeen Arvetvuo soittaa rouva Kuulalle. Puhelin saa soida kauan, ennen kuin vanhan naisen ääni vastaa.
- Haloo!
- Onko rouva Kuula?
- Kyllä on. Kuka puhuu?
- Olen rikoskomisario Ritva Arvetvuo ja tutkin talossanne tapahtunutta ikävää kuolemantapausta. Kollegani kuuli teiltä, että olitte kuullut rapusta jotain puhetta ja veden kohinaa juuri sinä kyseisenä päivänä.
- Niin. Kyllä minä kuulin. Olen niin paljon kotona ja minä seuraan aina tarkkaan mitä talossa tapahtuu. Yritän täällä Espoossakin seurata talon tapahtumia, mutta kun en tunne ihmisiä, niin se on aika vaikeata. Pitää vain...
- Aivan. Olisiko teillä mahdollisuus tavata minua? Juttelisin mielelläni asiasta vähän lisää.
- Kyllä. Totta kai, vastaa rouva Kuula innoissaan. - Kyllä minä kerron kaikki mitä tiedän ja epäilen. Silloin lauantainakin, ihmisiä tuli ja meni, sisään ja ulos, vaikka oli kaunis ilma ja kaupat auki. Olihan joulukin tulossa ja ihmiset haluavat ostaa lahjoja, vaikka on tämä pandemiakin...
- Hienoa. Sopisiko teille tapaaminen esimerkiksi huomenna aamupäivällä?
- Voi ei. Olen jo täällä Espoossa tyttäreni luona koko tämän jouluviikon. Miehenikin on täällä ja tyttäreni kaikki lapset. Voi, meille tulee hieno joulu. Siitä onkin jo pitkä aika, kun...
- Niinkö. Hienoa että tyttärenne on kutsunut teidät jouluksi. Varmasti nautitte vierailusta.
- Niin, täällä on myös mieheni - vai sanoinko jo sen. Hän on nykyisin kyllä enemmän hoivakodissa kuin kotona. Joskus hän viihtyy siellä oikein hyvin ja joskus taas, riippuu hoitajasta, hän haluaa tulla kotiin. Silloin lauantaina hän oli kyllä kotona. Hän...
- Aivan. Mutta ei tässä nyt sentään ihan jäniksen selässä olla. Koska teillä on tarkoitus palata Lahteen, rouva Kuula?

- Tyttäreni tuo meidät sinne sunnuntaina, se taitaa olla toinen joulupäivä. Hänen pitää mennä töihin maanantaina...
 - Siis viikon kuluttua. Voimmeko sopia maanantaista? Kumpi teille sopisi paremmin aamu- vai iltapäivä?
 - Minulle sopii molemmat. Mutta tulkaa kuitenkin iltapäivällä. Saatan olla silloin pirteämpi. Sanotaanko kello kaksi. Minulla on siihen aikaan tapana nauttia iltapäiväkahvit.
 - Jos se sopii teille, niin se sopii meillekin. Sovitaanko, että tuon tullessani kahvipullat?
 - Voi kiitos. Se on hyvin ystävällistä. Minun on niin vaikea lähteä kaupoille, kun tuo vasen jalka vaivaa. Siinä on niin kivulias vaivaisenluu. Mutta sovitaan näin. Odotan teitä - tuletteko yksin vai jonkun kolleganne kanssa - maanantaina kello kaksi.
 - Kiitos rouva Kuula. Tulen kollegani Jussi Kolin kanssa. Näillä sanoilla hyvää joulua teille ja perheellenne.

Puhelun päätyttyä Arvetvuo jää miettimään mahtaisiko hän kuitenkaan saada mitään uutta tietoa rouvalta, joka vaikuttaa kovin puheliaalta. - Mutta kun nyt asia on sovittu, niin se on sitten sovittu. Jospa rouvan mieskin olisi silloin kotona, ja voisimme kuulla häntäkin samalla. Hän ei ollut siinä joukossa talon asukkaita, jonka kollegat saivat haastateltua. Hän oli varmaan siellä hoivakodissa.

Kaksikymmentäkuusi

Seuraavana päivänä Arvetvuo ja Koli ajavat Nastolaan. He löytävät helposti Petri Tupamäen omistaman korjausrakennusliikkeen. He astuvat sisään pitkän, kaksikerroksisen rakennuksen ainoan näkyvissä olevan rapun alaovesta, jonka päällä on vähän rapistuneen näköinen kyltti TOIMISTO. He nousevat ripeästi toiseen kerrokseen, jossa on toimisto ja vastaanotto. Rappuun kuuluu koneiden ääniä ja miesten puhetta ensimmäisen kerroksen tehdassalista. Merkki siitä, että töitä on.

- Hyvää päivää, onkohan Ville Tupamäki paikalla, kysyy Koli kohteliaasti nuorelta naiselta, jonka huoneen ovi on auki aivan ulko-ovea vastapäätä.

- Hän on kyllä paikalla. Onko teillä sovittu tapaaminen talousjohtajan kanssa?

- Ei ole, ajoimme sattumalta tästä ohi ja ajattelimme tulla tapaamaan häntä, jatkaa puolestaan Arvetvuo, joka maistelee mielessään titteliä talousjohtaja. Ei hassumpaa.

- Pieni hetki, niin soitan hänelle ja tiedustelen, mikä hänen tilanteensa on, vastaa nainen ystävällisesti. Arvetvuo näkee hänen kaulassaan roikkuvasta henkilökuntatunnisteesta nimen Anni Hotakainen.

Arvetvuo ja Koli kuulevat, kuinka talousjohtajalta kysytään, onko tällä mahdollisesti aikaa tavata kaksi henkilöä.

- Ei, en kysynyt heidän nimiään. Täällä on yksi rouva ja yksi herra. Mitä sanon heille?

Arvetvuo ei kuule vastausta selvästi, mutta on kuulevinaan jonkun ärräpään, jonka jälkeen hän ymmärtää naisen vastauksesta, että johtaja voi tavata heidät.x
- Niin, johtaja ottaa teidät vastaan. Käyn siivoamassa keittiön ja laitan uutta kahvia tulemaan, niin voitte olla siellä. Neuvotteluhuone on varattu, valitettavasti.
- Kiitos, nyökkää Arvetvuo. Voimme varmaan odottaa tuossa käytävässä, niin ei häiritä sinua sen enempää.
- Se vie vain pari minuuttia. Johtaja tulee hakemaan teidät, kun kerron, että kaikki on valmista.
- Hienoa, kehuu Koli. - Oikein ystävällistä.

Anni Hotakainen nousee tuoliltaan, ottaa kännykkänsä ja poistuu huoneestaan keittiötä kohti. Samalla hän ottaa käytävältä mukaansa muutaman tyhjän pullon ja vie ne mukanaan.

Viitisen minuutin kuluttua heidän eteensä astuu ehkä kolmissa kymmenissä oleva keskipitkä, vaaleatukkainen, hieman pyöreähkö, väsyneen oloinen mies. Poliisit tunnistavat miehen samaksi, joka oli valokuvassa Francon kanssa. Kasvot ovat turvoksissa, silmät näyttävät vetistävän. Eikä henkikään tuoksu raikkaalle. Likainen pitkä tukka roikkuu osaksi silmillä. Kaikesta näkee, että pukeutumiseen on satsattu rahaa. Paidan alin näkyvä nappi on kuitenkin jäänyt auki. Se kriittinen nappi siitä vyötärön kohdalta. Jalassa miehellä on kodikkaasti kuluneet Reinot vastakohtana kalliille, tosin huonosti istuville ja hoidetuille merkkivaatteille.

- Kuinka voin auttaa, aloittaa Ville Tupamäki tärkeän oloisesti ja ohjaa heidät keittiöön, jossa tuore kahvi tuoksuu. Yksi pöytä on pyyhitty ja siltä on siirretty pesualtaaseen likaisia astioita, tyhjiä pulloja ja muutama muovirasia. Nurkkapöydällä on pino sanomalehtiä. Lattialla isossa ruukussa on ikivihreä muovifiikus antamassa väriä ja luomassa viihtyisyyttä huoneeseen. Seinällä on melkein tyhjä ilmoitustaulu. Ainoassa siistissä paperissa on työterveyslääkärin ohjeet koronarokotuksista.

- Olen rikoskomisario Ritva Arvetuo ja hän on kollegani Jussi Koli. Kiitos kun järjestitte meille tapaamisen, vaikka emme olleet ilmoittaneet tulostamme. Sopiiko että sinuttelemme?

Tämän kuultuaan Tupamäki palaa keittiön ovelle ja sulkee sen. Hän tarkastelee vieraita uteliaasti, istuutuu heitä vastapäätä ja suoristaa hieman ryhtiään.

- Vai että oikein poliisista. Mitähän asia mahtaa koskea? Mutta otetaan kahvia nyt tämän keskustelun kyytipojaksi, kun Anni sen niin ystävällisesti keitti. Sokeria, maitoa, kermaa? Minä kyytipoikia sain eilen enemmänkin, hehe. Ja vähän toisenlaisia.

- Kiitos mustana ja ilman sokeria, vastaavat molemmat kuin yhdestä suusta.

- Black is black! Hehe, veistelee Tupamäki.

- Tunnetko tämän miehen? kysyy Arvetvuo ja näyttä Franco Spinellin kuvaa.

- Hetkinen, annas kun katson. Joo-o. Kyllä tunnen, sehän on Mäkinen. Siitä on aika monta vuotta, kun viimeksi tavattiin. Oltiin samaan aikaan intissä, alkaa Tupamäki ja katsoo kuvaa tarkemmin. - Mutta hei, eikös tämä ole se sama mies, joka löytyi jokunen päivä sitten murhattuna ammeesta? Mutta sen nimihän oli joku Pimpinelli tai jotain sellaista.

- Kyllä vain. Ihan sama henkilö. Entinen Mäkinen, nykyinen Spinelli. Haluamme selvittää hänen oleskelujaan Suomessa armeija-ajan jälkeen. Sinä varmaan osaat auttaa. Hänen äitinsä kertoi, että Franco oli jäänyt Tampereelle pariksi vuodeksi ja palannut yllättäen takaisin Italiaan.

- Niin intissä me tutustuttiin, niinku jo sanoin. Se oli kiva heppu, varsinainen ilopilleri missä tahansa seurassa. Ja komee. Etenkin tytöt tykkäs. Varsinainen "Marcello makaroni". Haluatteks kuulla yksityiskohtia? virnistää Tupamäki ja heiluttaa päätään oikealle ja vasemmalle muutaman kerran niin, että likaiset hiukset heilahtavat samassa tahdissa. - Mutta mistä te muuten tiedätte, että me oltiin kavereita?

- Sinä varmaan tapasit hänet täällä Lahdessa? arvuuttelee Koli ja pyörittää hitaasti kuumaa kahvimukia kädessään eikä vastaa Villen kysymykseen.

- Ei tavattu. En edes tienny, ennen kuin tämän murhan jälkeen, että se oli ollu täällä jo kaksi vuotta. Olisi ollu kiva tavata ja muistella menneitä. Meillä kun oli tosi hauskaa Tampereella. Mutta sitä minä vaan ihmettelen, että miksi kundille kävi ikävästi. Kova kohtalo. Mitä se oli tehny? Että ihan murhattu!

- Sitä me tässä pyrimme selvittämään. Miksi ja kuka? Voitko kertoa jotain yhteisestä Tampereen ajastanne. Olen tutustunut rikosrekisteriisi ja sieltä löytyy sinun osaltasi yhtä ja toista pientä. Osallistuiko Franco näihin pikkurikoksiin sinun ja Janne Kirjosen kanssa?

- Ai te ootte jo selvittäny, että Kirjonenkin oli mukana kuvioissa. Aika nokkelia ootte! Ei, Franco ei osallistunut. Yritettiin kyllä saada se mukaan, mutta se pysyi tiukkana. Vain laillisia keikkoja. Mitä ne sellaiset mahto ollakaan, hehe!

- Miten hän kuitenkin viihtyi ja uskalsi olla teidän kanssa, vaikka tiesi teidän...

- No, me tunnettiin hyvin intistä, niinku jo kerroin. Me vaan tultiin hyvin juttuun. Ei se kai ollu tutustunut kehenkään muuhun Tampereella ku meihin. Niin olihan se sille ihan siisti juttu, että oltiin kimpassa. Mulla ei oo mitään tietoo, miksi se päätti intin jälkeen jäädä Tampereelle. Ei sillä enää silloin ollut mitään naisjuttujakaan...

- Tiedätkö miksi hän lähti yhtäkkiä takaisin Italiaan?

- Luulen, että joku yritti painostaa sitä osallistumaan näihin meidän keikkoihin eikä se halunnu sitä. Siksi se ei kai uskaltanu tai voinu muuta kuin lähtee pois.

- Kukahan tämä joku mahtoi olla?

- Ei harmainta aavistustakaan. Varmaan joku rikolliskiho, hehe. Franco oli niin lojaali, ettei se koskaan maininnu kenenkään nimiä tai mitään, mistä toinen olisi voinut jäädä kiinni.

- Pelkäsikö hän sinua ja Jannea tai teidän kavereita? Hänhän tunsi teidät kaikki ja tiesi, mitä teette.
 - En tiedä pelkäskö. Se oli vaan vähän erilainen kuin me. Liian rehellinen. Niin kuin kaikki italialaiset.
 - Entä pelkäsikö joku, että hän voisi kiristää teitä tai ilmiantaa teidät poliisille?
 - En usko. Ei se ollu lainkaan sitä tyyppiä, joka juoksisi poliisin luokse, kun joku uhkaa...
 - Oliko teillä puhetta, että hän lähtee takaisin Italiaan?
 - Ei se mitään kertonu. Yhtäkkiä sitä ei vaan enää ollu. Poks! Se oli hävinny! Niinku tuhka tuuleen!
 - No sinä kuitenkin jossain vaiheessa jätit ne hommat ja tulit tänne isäsi yritykseen. Olet ollut täällä jo joitakin vuosia.
 - Niinpä niin. Nuoruus ja hulluus. Nehän kuuluu yhteen. Mä viisastuin, isäni tiukassa ohjauksessa. Se istutti mut tänne pitämään tän yrityksen taloudesta huolta. Olen joskus yläasteen jälkeen opiskellu merkonomiksi ja niillä taidoilla nyt mennään. Olen kyllä oppinu täällä paljon. Ja täytyy valitettavasti kyllä sanoa, ettei siitä merkonomin tutkinnosta kovin paljon ole hyötyä ollu, paitsi että tiedän debetin ja kreditin. Kokemus se on joka opettaa.
 - No on sekin jo jotain. Kumpi niistä on ikkunan puolella? intoutuu Koli kyselemään.
 - Vanha vitsi. Sehän riippuu ikkunasta, hymähtää Tupamäki ja luo halveksivan katseen Koliin.
 - Sinulla ei taida olla meille mitään muuta kerrottavaa Francosta kuin se, että hän oli liian rehellinen ja lojaali kaikille.
 - Ei ole. Mutta käykääpä Jannen luona Luopioisissa. Jospa se muistais jotain muuta.
 - Sinä varmaan soitat hänelle heti lähdettyämme ja kerrot meidän käyneen.
 - Näin aattelin tehdä ja varottaa niin, että osaavat laittaa neukkarin kuntoon ja joulutortut lämpiämään. Ei teidän sitte

tarvii oottaa käytävällä, että pääsette juttusille, vitsailee Tupamäki vielä nauraa hekottaen.
- Hienoa että sinulla oli aikaa tavata meidät. Hyvää joulua ja hyvää tilivuoden tulosta, lopettaa Arvetvuo keskustelun samalla, kun nousee pöydästä ja oikaisee jalkansa istuttuaan epämukavalla kovalla tuolilla.

***

- Janne hei, ne kytät kävi täällä. Arvasin että se pöllöpää oli säilyttäny meistä valokuvia. Hempeämielinen kun oli, puuskuttaa kiihkeästi puhelimessa Ville Tupamäki ystävälleen Janne Kirjoselle.
- Koska ne kävi? Mitä ne kysy? utelee Janne Kirjonen. Hän kuulee, että Tupamäki ottaa välillä kulauksen jostain, ehkä pullosta. Liekö miehellä krapula vai muuten vain janottaa, hän tuumii.
- No ihan justiinsa. Ne tuli ilmoittamatta, eikä Anni hoksannu kysyä niitten nimiä, kun utelivat, olinko paikalla. Mulla on kauhea krapula eilisestä. Tuli kai nautittua yksi liikaa.
- No se kai ei ole mitään uutta. Missäs olit illalla? Mikä niitten nimi on?
- Se nainen oli kai joku Arvetvuo ja mies Koli. Se nainen tais olla pomo.
- Sanoiko ne tulevansa tänne?
- Joo, itse asiassa mä lähetin ne sun luokse. Lupasin, että laitat joulutortut lämpiämään ja neukkarin tiptop kuntoon. Hähä.
- Mitä, tuleeks ne tänään?
- Ei ne muuta sanonu, kun että että sä oot tosi tärkee henkilö niiden tutkimuksissa, keksi Ville satuilla Jannelle.
- No mitä sä kerroit? Miks ne niin sano?
- No ne oli tietysti tsekannu meidän rikosrekisterit. Myönsin kaikki ja kerroin, että rangaistukset on kärsitty. Sitte mä sävelsin, että Franco ei koskaan osallistunut mihinkään laittomaan.

Kerroin, että se oli lojaali ja reilu. Ei pelänny, että joku olis tekemässä sille pahaa tai vaatimassa sitä mukaan meidän hommiin, vai miten sen nyt sanoin. Emmä ihan tarkkaan muista. Mutta en kertonu mitään. En myöskään tienny, miksi se lähti yllättäen takaisin Italiaan. Toisin sanoen, en kertonu mitään. Uskotko?

- Good! Hyvä kun soitit. Täytyy tässä alkaa vähän valmistautua runoilemaan satuja ja unohtamaan yksityiskohtia.

- Hyvä! Ota vaan ihan iisisti, ei ne sua syö elävältä, ainakaan kokonaisena. Hyvät joulut! See you!!

Villen puhelu hermostutti Jannea, eikä hän osannut enää tarttua päivän töihin. Hän jää miettimään Villen mainintaa siitä, että ne poliisit oli pitänyt Jannea tärkeänä niitten tutkimuksille. Mahtoiko Ville puhua ihan totta? Kertoikohan se ihan kaikki niitten keskustelusta?

Kaksikymmentäseitsemän

Ritva Arvetvuo ja Jussi Koli ajavat Nastolasta takaisin Lahteen leveäkaistatietä, jolla näin joulun alla on paljon liikennettä. Ohittaminen käy kuitenkin tällä tiellä kätevästi. Luminen maisema saa kehuja molemmilta, vaikka nyt ei autossa puhuta enempää maisemista vaan ihan jostain muusta.
- No Jussi, mitäs sanot. Meillä on Francossa oikea kultapoika. Kiltti ja kaino! Kaikki hommat kunniallisia. Kaikkien hyvä ystävä.
- Niin ainakin Tupamäki antoi ymmärtää, ehkä liiankin sujuvasti.
- Minä en muuten uskonut sanaakaan siitä, mitä hän kertoi.
- Samat sanat. Tuli mieleen, että pitäisi nyt tutkia hieman vanhoja tapahtumia. Milloin poikaset on tehny mitäkin rötöksiä, ja milloin Mäkinen-Spinelli oli lähtenyt takaisin Italiaan.
- Joo. Tehdään se ennen kuin mennään tapaamaan sitä toista velikultaa eli Janne Kirjosta, myötäilee Arvetvuo. - On meillä varsinainen kolmikko. Oikein Kasper, Jesper ja Joonatan.
- Olen varma, että Tupamäki on jo soittanut hänelle ja kertonut keskusteluistamme.
- Ilman muuta, niin minäkin olisin tehnyt. Mitä lie onkaan tälle säveltänyt. Mutta me ollaan nyt joka tapauksessa heitä askeleen edellä. Tutkitaan vähän historiaa, päivämääriä ja sen jälkeen...
- Mitä mieltä muuten, noin ihmisenä, olit Tupamäestä? ihmettelee Koli.
- No ensinnäkin, jos saan sanoa, niin rahat on menny hukkaan noita kalliita merkkivaatteita ostettaessa. Häneltä puuttuu täysin

tyylitaju. Eikä kroppakaan parane vaatteilla, jos niitä ei osaa ostaa tai oikein kantaa.

– No mitäs pienistä. Kukin taaplaa tyylillään.

– Mutta muuten kyllä jäi kaverista aika ikävä ja röyhkeä kuva. En usko, että hän haluaisi suojella ketään, jos oma nahka on vaarassa. Liukas kuin saippua!

– No mulle jäi vähän sama fiilis. Jos olisin sen kaveri tai tekisin sen kanssa töitä, niin en haluaisi joutua riitoihin sen kanssa.

– Onkohan Kirjonen samaa maata? Aika erikoinen kolmikko, kun tarkemmin mietin. Miten Spinelli on sopinut kuvioihin? Ihmettelen vaan sen perusteella, mitä olemme hänestä kuulleet?

– No se nähdään pian. Miten se nyt menee, vakka kantensa valitsee.

Iltapäivästä tulee työntäyteinen ja kiireinen. Molemmat tutkivat vanhoja rikosarkistoja. Jotta Francon Italiaan paluun tarkka ajankohta selviäisi, joutuu Koli soittamaan Francon äidille. Hän ei kuitenkaan muista tarkkaa päivämäärää, vain kuukauden. Franco oli palannut Italiaan joulukuussa 2017.

Puhelimessa äiti kertoi ihmetelleensä silloin, miksi Franco oli yhtäkkiä päättänyt palata kotiin siitä etukäteen mitään ilmoittamatta. Yhtenä päivänä hän vain tulla tupsahti toimistoon ja yllätti kotiinpaluullaan kaikki. Hän kun oli armeijan jälkeen kuitenkin kertonut viihtyvänsä niin hyvin Tampereella, että oli päättänyt jäädä Suomeen. Franco oli kertonut olevansa töissä McDonald'silla ja asuvansa kimppakämpässä inttikavereiden kanssa. Äiti ei ollut ihmetellyt eikä epäillyt mitään poikansa tekemisiä. Toivonut vain pojan viihtyvän.

Äidin ei omasta mielestään olisi pitänyt hermostua tai olla huolissaan pojastaan, kun tämä yllättäen palasi Italiaan. Mutta ihmeissään hän oli ollut, tietämättä miksi. Franco ei ollut koskaan kertonut mitään erityistä syytä siihen, miksi oli palannut. Hän oli kyllä ollut jonkin aikaa kireä, mutta hoitanut työnsä bussifirmassa kunnolla. Kaikki oli ollut normaalia, ihan niin kuin ennen armeijaan menoa. Tyttöystävistä Franco ei ollut vanhemmilleen puhunut eikä ketään vanhemmilleen esitellyt, joten äiti oli olettanut hänen olevan sinkku.

- Mitä oikein tapahtui marras-joulukuussa 2017? Löytyykö rikosarkistosta jotain erikoista, miettii Koli kotiinpaluutiedosta ja nousee seisomaan. Hän venyttelee käsiään ja jalkojaan pitkän istumisen päätteeksi ja alkaa kävellä ympyrää pienessä huoneessaan. Kävely keskeytyy, kun Arvetvuo koputtaa oveen ja astuu sisään.

- Syyn kotiinpaluuseen täytyy löytyä jommastakummasta näistä ryhmästä. Murrot omakotitaloihin vai autovarkaudet? Kumpaa veikkaat? utelee Arvetvuo.

- Olen omakotitalomurtojen kannalla. Ei hän autoa ole voinut viedä Italiaan. Tai myydä varastettua autoa Suomessa.

- Samaa mieltä. Nyt selvitetään läpikotaisin kaikki marras-joulukuun Tampereen seudun omakotitalojen murrot ja mitä niissä on viety. Syyn lähtöön täytyy olla jotain, joka liittyy murtoihin. Onko Franco pitänyt jotain arvokasta, siis todella arvokasta, kokonaan itsellään eikä jakanut sitä kavereiden kanssa, vaikka olisi pitänyt? Ja pelännyt jäävänsä kiinni? Mutta hänhän ei Tupamäen mukaan osallistunut pimeisiin keikkoihin.

Alkaa asuntomurtoihin liittyvien tutkimusten perinpohjainen tutkimus. Mitä on viety ja kuka on ollut tekijä? Varkaiden suosituimmat esineet ovat olleet korut, design-tuotteet ja tietokoneet ja tietysti irtoraha, jos sitä vain on ollut. Kaikki tuotteita, joista on helppo päästä eroon ja myydä eteenpäin.

Yhden murron kohteeksi joutuneen miehen lausunto poliisille herättää Kolin mielenkiinnon. Hän lukee sen varmuuden vuoksi pariin kertaan uudestaan ollakseen varma, että ymmärtää asian oikein.

- Kas tässä. Olisiko tämä se ratkaiseva teko. Mies kertoo, että korujen lisäksi hänen tietokoneensa oli varastettu. Mutta valitettavasti siinä oli muutakin. Tietokoneeseen oli kiinnitetty muistilappu, johon oli kirjoitettu pankkitilin pin-koodi ja pari muuta salasanaa. Miestä oli hävettänyt kertoa näistä yksityiskohdista poliisille heti murron jälkeen. Häntä hävetti, koska oli ollut niin tyhmä, että oli toiminut juuri niin kuin joka paikassa varoitettiin eli pitänyt salasanoja ja pin-koodia helposti löydettävissä, jopa ihan näkyvissä. Tiliä oli alettu tyhjentää samana päivänä, kun kone oli varastettu. Rahaa oli muutamana päivänä siirretty yhdelle ja samalla tilille. Ulkomaille. Murron tekijä jäi kiinni. Hän oli Janne Kirjonen. Hän oli kieltänyt varastaneensa tietokonetta ja tyhjentäneensä tiliä. Hän vakuutti, että ei tiennyt koneesta mitään. Eikä sitä paitsi osannut käyttääkään tietokonetta.

Ulkomaisen tilin omistaja selvisi perinpohjaisten selvitysten jälkeen Italian poliisiin avustamana. Tilin omistajaksi osoittautui iäkäs napolilainen leskirouva, Francon isän kaukainen sukulainen. Rouva ei tiennyt omistavansa tiliä, joka oli avattu jo tammikuussa 2017. Poliisin kanssa käymissä keskusteluissa hän oli harmitellut tietämättömyyttään. Hänellä olisi ollut käyttöä tilillä olleille rahoille. Tutkimuksissa paljastui, että tilille oli siirretty pieniä summia alkuvuodesta lähtien, mutta isot siirrot olivat marraskuulta 2017. Tiliä oli käyttänyt Aldo Moretti niminen henkilö, joka oli aina esittänyt tädin antaman valtakirjan. Morettia ei koskaan löytynyt. Tutkimuksissa todettiin myöhemmin, että valtakirjatkin oli väärennetty.

- Tässä meillä on se oikea keissi. Tämä sen täytyy olla. Kirjonen varasti koneen ja antoi sen heti varkauden jälkeen Mäkiselle. Hän tutkii koneen ja löytää kaikki tarvittavat tiedot pankkitilin tyhjentämiseksi. Mäkinen on siirtänyt tilillä olleet rahat rouvan nimiin avaamalleen tilille Italiassa. Sen jälkeen hän on tyhjentänyt koneen tiedostot ja saanut myytyä sen jollekin. Poliisikuulusteluissa Kirjoselle on kerrottu, että omistajan pankkitili on tyhjennetty koneesta löydettyjen tietojen avulla. Näin hänelle on selvinnyt, että Mäkinen on pettänyt heidät. Hän on uhannut Mäkistä, joka hävisi ja lähti tuntemattomaan. Näin sen on täytynyt tapahtua.

- Italia oli liian kaukana kavereille lähteä kostamaan, ja asia oli jäänyt siihen. Eikös tämä ole ihan selvä juttu. Huomenna Luopioisiin tapaamaan Kirjosta. Siellä varmaan selviää lisää.

- Sitä minä vaan ihmettelen, että miten ja miksi Franco oli avannut tilin Italiaan? Oliko kultapoika osannut ennakoida tulevia rikoksia? Vai oliko hän tehnyt niitä itse jo omin päin? Tarviiko meidän tietää tästä tilistä tämän enempää? Eihän se liity meidän tutkimuksiin. Ja Italian poliisikin on jo lopettanut asian tutkinnan.

Tupamäeltä saadun vinkin perusteella Arvetvuo soittaa Janne Kirjoselle. Hän esittelee itsensä ja kertoo tavanneensa Nastolassa Ville Tupamäen. Kirjonen naureskelee ja kertoo jo odottaneensa puhelua. Tapaaminen ei kuitenkaan onnistu Arvetvuon ehdottamana aikana eli seuraavana päivänä, sillä Kirjonen on lähdössä perheensä ja vanhempiensa kanssa Lappiin aikaisin seuraavana aamuna. Siellä hän viipyy viikon. Tapaaminen sovitaan seuraavan viikon keskiviikoksi. Arvetvuo toivottaa puhelun lopuksi Kirjoselle hyvää joulua.

- Niinköhän Kirjonen lähtee Lappiin vai keksikö hän matkan, kun haluaa siirtää keskustelun myöhemmäksi, arvailee Arvetvuo.

Hän ei anna haastattelun siirtymisen kuitenkaan häiritä tutkimuksia. Heillä on vielä paljon muutakin selvitettävää. Nyt on Arvetvuolle kuitenkin varmistunut, että heillä alkaa olla aika paljon näyttöä siitä, että Mäkinen-Spinelli olisi vienyt jotain kaikille kavereille yhteisesti kuuluvaa. Havaittuaan muiden tajunneen tämän, hän oli paennut maasta.

Arvetvuota jää kuitenkin mietityttämään kysymys, voiko ja jos, niin miten tämä vanha tapaus voisi liittyä Franco Spinellin murhaan. Aikaa Tampereen keikasta kun on kulunut jo reilut neljä vuotta. Ja kyseessä oli vain muutama kymmenentuhatta euroa. Eikä Spinellin tulosta Lahteen kukaan tiennyt mitään. Ei ainakaan myöntänyt tietävänsä.

Kaksikymmentäkahdeksan

Lyhyen ja yllätyksettömän joulun jälkeen ensimmäisen aamupalaverien jälkeen Arvetvuo ja Koli jäävät vielä istumaan kokoushuoneeseen, jossa juttelevat joulun vietosta ennen kuin aloittavat työt. Molemmat ovat viettäneet sen rauhassa kotona vain perhepiirissä, joulupukkiakaan ei ollut näkynyt. Kaunis ilma oli kuitenkin houkutellut ulkoilemaan. Arvetvuo kertoo Kilpiäisissä olevista hienoista lenkkimahdollisuuksista. Naurahtaen Koli muistuttaa häntä, että hänellekin alue on tuttu. Arvetvuo kertoo kävelleensä, ihan sattumalta, myös Isotalon omakotitalon ohi kiertäessään Karjusaaren lenkin. Talossa ei kuitenkaan näkynyt mitään elonmerkkejä, vaikka auto, valkoinen Honda oli auratulla pihalla. Koli muistelee Isotalon muutaman vuoden takaista Mersun vaihtoa valkoiseen Hondaan. Arvetvuo katsoo häneen merkitsevästi ja kysyvästi. - Et kai vain luule?

 - En, en luule mitään. Kaupunki on täynnä vaaleita Hondia ja pipopäisiä, tummaan untuvatakkiin pukeutuneita miehiä. Mutta eiköhän nyt olisi paikallaan, ihan vain varmuuden vuoksi, tutkia Isotalon puhelintiedot niiltä päiviltä, jolloin Spinellin tietokone oli ollut huollossa. Taidanpa tehdä sen ensi töikseni, kun palaan huoneeseeni.

 Arvetvuo miettii kannattaisiko Kolia muistuttaa siitä, että Isotalo kyllä tietää, milloin jättää puhelin kotiin tai sulkea se, ettei tietoa liikkumisesta voi todentaa. Jättää tämän kuitenkin sanomatta. Eihän sitä koskaan tiedä. Jokainen tekee joskus virheitä.

Keskustelun aiheet muuttuvat kuin huomaamatta Hondasta yhä enemmän Isotaloon ja hänen bisneksiinsä. Molemmilla on jonkinlainen käsitys siitä, että töitä Isotalolla taas riittää, kaikesta huolimatta. Kuinka paljon, se on kysymys, johon heillä ei ole vastausta. Samalla sivuttiin hänen tuttavuuttaan ja mahdollista yhteydenpitoaan Francoon. Oliko todella niin, että hän ei tiennyt Francon asuvan Lahdessa? Miksi Franco ei olisi jossain vaiheessa kuitenkin ottanut yhteyttä mieheen, jonka tunsi ja joka voisi auttaa häntä tarvittaessa. Ihan kuin olisi joku pieni asia, joka ei täsmää.

Juuri kun Arvetvuo on nousemassa hakemaan lisää kahvia itselleen ja Kolille, hänen puhelimensa soi.

- Täällä Laila Lipponen. Soitanko huonoon aikaan? kysyy hän varovaisella äänellä.

- Hei Laila. Et ollenkaan. Tässä Kolin kanssa juteltiin joulun vietosta. Miten voit? Menikö joulu hyvin? vastaa Arvetvuo ja vinkkaa kädellä Kolille, että tämä ei lähtisi huoneesta.

- Kiitos. Ihan hyvin minä voin. Kävin myös Kuhmoisissa Annikan ja Pietron luona. Meillä oli tosi mukavaa, joskin haikeaa. Mutta minulla on pieni ongelma. En oikein tiedä, mitä...

- No kerro. Olen pelkkänä korvana.

Ja Laila kertoo niin glögi- kuin suklaajutunkin Arvetvuolle. Tämä pyytää Lailaa tuomaan molemmat tuotteet laitokselle välittömästi. Ne pitää ehdottomasti lähettää laboratorioon tutkittaviksi.

Arvetvuo jatkaa. - Laila, lähetän sinulle heti puhelun päätyttyä yhden valokuvan. Katsoisitko heti sen saatuasi, tunnistatko kuvan henkilöt. Ja etenkin, oletko nähnyt heitä Lahdessa. Jos, niin mahdollisesti jopa Francon kanssa.

Puhelun päätyttyä ei kestä kuin hetki, kun Laila soittaa takaisin ja kertoo nähneensä kuvan Francon albumissa. Miesten nimet ei tule hänen mieleensä eikä hän ole edes varma, että olisi ne kuullut. Hän ei myöskään muista nähneensä henkilöitä koskaan Lahdessa. Arvetvuo kiittää tiedoista ja kysyy vielä, onko

Laila nähnyt Francoa Isotalon seurassa. Tähänkin Laila vastaa kieltävästi. Juuri puhelinta sulkiessaan Arvetvuolle tulee mieleen vielä yksi kysymys. Tietääkö Laila mitään Francon Tampereen ajasta?

- Tiedän vain, että hän oli armeijan jälkeen jonkin aikaa Suomessa, mutta ei hän koskaan kertonut mitä teki tai missä oli. Miten niin? Onko jotain, mitä minun pitäisi tietää?

- Ei mitään erikoista. Kuulimme vain Francon vanhemmilta, että hän oli ollut Tampereella pari vuotta. Ja ajattelin, että hän olisi kertonut sinulle jotain siitä ajasta. Mutta ei kai hänellä ollut mitään kerrottavaa niistä ajoista.

Arvetvuo kirjaa muistiin saamansa vastaukset ja kertoo ne myös Kolille.

Laila jää puhelun päätyttyä miettimään ja ihmettelemään, miksi Franco ei todellakaan ollut koskaan kertonut Tampereen ajoista? Olihan hän ollut siellä pari vuotta! Oliko hänellä ollut tyttöystävä siellä ja suhde olisi loppunut? Dramaattisesti? Tämän jälkeen hän oli palannut Italiaan. - Mahdotonta tätä on enää selvittää, eikä se sitä paitsi enää mitään auttaisi.

Kaksikymmentäyhdeksän

Arvetvuo ja Koli lähtevät poliisilaitokselta lounaan jälkeen suuntana Vesijärvenkatu ja rouva Kuula. Matkalla he poikkeavat Mariankadun Sinuhessa ostamassa tuoreet leivokset ja pullat. Talon alaovi avautuu, kun rouva Kuula painaa summeria. Hän avaa saman tien asunnon oven ja odottaa vieraitten nousemista toiseen kerrokseen. Ovella hän toivottaa vieraat tervetulleiksi ylenpalttisen ystävällisin sanoin. Vieraat hieman häkeltyvät, mutta vastaavat samalla tavalla olevansa erityisen iloisia tavatessaan rouvan. Jussi Koli ojentaa rouvalle kaksi valkoista pahvilaatikkoa, joista löytyy niin bebet kuin voisilmäpullatkin. Rouva kiittää ja vie laatikot keittiöön. Hän ei pyydä heitä riisumaan kenkiään. Hän ripustaa vieraiden takit naulakkoon ja ohjaa heidät suoraan kahvipöytään, jossa on sen seitsemää sorttia herkkua saatu tarjoiluastioille.

Rouva sanoo käyneensä varta vasten hakemassa pullat ja piparit paikallisesta kotileipomosta, jotta vieraat saisivat maistaa oikeita herkkuja, ei mitään "suurten teollisten leipomoiden massatuotteita". Tilanne on Arvetvuolle hieman kiusallinen. Puhelimessa kun oli sovittu, että Arvetvuo tuo kahvipullat. Kahvipullat, jotka hän tänään on ostanut erään "suuren teollisen valmistajan" liikkeestä. Kukaan ei kuitenkaan mainitse kahvipullista mitään.

- Rouva Kuula, toivottavasti joulunviettonne tyttärenne luona oli onnistunut. Saitte hyvää ruokaa ja seuraa...

- Kiitos kysymästä, tyttäreni oli kyllä valmistanut oikein viimeisen päälle tämän joulun. Meitä hyysättiin niin kuin piispaa pappilassa. Niinköhän hän oli mielessään tuuminut, että tämä voisi olla meidän viimeinen yhteinen joulumme? Ja hän halusi nyt jotenkin juhlistaa sitä vanhoilla joulutraditioon kuuluvilla ruoilla, joita meillä on aikoinaan, hänen vielä kotona asuessaan, ollut tapana jouluna nauttia. Sen ruokatradition minä olin tuonut omasta kotoani. Kyllä on hienoa nähdä, että traditiota pidetään kunniassa. Mutta en ole ihan varma, oliko hän valmistanut kaikki alusta lähtien itse vai oliko hän ostanut kaupasta jotain, vaikka lanttulaatikon. Mutta herneitä hän ei kyllä kinkun kanssa tarjonnut. Vain luumuja! Olikohan ne vaan unohtunut siinä hässäkässä? Kyllä hän parhaansa yritti! Mitä hän mahtoi tehdä kaikella sillä, mitä emme jaksaneet syödä? Ei niitä kaikkia alkuruokia oikein voi pakastakaan. Ei kai se joutunut heittämään niitä roskiin? Ajattelin jo silloin, että voi mitä tuhlausta! Täytyy kyllä sanoa hänelle, että ensi jouluksi ei niin paljon tarvitse laittaa. Ei me vanhat ihmiset jakseta syödä enää niin paljon kuin ennen. Näytätte molemmat olevan sen ikäisiä, että teilläkin on varmaan lapsuudessa syöty koko jouluyö ruokia pöydästä ja jääkaapista...
 - Viimeinen joulu? Mitä ihmettä! Tehän olette niin hyväkuntoisen oloinen ja virkeä, toteaa Koli huomatessaan hyvän sauman lopettaa muistelu.
 - Niin. Kyllä minä olen vielä ihan hyvässä kunnossa. Mutta mieheni. Hän on ollut jo kohta vuoden verran hoivakodissa. Onneksi saan hänet tänne kotiin aina joskus viikonloppuisin. Täällä hän viihtyy. Ja minulla on seuraa. Olen muuten niin yksinäinen. Monet ystävämme ovat jo kuolleet.
 - Aivan. Ymmärrän. Onko niin, että hän ei tällä hetkellä ole kotona? kysyy Arvetvuo ja ottaa samalla piparin lautaselleen.
 - Kyllä niin on. Hän oli jo Espoossa niin huonossa kunnossa, että hänet vietiin sieltä kesken joulun takaisin hoivakotiin.

- Toivottavasti hänen kuntonsa on jo parantunut. Missä hoivakodissa hän mahtaa olla? Viihtyykö hän siellä?
- Hoivakoti Kotirauhassa, joka on hieman kaupungin ulkopuolella, Kukkilassa. Kyllä se sanoo, että jotkut hoitajat ovat ihan kauheita tosikoita. Ne pakottavat syömään ja käymään iltapesulla joka päivä. Ihan kuin siellä sisällä jotenkin likaantuisi! Eihän ne ulos pääse tai niitä ei ulos viedä. Ulko-ovet on lukossa. Kamalaa kun joutuu olemaan sisällä kaikki päivät. Minä kyllä kävelen joka päivä vähintään torille ja takaisin, joskus jopa Pikku Vesijärven ympäri. Nyt talvella jalkakäytävät kyllä ovat usein niin liukkaat, että pitää panna kenkiin sellaiset, miksi niitä liukuesteitä nyt kutsutaan. Tiedätte kai sellaiset piikit. Ai niin, me puhuimme miehestäni. Hänen mukaansa on siellä kyllä sellaisiakin hoitajia, joitten kanssa on kiva jutella ja laskea leikkiä, ja jotka eivät ole niin turhan tarkkoja siitä, että lautanen olisi ihan tyhjä ruokailun jälkeen tai että kahviin panee kaksi palaa sokeria, kun vain yhden saisi laittaa.

- Luuletteko, että hän jaksaisi tavata meitä, jos...

-Jaa-a. Se riippuu ihan päivästä. Hän oli kotona silloin, kun se kauhea murha tapahtui ihan tässä meidän yläpuolella. Emmekä tienneet siitä silloin mitään. Vasta parin päivän kuluttua meihin oltiin yhteydessä ja kysyttiin kaikenlaista. Miksiköhän se kesti niin kauan ennen kuin tulivat kyselemään?

- Kertoisitteko rouva Kuula, mitä mahdatte muistaa siitä lauantaipäivästä.

- Niin, kuten jo kerroin sille poliisille, joka kävi täällä kyselemässä, niin minulla on erittäin hyvä kuulo. Minä tiedän hyvin tarkkaan, mitä talossa tapahtuu. Kuulen ja näen ovisilmästä, jos tarve vaatii. Minua on aina kiinnostanut talon asukkaat. Ennen muinoin tunsin kaikki, mutta nykyisin täällä on niin paljon vuokralaisia, että en enää pysy mukana. En tunne juuri ketään, jonka rappukäytävässä tapaan. Enkä minä voi lähteä kysymään heiltä, että ketä ne oikein ovat. Ennen juotiin naapurin kanssa kahvit ja juteltiin, nykyisin vieras rapussa sanoo

vain heippa ja juoksee raput ylös tai alas. No tietysti hyvä, että juoksevat rappuset. Sehän on hyvää kunnolle...
- Taidatte olla oikeassa rouva Kuula. Asukkaat vaihtuvat kerrostaloissa nykyään tiheään. Te siis kuulitte kovaäänistä puhetta joskus ennen kahta, toteaa Arvetvuo ja katsoo kädessään olevaa raporttia.
- Niin. Kuulin ensin summerin ja sen jälkeen ovikellon soivan. Vähän ajan kuluttua rapusta kuului kovaäänistä puhetta. Sitä ei kyllä kuulunut kuin hetken. Olivat ihan selvästi miesten ääniä. En erottanut sanoja, mutta aika kovaäänistä se puhe oli.
- Entä sen jälkeen. Mitä tapahtui?
- No sen jälkeen kuulin, kun ovi paukautettiin kiinni. Ääni oli niin kova, että kuolleetkin sen varmaan kuulivat. Katsoin ovisilmästä josko rapussa olisi näkynyt jotain, mutta ei siellä ollut ketään. Se henkilö oli mennyt sisään siihen asuntoon. Ja nyt kun oikein tarkkaan muistelen, hyvä että kysytte, niin kuulin kovaäänistä puhetta myös myöhemmin iltapäivällä. En kyllä muista mihin aikaan.
- Osaatteko sanoa, kuuluiko se rapusta vai jostain asunnosta? Kuulitteko mahdollisesti tappelun ääniä? Huonekalujen kolinaa, huutoja tai muuta sellaista?
- En osaa sanoa. Mutta jossain vaiheessa, jonkun verran myöhemmin kuulin, kun vettä valutettiin jossain pidemmän aikaa. Se ei ollut pesukone, sillä pesukoneesta lähtee paitsi veden niin myös koneen ääni.
- Satuitteko katsomaan kelloa, mihin aikaan tämä veden valuminen kuului?
- Se oli varmaan siinä neljän tai puoli viiden maissa. Olin juuri silloin aloittamassa keittiössä ateriani lämmittämisen. Minä yleensä syön aina itse tekemääni ruokaa, se on paljon parempaa ja terveellisempää kuin kaupan valmistuotteet. Valmistan sitä suuremman annoksen kerrallaan ja syön sitä pari päivää, siis samaa ruokaa. Sen jälkeen laitan loput pakkaseen. Silloin lauantaina otin yhden makaronilaatikkorasian pakkasesta jo

puolen päivän maissa ja minun piti vain sulattaa se ja lämmittää. Laitan yleensä myös aina pienen annoksen salaattia, että saan jotain tuoretta. Vihannekset on kyllä talvella kovin kalliita. Teettekö te ruoat itse vai ostatteko niitä eineksiä?

- Taidatte syödä oikein terveellisesti, naurahtaa Arvetvuo. - Kuulitteko mahdollisesti myöhemmin vielä jonkun poistuvan asunnosta? Tai jotain muuta mielestänne poikkeavaa?

- Enpä tainnut kuulla, kun torkahdin ruokailun jälkeen ja heräsin vasta seitsemän uutisiin, vastaa rouva Kuula, ehkä hieman häveten omaa nukahtamistaan.

- Jos teille rouva Kuula tulee vielä jotain muuta mieleen, niin annan tässä teille käyntikorttini. Voitte soittaa minulle koska vain.

- Kiitos.

Rouva Kuula katsoo käyntikorttia arvostaen ja laittaa sen varovasti pöydälle. - En usko, että muistan enää mitään muuta. Tai eihän sitä koskaan tiedä. Mutta käykääpä juttelemassa mieheni kanssa. Hän on aina ollut kiinnostuneempi siitä, mitä tapahtuu talon ulkopuolella, esimerkiksi kadulla. Jos se katu nyt teitä kiinnostaa. Täällähän se murha tapahtui talossa eikä kadulla. Hänen vuoteensa ja tuolinsakin on aina ollut ikkunan edessä, josta hän on pystynyt seuraamaan kadun tapahtumia. Odottakaa vielä hetki, niin annan teille sen Kotirauhan puhelinnumeron ja osoitteen.

Rouva Kuula poistuu huoneesta. Arvetvuo ja Koli vaihtavat äänettömästi katseita ja nousevat pöydästä jääden odottamaan rouvan paluuta. Rouva Kuula tuo palatessaan vapisevalla, mutta kauniilla kaunokirjoituksella kirjoitetun paperilapun, jossa on hoivakodin yhteystiedot.

- Kannattaa kyllä varmaan soittaa etukäteen ja kysyä mieheni kunto ennen kuin menette sinne, ettette mene sinne turhaan, neuvoo rouva Kuula antaessaan pienen paperilapun Arvetvuolle.

- Kiitos rouva Kuula oikein paljon tästä keskustelusta. Ja kahvista ja tarjoiluista. Tästä oli meille oikein paljon apua.

Otamme myös yhteyden mieheenne. Toivotan teille oikein hyvää uutta vuotta ja hyviä vointeja.
- Kiitos kun kävitte. Oli oikein piristävää jutella ja tavata nuoria iloisia ihmisiä. Meikäläinen on aika yksinäinen, kun ikätoverit alkaa olla jo kaikki mullan alla. Hyvää uutta vuotta teillekin. Toivottavasti tästä keskustelusta oli jotain hyötyä, ja se murhaaja saadaan kiinni. Ei kai minun täydy nyt pelätä, kun olen jutellut teidän kanssa. Jos se murhaaja vaikka luulee, että olen paljastanut jotain...
- Rouva Kuula. Ei teidän tarvitse pelätä mitään. Olkaa ihan rauhallinen. Mutta jos ovikello soi, niin tarkistakaa ovisilmästä, kuka tulee. Ihan ventovieraille ei tarvitse avata ovea, jos ette halua.

Näin päättyy vierailu rouva Kuulan luona. Autossa Koli ja Arvetvuo keskustelevat tapaamisesta ja sen annista. Vähän pettyneenä Arvetvuo toteaa. - Eipä juurikaan tullut mitään uutta. Mutta täytyy yrittää saada juttutuokio järjestetyksi herra Kuulan kanssa. Toivottavasti hän on siinä kunnossa, että jaksaa ottaa meidät vastaan. Ja että hänellä olisi jotain sellaista kerrottavaa, joka auttaisi tutkimusta eteenpäin ratkaisun suuntaan. Nyt olisi se yksi pieni tärkeä tieto paikallaan. Sellainen, joka avaa kaikki solmut. Tiedäthän dominoefektin!

Kolmekymmentä

Ajomatka Lahdesta Luopioisiin kestää tunnin verran. Kolin ajaessa Arvetvuo lukee viestejä kännykästä. Yhtä viestiä hän tutkii pitkään ja hartaasti, ja katsoo mietteliäänä ulos. Viestin luettuaan hän nyökkää huomaamattaan päätään ja kertoo sen sisällön Kolille.

Laboratoriotutkimuksissa Baci-suklaasta ei ollut löytynyt mitään epäilyttävää, vaikka pakkaus oli Lailan muistikuvan mukaan ollut avattu. Tosin hän ei ollut siitä ihan varma. Suklaakonvehdit olivat siten täysin moitteettomat. Ne eivät ainakaan olleet aiheuttaneet nukahtamista, vaikka Laila oli niitä useamman syönytkin.

Sen sijaan glögistä löytyi jäämiä ketamiinista, jota on täytynyt olla paljon. Väärin käytettynä, liian suurina annoksina sillä voi olla tappava vaikutus sydämen ja hengityselinten toimintaan. Laboratoriotutkimuksissa ei osattu selvittää, milloin ketamiinia oli pulloon laitettu. Oletettavasti samana tai edellisenä päivän, jotta sillä olisi haluttu teho. Laila ei osannut kertoa, oliko pullonkorkki avattu. Hän oli niin innoissaan avannut pullon, ettei tullut edes ajatelleeksi moista.

Kuulemaansa Koli ajattelee ääneen. - Olisiko se yöllinen puhelinsoitto jollain lailla liittynyt glögiin? Voiko tätä mitenkään tarkistaa?

Nyt Arvetvuota harmittaa, että hän on lukenut ehkä hieman puolihuolimattomasti Francon verestä tehdyn analyysin koskien tyrmäystippoja, koska hän ei muista yksityiskohtaisia tuloksia.

Oliko siinäkin tapauksessa käytetty ketamiinia? Asia jää kiusaamaan häntä, ja hän päättää selvittää sen heti laitokselle palattuaan.

Kiivas keskustelu mahdollisesta teon tekijästä alkaa, kun Arvetvuo toteaa, että jotain sellaista hän oli osannut odottaa kuultuaan Lailan kertomuksen saamistaan lahjoista, niissä olleista korteista ja yöllisestä puhelinsoitosta. Oliko joku, joka pelkäsi Lailan tietävän Francon sivubisneksistä ja tämän paljastavan tietonsa? Jos, niin kuka se voisi olla. Laila oli vakuuttanut, lähes kyyneleet silmissä, olevansa täysin tietämätön mistään epämääräisestä, mikä liittyi Francoon.

- Miksi Laila on saatettu vaaraan? Ja kuka sen on tehnyt? huokaa Arvetvuo ääneen ja sanoo lisääväänsä sen vielä avointen kysymysten listalle.

Koli jatkaa Arvetvuon tekemästä listasta. Hän toteaa, että nyt heillä on jo suhteellisen paljon tietoa uhrista. Useimmat listan kysymyksistä on selvitetty. Olisiko tässä vaiheessa jo mahdollista yrittää profiloida murhaaja?

- Totta kai sitä voidaan yrittää. Mikä sinulle tulee ensimmäiseksi mieleen. Minä kirjoitan ylös ajatuksia. Antaa ajatusten lentää.

Profiilista ei tule pitkää, mutta se ei parivaljakkoa lannista. Nyt heillä on kuitenkin hyvä alku. Molemmilla on yhteneväinen käsitys murhaajasta.

***

Luopioisten Teollisuustie on helppo löytää. Arvetvuo ja Koli nousevat autosta yksikerroksisen, selvästi tuotantolaitoksen näköisen rakennuksen edessä. Ovessa on kyltti LVI-Kirjonen Oy. Janne Kirjonen näkee heidän tulonsa ikkunasta ja siirtyy ulko-ovelle ottamaan heidät vastaan. Vieraat ohjataan pieneen neuvotteluhuoneeseen, jonka seinillä on monenlaista putkenpätkää ja piirrosta.

- Miten matka Lappiin onnistui? alkaa Arvetvuo ystävällisesti keskustelun Janne Kirjosen kanssa.
- Kiitos oikein hyvin. Lunta oli paljon, ja sehän oli lapsille tärkeää. Nähtiin revontulia ja hiihdettiin. Syötiin hyvin ja saunottiin. Levättiin ja ulkoiltiin. Kaikkea sitä tehtiin mitä lomalla pitää tehdä. Niin, ja tietysti me tavattiin joulupukki. Saatiin oikein yhteiskuva, joka nyt on lastenhuoneen seinällä.
- Lapsille ihana joulu muisteltavaksi. Montako lasta sinulla on?
- Kaksi, Matilda ja hänen nuorempi veljensä Joonas. Kelpo kavereita molemmat, vastaa ylpeänä lasten isä.
- Lappiin haluan minäkin vielä mennä, jatkaa Koli. - Olen käynyt siellä pari kertaa ruska-aikana, mutta talvi on kokematta. En ole mikään laskettelija, mutta murtomaahiihtoa olen harrastanut vähän enemmänkin. Ja tietysti pitäisi nähdä oikein kunnon revontulet. Joskus niitä näkee täällä etelässä, mutta luulen, että ne siellä ovat upeammat. Olitteko te niin onnekkaita, että näitte?
- Joo, kyllä nähtiin. Ja upeitahan ne oli. Lapset ei meinannu uskoa, että niitä ei oltu heijastettu maasta jollain laserilla. Niin, Tupamäki kehotti minua valmistamaan teille kahvipöydän. Kuten huomaatte, niin pöytä on pyyhitty, joulutortut lämmitetty ja kahvikupit puhtaita. Olkaa hyvä!

Kevyttä keskustelua käydään vielä muutama minuutti ja Kirjonen pitää vierailijoita mielessään "helppona nakkina".
- No niin. Kahvi on hyvää ja kuumaa sekä tortut lämpöisiä. Kiitos. Mutta mennäänpäs seuraavaksi päivän varsinaiseen aiheeseen.
- Eli Tampereen aikaan, jatkaa Kirjonen itsevarmasti.
- Juuri niin. Arvaan, että olet keskustellut pitkään Tupamäen kanssa ja tiedät, mitä varten olemme täällä.
- Kyllä hän minulle soitti ja kertoi. Mutta ei minulla ole hänen tietoihinsa mitään lisättävää.
- Meillä ehkä on. Muistelepa yhtä niistä monista asuntomurroista, joita teitte Tampereella.

- Kaikki olen jo kertonut poliisille silloin. Ja rangaistukset kärsinyt, vastaa Kirjonen rehvakkaana.
- Niin olet. Olemme lukeneet kaikki lausuntosi tarkkaan, samoin rikosten uhrien lausunnot, toteaa Arvetvuo, nyt ei enää niin leppoisasti.
- Missä vaiheessa sinulle selvisi, että Mäkinen oli löytänyt tietokoneelta pankkitilin pin-koodeineen ja siirtänyt siltä kaikki rahat teidän ulottumattomiin, jatkaa keskustelua vuorostaan Koli.
- Mitä, en minä ole varastanut tietokonetta enkä ole siirtänyt rahoja minnekään. Senhän minä kerroin poliisille. En minä silloin edes osannut käyttää tietokonetta.
- En tainnut syyttää sinua rahojen siirrosta, enhän. Olet siis sitä mieltä, että mies, jolta varastitte tietokoneen, valehteli sen häviämisestä sinun käyntisi jälkeen, ihmettelee Koli.
- En minä tiennyt mitä siinä laukussa oli. Se oli pöydän vieressä lattialla. Nappasin sen vain mukaan siitä, kun ajattelin, että sisällä voisi olla jotain myytävää, puolustautuu Kirjonen nyt jo hieman pelokkaana.

Arvetvuo ja Koli kuulevat miten Kirjosen ääni muuttuu kireämmäksi. He istuvat rauhallisina, sanomatta mitään ja odottavat. Tämä taktiikka yleensä toimii. Niin nytkin. Koli näkee Arvetvuon hipaisevan hiuksiaan. Se on merkki siitä, että keskustelua voidaan alkaa kiristää.

- Mitä sanot, jos joku on kirjoittanut muistiin kaikki teidän rötöksenne? kysyy ovelan näköisenä Arvetvuo.
- Kuka muka? Se Mäkisen paskiainenko, kiihtyy Kirjonen.
- Ai, oliko Mäkinen paskiainen? Tätä emme tienneetkään. Luulimme, että olitte hyviä kavereita. Mietipä uudestaan! Kuka oli suunnittelemassa ja toteuttamassa kaikki? venyttelee vastaustaan vuorostaan Koli.
- Ette kai tarkoita, että Ville...
- Niin? Olisiko nyt vihdoin, monen vuoden jälkeen, oikea hetki kertoa yksityiskohdat tästä kyseisestä rikoksesta. Tietokone-

varkaudesta ja pankkitilin tyhjennyksestä. Meillä on kyllä epäilymme, mutta haluamme kuulla sinun versiosi. Nyt tapahtunutta Mäkinen-Spinellin murhaa voidaan ajatella kostoksi vanhoista pahoista teoista.

Kirjonen istuu paikallaan sanomatta sanaakaan. Hän tarkastelee pelokkaan näköisensä vuoronperään Arvetvuota ja Kolia. Hänen sormensa naputtavat pöytää, samoin jalka pöydän alla lattiaa. Hän on raivoissaan. Väri hänen kasvoillaan tummenee. Hän ei kuitenkaan ala huutaa tai kirota. Huomaamatta itsekään hän puristaa kädet nyrkkiin. - Olenko aliarvioinut heidän ystävällisyytensä ja höpö-höpö -Lappipuheensa. Miksi Tupamäki ei kertonut minulle näistä asioista mitään? Saatanan ystävä!

Kirjonen miettii pitkän tovin ennen kuin aloittaa. Hän yrittää puhua hitaasti ja rauhallisesti, vaikka se kireältä kuulostaakin.

- Mäkinen ei koskaan osallistunut varsinaisiin rötöksiin. Hän kieltäytyi niistä systemaattisesti. Mutta murtojen jälkeiseen toimintaan hän kyllä osallistui. Me toimitimme hänelle tavaran, ja hän hoiti sen eteenpäin. Tämä toimi erinomaisesti. En tiedä mistä hän oli saanut kaikki ne kontaktit, joita käytti, kun hän möi varastetun tavaran eteenpäin. Koskaan hän ei jäänyt kiinni. Ja hän tunsi meistä parhaiten myös tietokoneet.

- Eikö teillä koskaan herännyt ajatus, että hän saattoi vetää välistä?

- Ei koskaan. Hän piti erittäin tarkkaa kirjanpitoa tuotteista ja niiden myynnistä. Koska meille tilitetyt rahat näyttivät vastaavan meidän odotuksiamme, emme epäilleet mitään.

- No missä vaiheessa epäily heräsi?

- Minut kutsuttiin uudelleen laitokselle selvittämään sitä tietokonevarkautta, josta mainitsit. Se tapahtui sen jälkeen, kun Mäkinen oli yhtäkkiä hävinnyt. Siinä vaiheessa poliisilaitoksella minulle selvisi, mitä se saatanan Mäkinen oli tehnyt.

- Tämäkö oli järjestys? Vai oliko niin, että sinä uhkailit häntä saatuasi tiedon poliisilta, ja hän lähti vasta uhkauksien jälkeen?

- En uhkaillut, koska niin kuin sanoin, hän oli siinä vaiheessa jo hävinnyt. Jouduin uusintakuulusteluun siis vasta Mäkisen lähdön jälkeen. Uskokaa nyt! vastaa Kirjonen avuttomana.
- Ja tililtä siirretyt rahat olivat hänellä? kysyy Arvetvuo ja katsoo papereitaan.
- Niin ilmeisesti, lamautunut Kirjonen vastaa.
- No nyt kuitenkin herää kysymys, milloin tapasitte täällä Lahdessa uudestaan. Mäkinen-Spinelli kun on ollut Lahdessa jo parisen vuotta.
- Emme ole tavanneet. Olin kyllä tietoinen, että hän on tullut Suomeen ja työskentelee Lahdessa. Näin hänen kuvansa lehdessä parisen vuotta sitten. Siinä hän seisoi bussin etuoven luona ja auttoi vammaisia lapsia laskeutumaan bussista Nastolan Taidekeskus Taarastin pääoven luona. Soitin siitä välittömästi Tupamäelle.
- Eikö sinua kiinnostanut päästä kynimään kana?
- Kyllä, mutta kun kerroin siitä Villelle, niin hän kielsi minua ehdottomasti tekemästä mitään. Hän sanoi, että jotain muuta on jo tekeillä. En viitsiny kysyä enempää. Ville on meistä kuitenkin se aivo, minä vain tekijä.
- Ymmärränkö oikein, että jatkatte vielä näitä hommia, kysyy uskomattomalta kuulostava Koli.
- No, ei, ei tietenkään, ajattelin vain että...
- Että mitä?
- No ei mitään. En puhu enää sanaakaan.

Tämän jälkeen Kirjonen pysyy hiljaa. Ei nyökkää eikä osoita minkäänlaista halua jatkaa keskustelua. Arvetvuo ja Koli katsovat yllättyneinä toisiinsa. He nousevat hitaasti ylös kuin yhteisestä sopimuksesta, ja katsovat vielä kerran uteliaasti Kirjosta, joka istuu paikallaan kasvot kivettyneinä. Pöydälle jää kaksi puoliksi juotua jäähtynyttä kahvia. Joulutortut kuitenkin tekivät hyvin kauppansa. Niistä jää lautaselle vain muruset.

- Palaamme vielä asiaan. Hyvää uutta vuotta!

Kirjonen huomaa erehtyneensä vieraitten suhteen ja kiroilee ääneen huoneessaan. - Saatanan saatana! Olisihan mun pitänyt tietää, miten ne oikein toimii ja saa toiset kiikkiin. Saatana! Miten ihmeessä voin kertoa tästä Villelle?

Kolmekymmentäyksi

Janne Kirjonen soittaa välittömästi poliisien lähdettyä Ville Tupamäelle.
- Saatanan Ville, aloittaa Kirjonen, kun kuulee tämän vastaavan puhelimeen.
- Mitä nyt? Mikä on? kysyy Tupamäki ihmeissään ääni ivallisen rauhallisena.
- No, ne kytät kävi täällä. Ja...
- No etkö ollu keittäny niille kahvia? Minähän sanoin, että sun pitää...
- Totta kai olin. Mutta ne anto ymmärtää, että sä...
- Että minä mitä, Janne? kiinnostuu jo Tupamäkikin. - Kerropa nyt ihan rauhassa, mistä keskustelitte. Mähän totesin sulle, että en kertonu niille mitään. Et kai vaan...
- No ne sano tietävänsä kaikki ja... Odotas nyt mietin ihan sanatarkasti mitä ne sano. Joo, ne kysy, että missä vaiheessa selvisi, että Mäkinen oli löytänyt tietokoneelta pankkitilin pinkoodeineen ja siirtäny siltä kaikki rahat. Mä yritin selittää, etten tiennyt, että laukussa oli tietokone. Enhän osannut edes käyttää sellaista.
- No oot sinä kans yks saatanan tunari. Ei kai aina tartte osata käyttää jotain vempainta, jonka varastaa. Tyhmä! huutaa Tupamäki niin kovaa, että Janne siirtää puhelimen kauas korvastaan.
- No ne kysy kans, ettenkö tienny, että joku oli kirjoittanu muistiin kaikki keikat. Mä sanoin, että se varmasti oli Mäkinen,

mutta sitte se Arvetvuo jatko ja pyys mua miettimään tarkemmin eli kuka suunnitteli ja toteutti murrot mun kanssa. Silloin mulla sytytti, että sähän se tietysti olit...
- No et kai sä suinkaan syyttäny mua, kiljuu Tupamäki ääni kireänä ja entistä kimeämpänä.
- No kun ne usko tai luuli, että me halutaan kostaa sen italiaanon "puhallus"...

Hetkeen Kirjonen ei kuule puhelimesta mitään muuta kuin äänekkään raskaan läähättävän hengityksen. Hän ei sano mitään, odottaa vain, mitä Tupamäellä on sanottavaa. Nyt hän ymmärtää, että häntä on vedätetty. Ja että hän on vihjannut poliisille jotain, mitä ei olisi pitänyt.
- Mitä muuta sä kerroit niille? kuuluu hetken kuluttua Tupamäen hidas, matala ja uhkaava ääni. - Kerro kaikki, heti!
- En mi-minä mi-mitään, änkyttää peloissaan Kirjonen eikä uskalla kertoa keskustelun loppua.
- Onks ihan varma, ettet vahingossakaan sanonu mitään muuta. Tässä on nyt kuule jonkun henki kyseessä, paukauttaa Tupamäki. - Ja arvaat varmaan kenen?

Keskustelu päättyy, kun Kirjonen saa Tupamäen vakuutettua, ettei ollut kertonut poliisille mitään muuta. Hän ei uskaltanut kertoa, että oli tapaamisen alussa antanut luvan nauhoittaa keskustelu. Sehän oli tuntunut alussa niin leppoisalta.

**

Kotimatkalla Luopioisista Lahteen keskustellaan autossa Janne Kirjosesta. Molemmat ovat yhtä mieltä siitä, että Tupamäki on aivot ja Kirjonen tekijä, niin kuin tämä oli maininnut. Kolin mielestä Kirjonen ei ollut samalla tavalla vaarallisen tai uhkaavan oloinen kuin Tupamäki, melkein päinvastoin, jopa arka. Ehkä vähän yksinkertainen. Kun henkilö on arvioitu, palaa keskustelu uudelleen päivän pääaiheeseen. Ja siihen liittyvään uuteen kysymykseen, joka vaatii vastausta.

- Mielenkiintoisin nyt esiin noussut yksityiskohta on se, että Kirjonen ei saisi missään nimessä lähestyä Spinelliä, silloista Mäkistä, koska jotain muuta oli suunnitteilla. Spinellin oleskelu Lahdessa siis tiedettiin laajemmissakin piireissä, ja hänen suhteensa oli suunnitelmia. Oikeinko murhasuunnitelmia vai jotain muuta?

- En oikein jaksa uskoa, että muutaman kymppitonnin vuosia vanha "puhallus" olisi syy murhaan. Vaikka rahaahan se on tietysti sekin. Mutta pojilla on nyt työpaikat ja varmasti hyvät palkat isiensä yrityksissä. Asiassa täytyy olla jotain muuta. Mutta mitä? Meidän täytyy ottaa se Tupamäki uudelleen puhutteluun.

- Olen samaa mieltä. Mikä on tässä kaikessa takana? Tästä taitaakin tulla isompi juttu kuin ajattelimme, kummastelee Arvetvuo. Hän katsahtaa kännykkäänsä huomatessaan sinne juuri tulleet uudet viestit.

- Sain oikeuslääkäriltä tiedon, että heidän hommansa on valmis. Rouva Mäkinen voi aloittaa poikansa hautajaisjärjestelyt. Täytyy soittaa hänelle heti kun tullaan Lahteen. Nämä tällaiset puhelut ovat kyllä vaikeita. Hän on varmasti jo odottanut malttamattomana tietoa tutkimuksen edistymisestä. Ja entäs, kun koittaa se hetki, jolloin kerron totuuden murhaajasta ja teon motiivista. Ne on niitä minulle henkisesti raskaimpia hetkiä tässä työssä. Täytyy toivoa, että tekijä on joku hänelle tuntematon. Se voisi olla helpompi kestää.

- Mitenkähän rouva järjestää siunaustilaisuuden, jos poika on katolinen? Tiedätkö, onko Lahdessa roomalaiskatolista seurakuntaa? Ortodoksinen kyllä on. Missähän on lähin? No, se ei ole minun murheeni.

- En kyllä tiedä. Ei ole koskaan tullut eteen tarvetta selvittää moista.

- Minua vain säälittää vanhempien puolesta, kun kuulevat, että poika onkin kulkenut hieman lain väärällä puolella. Tai ainakin kulki aikaisemmin.

Hetkeen kumpikaan ei puhu mitään. Autossa vallitsee syvä hiljaisuus. Kolin ajaessa Arvetvuo tutkii lisää kännykkäänsä tulleita viestejä ja naputtaa vastaukset niihin, joihin voi. Koli keskeyttää hiljaisuuden ja vaihtaa puheenaihetta.

- Mitäs suunnitelmia teillä on uuden vuoden vastaanottoon?
- No eipä mitään erikoista. Kotona ja naapureiden kanssa on sovittu joistakin raketeista. Ne on kai lähinnä lapsille. Kyllä tämä pandemia jo alkaa rasittaa, kun ei juuri mitään saa tehdä eikä ketään tavata. Joka päivä joku uusi rajoitus. Saisi jo loppua. Ja ne maskit!
- Samaa mieltä. Me ollaan kyllä kutsuttu pari tuttavapariskuntaa. Miehet on mun inttikavereita. Ja rouvat onneksi tulee keskenään hyvin juttuun. Ollaan tavattu jo vuosia vuorotellen kunkin luona. Meillä aina vuoden vaihteessa. Siitä on monta vuotta kun tutustuttiin, taidettiin vielä olla köyhiä opiskelijoita, ollaan aina tarjottu nakkeja ja perunasalaattia. Niin tehdään tänäkin vuonna, vaikka nyt olisi rahaa tarjota jotain laadukkaampaakin. Tämä on kuitenkin traditioksi hyväksytty. Ja sillä jatketaan. Tietysti hyvää kuoharia on runsaasti. Ja se onkin jo jotain muuta kuin Elysee. Puolen yön maissa siirrytään valamaan tinoja. Eikä meillä kyllä maskeja pidetä, kertoo Koli suunnitelmistaan.
- Kuulostaa hyvältä ja emännälle helpolta. Ja kun se on traditio, niin eihän sitä tarvitse muuttaa. Kuka teistä osaa tulkita tulevaisuuden tinasta?
- Se tulkinta onkin aina jännittävää. Minähän sen joudun isäntänä hoitamaan. Melkein aina tinassa voi nähdä jonkinlaisen purjeen, se on joko sileä tai siinä voi olla pienen pientä röpelöä. Siis tuleeko rahaa vai matkoja? Lapsista tina ei paljasta mitään. Meidän tinassa varmaan näkyy matkoja.
- Ai että matkoja, mistäs sen tiedät jo näin etukäteen? Oma tulkinta?
- Ei tarvii tulkintaa. Minun täytyy kertoa, että ostimme Minnan kanssa optimistisina, siis tämän pandemian suhteen,

joululahjat toisillemme. Uskalsimme varata kahden viikon matkan ensi syksyksi Sisiliaan, Taorminaan. Minä haluan ehdottomasti nähdä Etnan, nousta sille ja päästä kävelemään sen kraaterin ympäri. Tulivuoret on kauhean mielenkiintoisia ja jännittäviä, mutta toisaalta myös pelottavia, paljastaa Koli tulevan matkasuunnitelman.

- Niin on tosi mielenkiintoisia. Paljon puhutaan nyt supertulivuorista Jenkkilässä ja jopa Italiassa Napolin kupeessa. Tiedemiehet spekuloivat niiden mahdollisista purkauksista ja tuhoista. Pahimmassa tapauksessa tuhka pimentää ilmakehän ja ilmasto jäähtyy vuosikausiksi. Toivottavasti tätä ei koskaan tapahdu. Ei meidän eikä meidän lastenkaan elinaikana.

- Joo, kaikenlaisia kirjoituksia näkee. Sehän voisi olla maailman loppu. Dystopiaa.

- Ei nyt kuitenkaan heittäydytä yltiöpessimisteiksi. Päinvastoin. Peukut pystyyn, että matkanne toteutuu. Etnahan on jatkuvasti aktiivinen. Sieltä nousee kuumaa höyryä ja välillä se puhaltaa sisuksistaan mustaa hiekkaa. Erikoinen paikka. Jostain syystä sitä kutsutaan "Vanhaksi rouvaksi", en kyllä tiedä miksi. Me ollaan kerran käyty Sisiliassa. Ja täytyy sanoa, että saari on uskomattoman mielenkiintoinen. Se on niin täynnä historiaa, jos siitä on kiinnostunut. Ja mikä luonto! Niin ja aurinko, meri ja ruoka...

- Eikös se "Kummisetäkin" filmattu siellä?

- Kyllä vaan. Ja niistä paikoista onkin tehty oikein vetonauloja turisteille. Mun mielestä aika vaatimattoman oloisia, mutta kyllä ne paikat siinä filmissä näyttää upeilta.

- Kysyn kyllä lähempänä lähtöä, jos ja kun matka toteutuu, että mitä muuta kuin Etna meidän pitäisi siellä nähdä. Kyllä se meidän matkatoimistokin järjestää retkiä, mutta aina ne ei ole kauhean mielenkiintoisia. Kai siellä voi vuokrata auton, jos haluaa.

- Telkkarista on viime aikoina tullut montakin matkaohjelmaa Sisiliasta. Löytyisiköhän ne vielä Areenasta? Jos haluat, voin lainata teille muutaman oppaan.
- Katsotaan kesän jälkeen. Meinaan, että jos matka peruuntuu, niin ei tule niin kauhean suurta pettymystä.

Loppumatka Luopioisista Lahteen sujui leppoisan jutustelun merkeissä. Molemmat tietävät hyvin, että rentouttavaa kevyttä jutustelua tarvitaan taas ennen kuin jatketaan tutkimuksia. Tutkimuksia, jotka näyttävät vain monimutkaistuvan.

Kolmekymmentäkaksi

Arvetvuo tekee huoneessaan nopeasti yhteenvedon ja raportin keskustelusta Janne Kirjosen kanssa. Hänen mielestään keskustelusta on muodostumassa tärkeä käännekohta heidän tutkimuksissaan. Hän ei vielä osaa sanoa, mikä se on. Hänen intuitionsa on niin vahva, että hän tietää ratkaisun olevan lähellä. Hän saa intonsa tarttumaan myös Koliin.

Ritva Arvetvuo valmistautuu henkisesti soittamaan rouva Mäkiselle. Tämä kertoo heidän olevan vielä Kuhmoisissa. He saivat onneksi jatkettua oleskeluaan Lomalinnassa toistaiseksi. Mökin varannut perhe oli sairastunut ja joutui peruuttamaan varauksen. Mieluummin he siellä upeassa ympäristössä viettävät aikaa ja odottavat tietoa kuin hotellissa Lahdessa. Hän kertoo lyhyesti joulusta ja Lailan vierailusta, maininten myös Isotalon pikaisesta käynnistä.

Rouva Mäkinen kertoo odottaneensa jännittyneenä tietoa hautausluvasta jo jonkin aikaa. Hän on ihmetellyt, että sen saaminen kestää niin kauan. Olihan kuolinsyy kai jo selvä. Nyt, saatuaan sen, hän voi rauhoittua. Nyt vihdoinkin hän pääsee viemään poikansa takaisin Italiaan. Tätä varten hän on ollut jo alustavasti yhteydessä Tampereen Pyhän Ristin Seurakunnan pastoriin ja sopinut tämän kanssa lyhyestä siunaustilaisuudesta.

 - Vain Laila tulee meidän lisäksemme siunaustilaisuuteen. Vaikka eihän meillä ole täällä juuri muita tuttuja muutenkaan. Tai onhan Francon serkkuja ja täti, mutta he asuvat pohjoisessa. Heille on kyllä ilmoitettu Francon kuolemasta. Ehkä myös voisi kutsua ne tamperelaiset inttikaverit, joiden kuvia löytyi albumeista. Tosin en tiedä heidän nimiään enkä muitakaan yhteystietoja. En usko, että heillä kellään on mielenkiintoa lähteä matkan takaa tällaiseen tilaisuuteen. Eihän se ole mikään ilonjuhla. No, onhan täällä Isotalo, mutta... Tiesitkö muuten, että olimme hänen luonaan lounaalla ennen joulua. Kovasti hän kyseli Lailalta siitä, miten tämä löysi Francon. Samoin kuin tutkimuksista. Mutta emmehän me niistä tiedä mitään yksityiskohtia. Laila muuten kertoi minulle Isotaloa vastaan nostetuista syytteistä ja oikeudenkäynnistä. Aika hurja juttu.

- Niin. Olimme kyllä aika yllättyneitä hovioikeuden päätöksestä, jossa hänet vapautettiin kaikista syytteistä. Aihetodisteet eivät riittäneet. Mutta näyttää siltä, että se asia on tältä erää loppuun käsitelty.

- Ai! Hovioikeuden päätös on jo tullut. Siitä Laila ei kertonut, ei ehkä tiennyt, vastaa rouva Mäkinen yllättyneenä. - En tiedä, muuttaako se kuitenkaan tuntemustani miehestä mitenkään. Lailan kertomuksen jälkeen on jotenkin sellainen kolkko tunne. Hän vaikuttaa niin tekoystävälliseltä. Mutta emmehän me kuitenkaan ole mitään lähituttuja, emmekä ole tavanneet vuosiin, ja onhan tämä tilannekin erikoinen. Ihan varmasti hän tarkoittaa vain hyvää, eihän hän muuten olisi kutsunut meitä lounaalle kotiinsa. Ei pitäisi ajatella hänestä mitään negatiivista. Anteeksi tämä vuodatus.

- Ymmärrän tunteesi. Miten olette ajatelleet järjestää hautajaiset? Onko teillä mahdollisesti sukuhauta jossain päin Suomea?

- Ruumis tullaan kuljettamaan Italiaan, jossa tapahtuu maahan kätkeminen sikäläisten tapojen mukaan. Kaikesta asiaankuuluvasta olen sopinut jo yhden lahtelaisen hautaustoimiston kanssa.

Kun rouva Mäkinen kysyy tutkimusten etenemisestä, ei Arvetvuo osaa kertoa vielä mitään ratkaisevaa. Hän toteaa vain, että heillä on pari johtolankaa, joita pidetään hyvin ratkaisevina.

Arvetvuo lupaa jälleen kerran pitää rouvan ajan tasalla. Puhelimessa kiitellään vielä puolin ja toisin sekä toivotetaan hyvää uutta vuotta.

Arvetvuo ei kuule eikä tiedä, miten rouva Mäkinen puhelun jälkeen lyyhistyy voimattomana sängylle.

***

Francon viimeinen matka sinkkiarkussa alkaa lyhyen siunaustilaisuuden jälkeen. Sen pitää pariskunnalle täysin vieras pappi, joka ei missään vaiheessa ole tuntenut tai ollut tekemisissä heidän tai heidän poikansa kanssa. Tilaisuus tuntuu kylmältä ja persoonattomalta. Laila ja äiti tukevat toisiaan kyyneleet valuen. Isä Pietro seuraa tilaisuutta tuntien itsensä ulkopuoliseksi, sillä pappi puhuu vain suomea joidenkin latinankielisten lauseiden lisäksi. Lyhyt tilaisuus päättyy musiikkiesitykseen, jota Laila oli ehdottanut. Olihan musiikki niin rakasta Francolle. Kun Annika oli kysynyt, mitä Lailalla oli mielessä, tämä oli ehdottanut *Nostalgiaa*-yhtyeen tätä tilaisuutta varten nauhoittamaa esitystä. Kiitollisina tästä ehdotuksesta tilaisuus päättyy Sibeliuksen *Sydämeni lauluun*.

Laila ja lauluyhtye *Nostalgiaa* pitävät oman muistotilaisuutensa myöhemmin kuoronjohtaja Kaisan kotona. Tilaisuus alkaa vakavana, mutta muuttuu vähä vähältä iloisemmaksi. Yhdessä muistetaan kaikkia yhteisiä iloisia hetkiä ja hauskoja kommelluksia vuosien varrelta. Laila lähettää tilaisuudesta yhtyeen yhteiskuvan Francon äidille. Kaisan kasetilta löytyy myös tallenne viimeisestä harjoitustilaisuudesta, jossa Franco oli läsnä. Näin äidille jää myös musiikki- ja äänimuisto pojastaan.

Kolmekymmentäkolme

Luopioisten käynnin jälkeen Arvetvuota jää mietityttämään keskustelu Janne Kirjosen kanssa. Siinä oli vihdoin jotain, johon tarttua paremmin.

Puhuttuaan rouva Mäkisen kanssa, Arvetvuo soittaa Ville Tupamäelle ja pyytää tätä tulemaan Lahden poliisilaitokselle. Kun Tupamäki tiedustelee syytä, niin Arvetvuo kertoo saaneensa uutta tietoa Tampereen ajoista ja Franco Spinellin osuudesta silloisiin asuntomurtoihin.

- Täytyyks mun ottaa asianajaja tai vaikka joku juristi mukaan? tölväisee Tupamäki kiukkuisena uudesta käänteestä. Mielessään hän taas kiroaa Jannen.

- Miksi sitä kysyt? herää Arvetvuon mielenkiinto. - Se on aivan sinun itsesi päätettävissä, sinä sitä ehdotit, vastaa ystävällisesti Arvetvuo. - Jos sinä et osaa itse päättää, mitä voit kertoa, niin ehkä siinä on hyvä olla asianajaja, tai kuten mainitsit, joku juristi paikallaan neuvomassa, koska pidät suusi kiinni. Luuletko, että tässä keskustelussa todella tarvitaan asianajajaa? Nyt vahvistuu jo Arvetvuonkin orastava mielenkiinto. Näin pitkälle hänkään ei osannut vielä mennä. - Tervetuloa, joko yksin tai kaksin. Sinä päätät. Ja osoitteen tiedät.

Seuraavana päivänä Jussi Koli ja Ritva Arvetvuo odottavat kuulusteluhuoneessa Ville Tupamäkeä. Yllätys on suuri, kun hän saapuu juristinsa, Markku Isotalon kanssa. Esittelyjä ei tarvita, sillä kaikki tuntevat ja tietävät toisensa jo entuudestaan.

Arvetvuo laskee mielessään kuumeisesti asioita yhteen. Nyt taitaa kyseessä olla poikien teoissa jotain suurempaa ja vaarallisempaa, kuin mitä he olivat ajatelleet. Että oikein juristi mukana. Hän luo pikaisen katseen Koliin, joka nyökkää huomaamattomasti. Miten ihmeessä Markku Isotalo on sekaantunut näihin juttuihin?

- Halusitte keskustella asiakkaani kanssa jostain vanhasta Tampereen tapauksesta. Olenko ymmärtänyt tämän keskustelun aiheen oikein? alkaa asiallisesti Isotalo.

- Kyllä vain. Olemme selvittäneet Ville Tupamäen ja Janne Kirjosen aikaisemmat yhteydet Franco Mäkinen-Spinelliin.

- Niin?

- On käynyt selväksi, että Franco Mäkinen oli pettänyt rikostoverinsa yhden Tampereen murtokeikan yhteydessä. Hän oli jättänyt tilittämättä heille ystäviensä osuudet tyhjennetystä pankkitilistä. Ja kun asia oli selvinnyt Kirjoselle, oli Mäkinen jo ennättänyt kadota paikkakunnalta ja koko maasta. Hän oli lähtenyt takaisiin kotiin, Italiaan.

- Niin?

- Olemme tutkineet Mäkisen tuloa ja muuttoa Lahteen. Tämä tapahtui parisen vuotta sitten. Kävi ilmi, että hän oli juuri ennen tuloaan vaihtanut aikaisemmin käyttämänsä Mäkinen-sukunimen isänsä sukunimeen Spinelli. Ehkä hän halusi tällä varmistaa, että häntä ei nimestä tunnisteta. Jostain syystä kai varmuuden vuoksi. Olisiko hän tullut Lahteen, jos olisi tiennyt, että hänen entiset keikkakaverinsa asuivat Lahden seudulla? Armeijassa hän käytti etunimeä Matti. Franco Spinelli onkin entinen Matti Mäkinen. Hän työskenteli kuljettajana paikallisessa bussiyhtiössä. Yksi työkeikka vei vammaisia lapsia taidenäyttelyyn. Se oli tapaus Nastolassa, ja paikallinen lehti teki tästä lasten vierailusta jutun. Kuvassa Spinelli auttaa lapsia bussista. Ville Tupamäki ja Janne Kirjonen tunnistivat miehen kuvasta. Heillä oli kana kynittävänä.

- Niin?

- Halusimme selvittää Janne Kirjoselta, missä vaiheessa hän päätti ottaa yhteyden tähän Spinelliin. Hän oli ensin puhunut asiasta Ville Tupamäen kanssa, joka oli ehdottomasti kieltänyt tätä tekemästä mitään.
- Tekemästä mitään! Kuka olisi mahtanut tehdä jotain? Ja mitä? ihmettelee Isotalo hieman ylimielisenä.
- Ville, mitä sinä sanoit Jannelle, kun hän kertoi nähneensä Spinellin kuvan lehdessä ja todenneen tämän asuvan Lahdessa.
- En mä mitään sanonu. Mitä se Janne taas on hölissyt? Se aina puhuu mitä sattuu, oikein hölmöläisten emähölmö. Kai mä vaan reagoin, että aha.
- Et siis sanonut, että ei tehdä mitään. Et todennut, että mennyt on mennyttä. Kiva kaverihan se kuitenkin oli. Älä turhaan keksi mitään, osallistuu keskusteluun nyt myös Jussi Koli.
- Juuri noin mä sanoin. Miks vuosien jälkeen olisin halunnu tehdä jotain kiusaa kaverille. Mehän oltiin silloin poikasia. Ja kaikki oli jännää. Kai te tiedätte, että mä oon nykyisin hyvässä asemassa meidän perheen omistamassa yrityksessä. Ja meillä on suuria kasvusuunnitelmia, joista vielä kuulette. Ei mulla oo ollu mitään syytä alkaa periä joitain pikkurahoja. Ehkä Jannella oli mielessä hävityt eurot. Sehän on aika köyhä ja sillä on vielä perhekin. Emmä tiedä.
- Siis kiellät sanoneesi jotain muuta kuin tämän Janne Kirjoselle.
- Jees. En oo sanonut sille mitään muuta.
- Meillä on tässä pieni pätkä keskusteluistamme Kirjosen kanssa. Hän on asiasta hieman eri mieltä. Kuunnellaanpa.

Koli laittaa nauhurin päälle, kelaa sitä hetken ja painaa nappia. Nauhalta kuuluu kahden henkilön puhetta, joiden ääni helppo tunnistaa.

"- Kuitenkin herää kysymys, milloin tapasitte täällä Lahdessa uudestaan. Mäkinen-Spinelli kun on ollut Lahdessa jo parisen vuotta.

- Emme ole tavanneet. Olin kyllä tietoinen, että hän on tullut Suomeen ja työskentelee Lahdessa. Näin hänen kuvansa lehdessä parisen vuotta sitten. Siinä hän seisoi bussin etuoven luona ja auttoi vammaisia lapsia laskeutumaan bussista Nastolan Taidekeskus Taarastin pääoven luona. Soitin siitä välittömästi Tupamäelle.
- Eikö sinua kiinnostanut päästä kynimään kana?
- Kyllä, mutta kun kerroin siitä Villelle, niin hän kielsi ehdottomasti. Hän sanoi, että jotain muuta on jo tekeillä. En viitsinyt kysyä enempää. Ville on meistä kuitenkin se aivo, minä vain tekijä."

Nauhaa kuunnellessaan Tupamäki kalpenee. Myös Isotalo näyttää hämmästyneeltä ja katsoo Tupamäkeen ilmeellä, joka on paitsi yllättynyt, niin myös kehottaa poikaa olemaan hiljaa. Hänen päässään myllertävät monet ajatukset, mutta hän yrittää pysyä rauhallisena.

- Niin Ville Tupamäki. Mitä tähän sanot? Mitä oli silloin tekeillä. Mitä sellaista, joka liittyi Franco Spinelliin?
- Asiakkaani ei tarvitse vastata tähän, sanoo Isotalo kolkolla äänellä. - Eiköhän tullut jo selväksi, että asiakkaani ei ole ollut missään tekemisissä kyseisen linja-autonkuljettajan kanssa. Ei silloin pari vuotta sitten kuin nytkään. Vai voitteko todistaa toisin? Me voimme varmaan poistua. Tule Ville. Lähdetään. Saavat etsiä parempia syitä jutella kanssasi kuin Janne Kirjosen älyttömät kommentit. Eiköhän tämä ollut tässä, toteaa Isotalo ja nousee seisomaan. Ville Tupamäki seuraa häntä. Ovella miehet vielä kääntyvät ja nyökkäävät hieman päätään hyvästiksi. Ville Tupamäellä on kasvoillaan monitulkintainen, melkein härski ilme.

***

Vieraiden lähdettyä Arvetvuo ja Koli jäävät keskustelemaan tapahtuneesta.

- Nyt jos koskaan olen entistä vakuuttuneempi siitä, että näillä Tampereen tapahtumilla on joku yhteys Spinellin murhaan, pähkäilee Arvetvuo ja hieroo sormillaan keskittyneesti ohimoitaan. - Mutta mikä ja miten?
- Olen samaa mieltä. Nyt pitää tutkia myös Tupamäen ja Kirjosenkin puhelutietoja. Olisiko niiden lisäksi paikkatiedoista jotain apua?
- Kyllä vaan. Minua myös ihmetyttää tässä Isotalon rooli? Että hän on Ville Tupamäen juristi. Mikä yhteys näillä herroilla on? Mistä he tuntevat toisensa? Onko Ville tehnyt jotain sellaista, jonka selvittämiseen on tarvittu juristia? Eihän rikosrekisterissä ollut mitään uusia merkintöjä? Hommat lisääntyy. Meidän pitää pyytää apua noiden puhelutietojen tarkistamiseen. Olisikohan Palvalla aikaa. Minäpä kysäisen.
- Niin tai mitä Villen isän firma on tehnyt? Pitäisikö tutkimuksia laajentaa hieman myös siihen suuntaan?
- Aika kauaksi menee. Mutta tiedustelen hieman meidän muilta osastoilta, onko jotain sellaista meneillään, joka meidän pitäisi tietää. Kysymyksiä, jotka vaativat vastauksia, tulee koko ajan vain lisää. Mihin me vielä päädymme? Otetaan asia esille seuraavassa osastopalaverissa. Käyn myös informoimassa pomoa jutun uusista käänteistä. Kauhean paljon tässä ei tänä vuonna enää ennätetä, mutta ehkä jotain kuitenkin.

***

Poistuttuaan poliisilaitokselta Isotalo pyytää Villeä tulemaan toimistoonsa. Hän haluaa jatkaa keskustelua ja selvittää lisää kuulustelussa esiin noussutta tilannetta, josta hänellä ei ollut aikaisemmin tietoa. Ville suostuu tulemaan, mutta hyvin vastahakoisesti.

- Mikäs tämä Tampereen juttu oikein on? aloittaa Isotalo.
- Ai se, että ollaan törttöilty nuorina jotain tyhmää?
- Niin ja etenkin se tapaus, johon Arvetvuo viittasi?

- Ai se, jossa Franco-boy oli lähtenyt lätkimään?
- Niin juuri se. Kerropa se nyt kokonaan sellaisena kuin se tapahtui, ilman omia sepitelmiä.

Tupamäen velttoilu alkaa hermostuttaa Isotaloa. Hänen kasvoillaan on ilme, joka on sekoitus nöyryytystä, raivoa ja hämmennystä. Hän ei tajua, miksi Tupamäki ei halua eikä aio kertoa yksityiskohtia puheena olleesta tapauksesta. Häntä harmittaa, että on joutunut jo muutaman kerran puolustamaan Ville Tupamäkeä. Öykkäriä, jolla jostain syystä on kuitenkin isänsä täysi tuki takanaan. Isotalo ei ole tottunut tekemään töitä pikkupaskiaisten kanssa. Hänen asiakkaansa ovat olleet arvostettuja ja menestyviä liikemiehiä. Nyt hän kuitenkin tuntee joutuneensa liemeen tai oikeammin ansaan. Hän tietää olevansa hyvin, hyvin riippuvainen Tupamäestä ja Kirjosesta, halusi hän sitä tai ei.

- No ei siinä mitään erikoista ollut. Franco sai meiltä tietokoneen, jonka myi eteenpäin. Siinä kaikki.
- Ei tainnut olla ihan kaikki. Mitä Arvetvuo tarkoitti, kun hän puhui jostain keikasta ja tilittämättä jääneestä pankkitilistä? Ja siitä, että Spinelli oli kenellekään mitään puhumatta palannut äkkiä, tämän kyseisen keikan jälkeen Italiaan.
- Emmä muista. Koita sä vain olla taitava ja tehokas ja hoitaa sulle kuuluvat hommat. Sulla on isän kanssa sopimus, eiks olekin? Ethän haluu, että "rakkauteen tulee ryppyjä"? Älä ala udella liikoja. Jokaisella meistä on salaisuuksia, niin sullakin. Heippa ukkoseni!

Ville Tupamäki nousee, hymyilee ja heiluttaa kevyesti kättään ulko-ovella, jonka paiskaa lähtiessään kiinni niin, että ikkunat helisee. Raivoissaan Isotalo päättää ottaa tapauksen puheeksi Villen isän kanssa. Hän valitsee tämän puhelinnumeron. Puhelu menee vastaajaan. Isotalo sulkee puhelimen jättämättä siihen viestiä.

Kolmekymmentäneljä

Koli soittaa hoitokoti Kotirauhaan sopiakseen tapaamisesta herra Kuulan kanssa. Hänelle kerrotaan, että herra Kuula on joulun aikana sairastunut flunssaan ja on siksi vielä hieman heikossa kunnossa. Hoitaja Emmi Vuorensola uskaltaa kuitenkin toivoa, että kunto paranisi ja tapaaminen voisi onnistua vielä myöhemmin samalla viikolla. Alustavasti sovitaan torstaista.

Torstaina hoitaja Emmi Vuorensola soittaa Kolille ja kertoo herra Kuulan kärsivän vielä vähän huimauksesta. Hän suosittelee tapaamisen siirtämistä seuraavaksi päiväksi, mieluiten aamupäiväksi. Kotirauhassa on jo vuosia ollut tapana, että uudenvuodenaattona järjestetään hoivakodissa iltapäivällä asukkaille pienimuotoinen musiikkitilaisuus. Sen jälkeen tänäkin vuonna pandemiasta johtuen vain asukkaiden lähiomaiset voivat tulla tapaamaan läheisiään. Koli kertoo ymmärtävänsä tilanteen ja vastaa aamupäivän sopivan hyvin.

Perjantaina Emmi Vuorensola ohjaa Ritva Arvetvuon ja Jussi Kolin herra Kuulan huoneeseen.

- Tässä hoitokodissa jokaisella on oma iso ja valoisa huone. Huoneeseen saa tuoda omia tavaroita, vaikka tauluja tai huonekaluja. Onpa yhdellä asukkaalla jopa sähköurut, kertoo Vuorensola. - Asiakkaat ovat vielä niin hyväkuntoisia, että eivät vaadi jatkuvaa hoitoa. Teillä on hyvä tuuri, sillä herra Kuula vaikuttaa tänään hyvin pirteältä. Hän odottaa teitä kovin innokkaana. Kun kerroin, että olisitte tulleet tänne jo eilen, niin

hän melkein suuttui, koska olin siirtänyt tapaamisen täksi päiväksi, jutustelee Vuorensola ystävällisesti.
Vierailua varten herra Kuula on nostettu sängyssä istuvaan asentoon. Näin hänellä on mukavampi asento, ja hän pystyy seuraamaan vieraita ja keskustelemaan helposti heidän kanssaan. Herra Kuula vaikuttaa todellakin pirteältä ja innokkaalta. Ennen kuin Arvetvuo ehtii esittäytymään, alkaa herra Kuula omat juttunsa. - Minä olen jo niin kyllästynyt tämän talon ihmisiin. Samat naamat joka päivä. Ja samat kysymykset voinnista ja vatsan toiminnasta joka aamu. Kyllä on tosi mukava tavata uusia ihmisiä, vaikkakin vaan poliiseja. Tekin, rouva siellä maskin takana. Ilo nähdä noin kaunis, nuori nainen. Eikä kyllä kavaljeerissakaan ole mitään vikaa. Olisi mukava nähdä teidän kasvot noitten maskien takaa, mutta se ei kai ole mahdollista. Voitteko edes vilauttaa kasvoja, vaikka ihan vähän vain, minun ilokseni?

- Hyvää päivää herra Kuula. Minä olen rikoskomisario Arvetvuo ja hän on kollegani Jussi Koli. Kyllä meidän pitää valitettavasti pitää näitä maskeja päällä. Jos tässä rupeaisimme vilauttelemaan, saattaa hoitaja rynnätä ja ohjata meidät saman tien ulos. Ikävä kyllä emme voi edes kätellä, vastaa hyväntahtoisesti naurahtaen Arvetvuo ja heilauttaa kätensä tervehdysasentoon.

- Päivää, päivää. Kyllä minä sen tiedän, valitettavasti. Minä olen Kalervo Kuula, kuten varmaan tiedätte, vastaa herra Kuula tervehdykseen naurahtaen ja kevyesti päätään nyökäyttäen ja vanhasta tottumuksesta kättään ojentaen. Nyt siihen näyttää ilmassa tarttuvan Jussi Koli.

- Kävimme maanantaina tapaamassa vaimoanne. Kuulimme häneltä, että tekin olitte kotona samana päivänä eli lauantaina, kun teidän talossanne Vesijärvenkadulla tapahtui henkirikos.

- Kyllä, kyllä olen kuullut siitä. Nuori mies ja sellainen kohtalo. Ja löytyi vielä ammeesta, eikös se ollut niin.

- Vaimonne kertoi, että teitä kiinnostaa enemmän kaikki se, mikä tapahtuu talon seinien ulkopuolella. Häntä taas kiinnostaa tapahtumat talon sisällä.
- Joo-o. Näin se on aina ollut. Saitteko vaimon puheesta mitään selvää. Hän puhuu niin paljon ja usein asian vierestä, että minullakin on joskus vaikeuksia ymmärtää, mitä hän oikein tarkoittaa. Vaimokulta! Minä olen ollut huonossa kunnossa jo joitakin vuosia. Siksi olen joutunut olemaan välillä pitkiä aikoja sängyssä. Kun seinät alkoivat kaatua päälle kotona vanhassa huoneessani, pyysin että sänkyni käännettäisiin niin, että näkisin edes ikkunasta ulos. Vaimoni ei ollut ideasta kovinkaan otettu, sillä se vaikutti koko huoneen sisustukseen. Hän on hyvin tarkka siitä, miltä kaikki näyttää. Mutta niin vain se sänky käännettiin, ja minä sain katsoa ikkunasta ulos ja seurata tapahtumia kadulla ja vastapäisessä talossa. Vuodenaikoja pystyn seuraamaan kadun varrelle istutetuista lehmuksista. Kun minut nostetaan istuvaan asentoon, niin näen paremmin jalkakäytävälle ja kadulle ja vastapäiseen taloon. Istuma-asennossa minun on myös helpompi lukea kuin makuulla. Mutta täytyy sanoa, että palvelu on siinä huushollissa aina pelannut. Sain ateriat ja kahvit sänkyyn aina halutessani. Älkää vain kertoko vaimolleni, mutta joskus näyttelin heikompaa kuin olinkaan. Minusta oli, ja on vieläkin mukavaa, kun minua passataan. Voi vaimokultaa. Ihan niin kuin täälläkin juksaan hoitajia silloin, kun en viitsi nousta ylös.
- Ai sellainen velikulta te olette. Emme kerro kenellekään, mitä juuri paljastitte. Olette siis seurannut jo muutaman vuoden ajan - tietysti epäsäännöllisesti - mitä kadulla tapahtuu. Sehän on mielenkiintoista. Kertoisitteko mitä kaikkea mielenkiintoista ja jännittävää olette nähnyt.
- No en tiedä oliko siellä kadulla nyt mitään jännittävää. Mutta vähän erikoista oli se, että vastapäisen talon ikkunoita pestiin kovin ahkerasti. Ei meidän mamma pessyt ikkunoita kuin korkeintaan pari kolme kertaa vuodessa, jos sitäkään. Mutta tuossa

asunnossa, luulen ainakin, että kyseessä oli yksi ja sama asunto, sitä tehtiin varmaan joka kuukausi. Toisaalta kyllä liikenteen saasteet likaavat ikkunoita Vesijärvenkadulla. Ja ikkunan raoista tulee nokea sisään asti.

- Niinpä. Nokea ja pakokaasuja. Kyllä niitä riittää Kilpiäisissäkin, vaikka liikennettä siellä ei ole läheskään yhtä paljon kuin Vesijärvenkadulla. Minulle tulee nyt ihan huono omatunto, kun ajattelen meidän likaisia ikkunoita. Muistatteko mahdollisesti mistä ikkunasta tai ikkunoista oli kyse. Epäilette oliko kyseessä aina sama asunto. Auttaisiko jos näkisitte sen talon julkisivun kuvan? kysyy innostuneena Arvetvuo samalla kun ottaa tietokoneen esiin ja etsii kyseisen talon kuvan.

- No antakaas, kun katson. Tuossa on alaovi ja... Kolmas asuinkerros se oli, varmaankin nämä kaksi ikkunaa. Toisaalta kyllä ymmärrän, että ikkunoiden pitää olla puhtaat. Siellä luultavasti valokuvattiin jotain. Se oli varmaan salamavalo, joka siellä aika ajoin välkkyi.

- Satuitteko huomaamaan, minkälainen ihminen ikkunoita pesi? Oliko hän nuori vai vanha? Kaiken todennäköisyyden mukaan kai kuitenkin nainen, vai mitä herra Kuula. Eikös se ikkunanpesu ole lähinnä naisten homma, jatkaa tästä tiedosta kiinnostunut Koli.

- Vai että naisten homma? osallistuu keskusteluun nyt Arvetvuo. - Olen nähnyt kadulla miehiä, ja vain miehiä, jotka pesevät kivijalkaliikkeiden suuria näyteikkunoita.

- Okei, okei. Sanoin väärin. Sorry. Mutta herra Kuula, mitä mieltä te olette näkemästänne? naurahtaa Koli.

- Jaa-a. Nuori se ei ollut, enkä ole varma oliko nainenkaan. Viime aikoina sillä oli aina maski suun edessä ja pipo päässä. Joskus saman näköinen, tai ainakin saman oloinen henkilö pesi myös katutason liikkeiden ikkunoita. Sillä oli sellaset pitkävartiset vehkeet, joilla se pesi isot ruudut ja veteli ne kuiviksi. En kyllä niidenkään ikkunoiden pesijää pysty tarkemmin kuvaamaan. Oliko se sama vai oliko niitä kaksi pesijää, en tiedä. Ei se kauhean pitkä ollut, keskimittainen sanoisin. Kai aika laiha. Sillä oli tietysti hommaan sopivat vaatteet. Ettei tullut kylmä, vaikka olisi vähän vettä roiskunut päälle.

- Muistatteko, näittekö tätä ikkunanpesijää silloin kyseisenä lauantaina? innostuu Koli jatkamaan.

- Jaa-a. En ole ihan varma. Mutta ei siitä kyllä kauhean kauaa ole, kun viimeksi näin ja ajattelin, että talvella pesee, kas kun ei ikkuna jäädy. Ehkä näin silloin. En tiedä. En muista, olen pahoillani.

- Miten on, satuitteko seuraamaan kadulla liikkuvia ihmisiä?

- No en kyllä pystynyt niitä tarkkaan seuraamaan, en muuten kuin yleisluontoisesti. Kadulla kulkee niin paljon kaikenlaista väkeä. Varmaan ne usein on samoja, jotka kulkevat kodin ja työpaikan väliä. Ainakin tiettyinä ajankohtina, aamulla tai iltapäivällä. Ja usein ne on koululaisia. Onhan kyllä Vesijärvenkadulla joitakin kivijalkaliikkeitä, mutta ei kai ne mitään suuria asiakasvirtoja houkuttele. Ja marketit on vähän kauempana ja sivummalla.

- Näinhän se tietysti on. Ette varmaan pystynyt seuraamaan keitä tuli talonne rappukäytävään tai sieltä kadulle?

- No en. Alaovi on meidän ikkunaan nähden huonossa kulmassa. Enkä minä enää tunne meidän rapun ihmisiä. Nuoria tuntuu olevan, ainakin äänistä päätellen. Huutelevat ja juoksevat rapussa kiireellä ihan kaikkina vuorokauden aikoina. Tuskin ovat asunnonomistajia, varmaan vuokralaisia.

- Vaimonne kertoikin, että hänkään ei enää tiedä kuka rapussa vastaan tuleva henkilö on, asukas vai vieras, omistaja vai vuokralainen.

- Jos hän ei tiedä, niin minä vielä vähemmän. Hän on sentään siellä joka päivä, minä vain silloin tällöin. Ei ole enää tuttuja montaakaan elossa, vastaa naurahtaen herra Kuula ja alkaa köhiä.

Varovasti hän pyytää Kolia antamaan viereiseltä pöydältä vesilasin, josta hörppää pienen kulauksen. Mutta köhiminen ei lopu. Arvetvuo ymmärtää, että mies alkaa väsyä, kun tämä nostaa ensin vasemman ja sen jälkeen oikean käden heikosti ylös ja laskee ne sitten rinnan päälle. Hengitys muuttuu raskaaksi ja huohottavaksi. On aika päättää vierailu.

- Nyt olemme häirinneet teitä jo liian pitkään ja väsyttäneet kysymyksillämme. Olemme kiitollisia, että saimme jutella kanssanne. Teistä on ollut paljon apua herra Kuula. Kiitos. Jätämme teidät lepäämään. Kohtahan täällä alkaa jo lounastarjoilukin, jonka jälkeen ennätätte vielä levätä ennen iltapäivän konserttia. Vaimonne tulee varmaan kanssanne kuuntelemaan sitä. Jos jotain muuta muistuu mieleen, mikä mielestänne jäi kertomatta, niin jätän yhteystietoni tähän pöydälle. Minulle voitte soittaa mihin aikaan tahansa. Onnellista uutta vuotta ja hyviä vointeja!

- Kiitos teille. Vaimoni ei jaksa kuunnella minun katutapahtumakuvauksiani ja siksi olikin erityisen virkistävää saada kertoa niistä teille. Mukava, että saatoin olla avuksi. Pyytäisittekö lähtiessänne hoitajaa käymään täällä. Hyvää uutta vuotta teillekin.

Kolmekymmentäviisi

Autossa alkaa vilkas ja äänekäs keskustelu. Arvetvuo ja Koli puhuvat innoissaan yllättävästä tiedosta, ahkerasta ikkunanpesijästä. Niin kiihkeinä he puhuvat kuulemastaan ja sitä analysoiden, etteivät malta kuunnella toista, ennen kuin lausuvat omat ajatuksensa toisen vielä puhuessa.

- Kuka ja mikä on tämä arvoituksellinen ikkunanpesijä, joka pesee ikkunoita harva se kuukausi ja ottaa valokuvia? Nyt otetaan selvää asunnon nykyisestä omistajasta. Tarkistaisitko Jussi kuka on taloyhtiön isännöitsijä.

- Totta kai, se on jo työn alla. Onneksi on näitä työkaluja, tietokoneita ja kännyköitä, jotka helpottavat ja nopeuttavat tiedonhankintaa. Simsalabim. Taloyhtiön isännöitsijä on Matti Sepponen. Hänellä on pieni yhden miehen isännöintiyhtiö, jolla on muutama kymmen taloyhtiötä hoidettavanaan. Soitanko heti?

- Soita ihmeessä!

Koli antaa puhelimen soida niin pitkään, kunnes automaattinen vastaaja pyytää jättämään viestin. Hän sulkee puhelimen.

- No voi hitto. Se on tietysti lähtenyt viettämään uutta vuotta, harmittelee Koli.

- Soita sille uudelleen ja jätä viesti. Ei sinun tarvitse yrittää myöhemmin uudelleen. Kyllä se soittaa takaisin, kun kuulee sun pyynnön pikaisesta vastaussoitosta. Joko tänä vuonna tai ensi vuonna.

Kolin puhelin soi, juuri kun parivaljakko on saapumassa Hennalaan, poliisilaitoksen pihaan.
- Päivää, Sepponen täällä. Olin asiakaskäynnillä. Kuulin juuri viestinne. Haluatte siis tietää, kuka omistaa neljännen kerroksen asunnon, jossa on ainakin kaksi ikkunaa Vesijärvenkadun puolella.
- Niin siis kolmannen asuinkerroksen. Onko se sama kuin mainitsemanne neljäs kerros?
- Kyllä. Siinä kerroksessa on kaksi asuntoa, joista on näkymä Vesijärvenkadulle. Toisessa asuu omistaja Katri Mielonen, toisen asunnon omistaa Liisa Tupamäki. Hän on laittanut sen vuokralle. Ovessa on nimi Kymäläinen. Vesimaksusta päätellen hän asuu siellä yksin.
- Kiitos herra Sepponen. Me otamme nyt yhteyden rouviin. Hyvää uutta vuotta teille!

Arvetvuo ja Koli nousevat nopeasti autosta ja kiirehtivät sisään. Puhe asunnosta, ikkunanpesijästä ja asunnonomistaja Liisa Tupamäestä sähköistää ilmapiirin. Onko kyseessä Ville Tupamäen äiti?

Vielä ulkovaatteita riisuessaan Arvetvuo etsii ja valitsee toisella kädellä Liisa Tupamäen puhelinnumeron. Puhelin soi vain hetken, ennen kuin siihen vastataan.
- Liisa Tupamäki!
- Täällä puhuu rikoskomisario Ritva Arvetvuo, hyvää päivää.
- Niin!
- Olisin kysellyt teidän omistusasunnostanne Vesijärvenkadulla. Sehän on vuokralla, vai kuinka. Voitteko kertoa, kenelle olette sen vuokrannut?
- No sepä on mielenkiintoa herättävä asunto. Johan sieltä poliisilaitokselta siitä jo kerran soitettiin ja kysyttiin samaa.
- Mitä? Voitteko tarkentaa? Kuka soitti ja koska?
- No se oli joku Kolu tai Kola tai jotain sinne päin, joka soitti reilu viikko sitten ja kysyi siitä vuokralaisesta.

- Rouva Tupamäki. Meidän laitoksella ei ole ketään Kolua tai Kolaa. Mutta meillä on konstaapeli Koli, joka on tässä vieressäni. Hän ei ole soittanut teille. Ihmettelisin, miksi joku muu meiltä poliisilaitokselta olisi soittanut. Tämä vieras soitto tietysti vahvistaa kiinnostustamme asuntoanne kohtaan. Tapahtuuko siellä ehkä jotain jännittävääkin? Soittaja on ollut joku, joka käytti Kolin nimeä ja asemaa saadakseen teiltä tietoa.

- Ei kai. Miksi ihmeessä kukaan siitä on kiinnostunut, ihmettelin jo silloin? Eihän siihen asuntoon liity mitään erikoista. Se Kymäläinen on joku kaupparatsu, joka kiertää Suomea. Hän edustaa jotain valokuvaukseen liittyvää valmistajaa, en tiedä tarkkaan. Hän maksaa vuokransa säntillisesti, ei aiheuta häiriötä talossa, en ainakaan ole kuullut valituksia. Miksi tämä henkilö teitä kiinnostaa, rikoskomisario Arvetsalo, anteeksi Arvetvuo?

- Kiitos tiedosta, rouva Tupamäki. Yritämme saada yhteyden tähän herra Kymäläiseen. Onhan kyseessä mieshenkilö? Teiltä saamme varmaan hänen yhteystietonsa. Ehkä meille selviää, miksi joku muukin on ollut hänestä kiinnostunut.

Puhelun päätyttyä Liisa Tupamäki valitsee puhelimesta pikavalinnalla numeron. Hän jättää vastaajaan tiedon: Sinivuokot aukeamassa.

- Tämäpä menee mielenkiintoiseksi, alkaa Koli.

- Niin menee. Meillä on ikkunanpesijä tai valokuvaaja tai mikä-hän-nyt-onkaan-Kymäläinen. Ja on myös Liisa Tupamäki. En huomannut kysyä, onko hän Ville Tupamäen äiti. Mutta sehän selviää helposti. Onhan meillä systeemit. Jos näin on, niin sen kun vain paranee. Vai paraneeko?

- Joo. Meidän pitää selvittää kuka on Kymäläinen. Löytyisikö hänkin rekisteristä? Jos hän on maksanut vuokransa säntillisesti, niin se ainakin näkyy Liisa Tupamäen tilitiedoissa. Minä otan pankkiin yhteyden. Jos sinut tunnen, niin haluat jutella välittömästi tämän Kymäläisen kanssa.

- Olet oikeassa. Tässä jo melkein vetelen saamaani numeroa. Mutta sinä. Et taida tänään enää selvittää mitään. Menee ensi vuoteen.
- Miten niin ensi vuoteen? Meidän pitää kyllä pikaisesti päästä käymään asunnossa. Hankitaan kotietsintälupa. Saamari, sekin menee ensi vuoteen.
- Haloo, haloo, hyvä herra! Kaikki menee ensi vuoteen. Tänään on uuden vuoden aatto.
- Saisiko niistä alakerran liikkeistä jo tänään tietoa ikkunanpesijästä? Vai onko lasit pesty pimeesti? No voidaan joka tapauksessa kysyä. Mutta sekin taitaa mennä ensi vuoteen.
- Turha yrittää tänään enää mitään. Meille tulee kiireinen alkuvuosi.

Arvetvuo soittaa Kymäläiselle, mutta puhelimen soitua aikansa, hän kuulee vastauksen, että "numero ei ole käytössä".

Kolmekymmentäkuusi

Vuoden 2022 tammikuun ensimmäinen aamupalaveri alkaa päällikön ystävällisillä uuden vuoden toivotuksilla. Tilaisuuden ja uuden vuoden alun kunniaksi kahvin lisäksi pöydällä on tarjoiluvati, jossa on pullaa ja joulupipareita. Ne kaikki tekevät kauppansa ilman kehotuksia. Toivotusten jälkeen päällikkö antaa lyhyen yhteenvedon edellisvuoden toiminnasta. Kun on selvitetty mitkä tutkimukset ovat valmiita tai melkein valmiita syyttäjälle vietäviksi siirrytään ajankohtaisempiin asioihin. Keskeneräisten tutkimusten päätutkijoiden selvitys tapauksista saa aikaan vilkkaan keskustelun. Kun kaikki on käyty läpi, jatketaan tilaisuutta vielä kahvia juoden ja vapaasti jutellen. Tässä vaiheessa tarjoiluvati on jo tyhjä. Kahviakin on jouduttu keittämään uusi pannullinen.

Arvetvuo menee talousrikoksista vastaavan ylikomisario Lauri Antikaisen luo. Kyseltyään kuulumiset, hän kertaa tälle lyhyesti tutkimuksen alla olevan Franco Spinellin tapauksen ja muutamia tarkempia yksityiskohtia tekemistään selvityksistä. Hän nostaa esiin Ville Tupamäen ja tämän yhteyden Markku Isotaloon. Lisäksi hän mainitsee Villen äidin, Liisa Tupamäen, joka on vuokrannut asunnon Vesijärvenkadulta jollekin herra Kymäläiselle. Hän kertoo ihmettelevänsä, miten tämä kaikki liittyy Francon kuolemaan, vaikka se ihan selvästi liittyy siihen. Jostain syystä hänelle on vain tullut mieleen, että Tupamäen yhtiössä voisi olla jotain, joka auttaisi häntä selvittämään eri osapuolten yhteydet.

Lauri Antikainen kuuntelee tarkkaan Arvetvuon kertomuksen. Antikainen katsoo kollegaansa hyvin intensiivisesti ja hymyilee ystävällisesti. Hitaasti, hämäläinen kun on, hän aloittaa selvityksen omista keskeneräisistä tutkimuksista. Mitä enemmän Antikainen kertoo sitä enemmän Arvetvuon ilme muuttuu ällistyneestä yhä hämmästyneemmäksi.

- Tule vain kysymään lisää, kun tarvitset lisää yksityiskohtaisia tietoja. Minäkään en ihan vielä oikein ymmärrä miten tämä sinun juttusi ja minun juttuni voisivat kuulua yhteen. Mutta vaikuttaa todella siltä, että yhden selvittämien voisi auttaa tai vaikuttaa toisenkin ratkaisuun.

Kahvittelun jälkeen Arvetvuo ja Koli istuutuvat Kolin huoneeseen, joka on vielä Arvetvuon huonettakin askeettisempi. Ainoa henkilökohtainen esine huoneessa on Kolin vaimon Minnan valokuva pöydällä. Lyhyen jutustelun jälkeen Arvetvuo kertoo, mitä Antikainen oli hänelle juuri kertonut. Tämän kuultuaan Koli toteaa, että mikään ei häntä enää yllätä tässä tapauksessa.

- Ei todellakaan. Ei kai tässä auta muu kuin ruveta töihin, puuskahtaa Arvetvuo ja nousee reippaasti.

- Joo, minä hoidan nyt heti sen kotietsintäluvan Kymäläisen asuntoon. Käyn sen jälkeen haastattelemassa talon alakerran liikkeet, josko sieltä saataisiin jotain lisätietoa tästä mystisestä ikkunanpesijästä.

- Minä selvitän rouva Tupamäen pankkitilin. Varmaan sen tietojen avulla päästään jo vähän alkua pidemmälle. Saadaan edes joku ajantasainen kontakti Kymäläiseen. Rouva T. varmaan haluaa tulla mukaan, kun mennään asunnolle. Mitäs luulet, kauankohan se kotietsintäluvan saaminen kestää? Kiirehdi, jos näyttää menevän pitkäksi.

- Jep.

***

Lounas jää tänä päivänä väliin, kun Arvetvuo paneutuu, ikään kuin uuden vuoden tuomalla uudella innolla, murhatutkimukseen. Hän aavistaa, että ratkaisun hetki on pian käsillä. Mikä se on, se on vielä hämärän peitossa.

Yksi Arvetvuon aamupäivän monista puheluista on rouva Tupamäelle. Kun Arvetvuo pyytää tätä tulemaan poliisilaitokselle, rouva ei yllätty saamastaan kutsusta. Hän ei edes kysy miksi. Hän aavistaa, tai oikeammin hän tietää, mistä on kyse. Arvetvuo kertoo lisäksi, että heidän aikomuksensa on mennä käymään Vesijärvenkadun asunnolla, ja pyytää siksi rouvaa tuomaan mukanaan asunnon avaimen. Rouva Tupamäki hämmästyy, kun kuulee, että Kymäläisen puhelinnumero ei enää ole käytössä. Hän lupaa tutkia ennen tapaamista omista papereistaan, olisiko niissä joku muu tapa saada mieheen yhteys.

Poliisilaitoksen infotiskiltä soitetaan Arvetvuolle, että hänelle on vieras, joka ohjataan alakerran kuulusteluhuoneeseen. Rouva Tupamäki on keskimittainen, hoikka ja hyväryhtinen nainen. Maski peittää puolet kasvoista, mutta voi vain aavistaa, että nainen on kaunis. Lyhyet tummat hiukset on hienosti leikattu eikä kasvoilla näytä olevan juurikaan meikkiä. Hän on pukeutunut yksinkertaisen tyylikkäästi ja esiintyy rauhallisesti. Arvetvuo mittaa rouvaa katseellaan ja miettii, että rouva on ihan eri maata kuin poikansa Ville. Tupamäen miestä hän ei ole tavannut. Kumpaakohan hän muistuttaa, vaimoaan vai poikaansa?

- Päivää rouva Tupamäki, aloittaa Arvetvuo ja esittelee itsensä ja kollegansa. - Arvaatte varmaan, miksi olen kutsunut teidät tänne. Olin yhteydessä teidän pankkiin ja sain sieltä teidän tilienne tiliotteet. Yhden tilin osalta näkyy teidän yhtiövastikkeiden suoritukset taloyhtiölle, mutta siinä, niin kuin ei muissakaan tileissä näy minkäänlaisia säännöllisiä vuokrasuorituksia herra Kymäläiseltä teille. Tiedätte varmaan että...

- Kyllä tiedän. Kyseessä on veropetos. Olen tietoinen. Olen saanut kaikki vuokrat käteisenä. Kirjekuori tulee meidän toimistoon nimelläni joka kuun ensimmäinen päivä. Kaikki aina ajallaan.

- Kyseessä on aika iso...
- Niin on. Iso summa. Noin kahden vuoden vuokrista. Tästä nostetaan varmaan syyte.
- Ei epäilystäkään. Mutta miksi, rouva Tupamäki? Olette varmaan ollut koko ajan tietoinen, että tämä tulee jossain vaiheessa ilmi. Onko miehenne tietoinen tästä?
- Ei, en ole varma. Luulen, että hän ei tiedä, että omistan asunnon kaupungissa. Teen itse aina veroilmoitukseni. Minä haluan tienata omaa rahaa ja tehdä sillä mitä haluan. Osallistun mieheni yrityksessä jonkin verran henkilöstöön liittyvien asioiden hoitoon. Ja saan siitä jopa palkkaa. Mutta se on lähinnä nimellistä. Mieheni on sitä mieltä, että koko perheen pitää puhaltaa yhteen hiileen, mieluiten ilman palkkaa. Mutta sehän ei ole mahdollista. Hän on viime, ei kun toissa vuonna aloittanut uuden suuren hankkeen erään kollegansa, Marko Kirjosen kanssa. Hankkeen tavoitteena on saada perustettua suurempi, kiinteämpi ja tehokkaampi yritysrypäs rakennusalalle. Tällä saataisiin parempi kilpailuasema isoja rakennusyrityksiä vastaan. Hän on sitä mieltä, että nyt pitää kaikki yrityksen rahat käyttää tämän tulevan, nyt jo työn alla olevan suurprojektin onnistumiseen.
- Kyseessä on siis suuren luokan bisnekset. Niissä tarvitaan jo asiantuntevaa ja luotettavaa juristia, eikös vain.
- Kyllä. Ja sellaisen mieheni on löytänyt. Hän on Markku Isotalo.
- Tätä minä vähän uumoilin, kun poikanne kävi täällä meillä pienellä vierailulla juuri Markku Isotalon kanssa. Tekö ette ole osallistunut suurprojektin toteuttamiseen lainkaan?
- En. Kuten sanoin, hoidan vain joitakin henkilöstöön liittyviä pakollisia asioita, joihin miehelläni ei ole aikaa, ei myöskään osaamista, jos näin voin sanoa. Hän hoitaa tärkeimmät rekrytoinnit ja tekee yritystoimintaa koskevat päätökset.

- Sanotte, että teette töitä miehenne firmassa. Yllättävää kyllä tiliotteissa ei myöskään näy yrityksen teille maksamia palkkoja. Onko nekin maksettu pimeinä? Tiedättehän mitä tästä seuraa? Minä en puutu nyt näihin, mutta informoin kyllä talousrikososastoa. Ehkäpä heillä on jo jotain tietoa näistä maksuista?

- En halua kommentoida. Enhän ole täällä vastaamassa mieheni yritystoimintaan liittyviin kysymyksiin. Voisimmeko nyt lähteä käymään siellä Vesijärvenkadulla? Minulla on hieman menoja tässä iltapäivällä.

- Toki. Jos teillä on kiire, niin voimme tehdä myös niin, että annatte avaimen, ja me kollegani kanssa menemme sinne kahdestaan. Jotta mikään ei jää epäselväksi, näytän teille vielä virallisen kotietsintäluvan. Kas tässä.

- No en minä epäillyt, ettei sitä olisi. Ei. Kyllä minä tulen mielelläni mukaan. Kyllä minuakin kiinnostaa tämä Kymäläinen. En ole tavannut häntä koskaan. Hoidimme asiat puhelimessa ja kirjeitse. Minulla on oma auto tuolla parkkipaikalla. Minä ajan sinne ja jään odottamaan teitä.

- Se sopii. Monetko avaimet teillä on? Antakaa minulle nyt ne kaikki. Huomautan, että ette missään tapauksessa saa mennä yksin asuntoon.

Matkalla Lahden poliisilaitokselta Vesijärvenkadulle Arvetvuo ja Koli käyvät läpi juuri päättyneen keskustelun. Heitä ihmetyttää lähes jok'ikinen yksityiskohta, jonka rouva Tupamäki heille kertoi. Molemmat ovat täysin samaa mieltä siitä, että rouva puhui palturia ja vielä hyvin uskottavasti.

- Pelkkää puppua koko juttu.

Löydettyään parkkipaikan he kävelevät Vesijärvenkadulle, jossa rouva Tupamäki on jo heitä odottamassa. Yhdessä he nousevat neljänteen kerrokseen. Rouva Tupamäki seuraa tarkkaan, kun Koli vetää käsiinsä kumiset kertakäyttökäsineet. Arvetvuo tekee samoin. Hän muistuttaa rouva Tupamäkeä siitä, että tämä ei saa koskea mihinkään. Koli avaa asunnon ulko-oven. Kaikki kolme astuvat eteiseen. Pikasilmäyksen jälkeen Arvetvuo soittaa tekniikan paikalle ja pyytää rouva Tupamäkeä poistumaan asunnosta.

Kolmekymmentäseitsemän

Vierailu rouva Tupamäen omistamassa Vesijärvenkadun asunnossa johtaa lähes ennen näkemättömiin toimiin Lahden poliisilaitoksella. Loppiaisen jälkeen Markku Isotalo saa kotiinsa vieraita heti aamulla kello kahdeksan.
- Markku Isotalo. Pidätämme teidät epäiltynä Franco Spinellin murhasta, aloittaa rikoskomisario Ritva Arvetvuo. Hän esittää Isotalolle kotietsintäluvan ennen kuin tämä edes ennättää pyytää nähdä sen.

Sisään astuu Arvetvuon ja Kolin jälkeen kolme suojahaalareihin pukeutunutta tutkijaa, jotka aloittavat asunnossa systemaattisen ja perinpohjaisen työn. Yksi nousee yläkerrokseen kahden muun jäädessä keskimmäiseen asuinkerrokseen.
- Mitä tämä on? Epäilette minua Franco Spinellin murhasta. Tuskin tunsin henkilöä, protestoi Isotalo yllätettynä ja tuijottaa vuorotellen Arvetvuota ja Kolia epäuskoisena.

Vastaväitteet eivät auta. Isotalo kuljetetaan poliisilaitokselle, jossa kuulustelut aloitetaan saman tien.

***

- Markku Isotalo, haluatteko asianajajan paikalle? aloittaa Arvetvuo ja kertoo, että istunto nauhoitetaan.
- En tarvitse asianajajaa. Tiedättehän, että olen itse taitava juristi, vastaa Isotalo rehvakkaana.
- Markku Isotalo. Miten kuvailisitte terveyttänne?

- Mitä? Minä olen joka suhteessa terve ja hyväkuntoinen mies. Voi mikä kysymys! Tätä vartenko minut raahattiin tänne?
- Ette siis ole tarvinnut viime aikoina minkäänlaisia lääkärin määräämiä lääkkeitä?
- Johan minä sanoin, että olen terve. Terve kuin pukki, hehe.
- Kiitos. Palaamme tähän asiaan vielä. Olemme kysyneet teiltä aikaisemmin, oletteko tavannut Franco Spinellin täällä Lahdessa. Olette vastannut, että ette ole tavannut. Oletteko vielä samaa mieltä?
- Kyllä. Kyllä olen. Kuten olen kertonut, niin tutustuin häneen Sorrentossa joitakin vuosia sitten. En tiennyt, että hän oli tullut Lahteen. Ja kuten olen sanonut teille, niin olisin mielelläni...
- Niin. Tässä on kuva eräästä rakennuksesta täällä Lahdessa. Tunnistatteko talon?
- Näyttää tutulta. Hetkinen, se taitaa olla Vesijärvenkadulla. Olen kyllä vuosikausia lähes päivittäin ajanut työmatkoilla sen ohi. Enpä haluaisi asua siinä keskellä kaupunkia. Ja mikä liikenne!
- Oikein. Oletteko käynyt talossa? Onko teillä siellä tuttuja?
- En muista käyneeni. Minun tuttuni asuvat rivi- tai omakotitaloissa, ei keskellä kaupunkia vanhoissa kerrostaloissa. Taitaa tuossakin asua vain vuokralaisia. Vaan hyvä sijoitushan se vuokrakämppä olisi. Olisi minunkin pitänyt...
- Meillä on tässä muutama valokuva, oikeammin kuvapari. Vanhin kuva on otettu elokuussa 2020. Siinä näkyy henkilö, jonka varmaan tunnette.
- Kyllä minä itseni tunnen. Mitä tämä tarkoittaa? Kuka minua on kuvannut salaa? Tämä on yksityisyyden loukkaamista!
- Tässä seuraava kuva. Katsokaa tarkkaan. Te avaatte talon alaoven ja menette rappukäytävään.
- Ai niin. Nyt muistan. Minä olin kuullut joltain, että Franco Mäkinen on tullut Lahteen ja asuisi tässä talossa. Päätin mennä tervehtimään häntä. Ajattelin, että hän ei nuorempana, ja sanoisinko vähän yksinkertaisena, kehtaisi ottaa yhteyttä minuun. Mehän liikuimme hieman eri tasoisissa piireissä. Menin

rappukäytävään ja etsin Mäkisen nimeä, mutta en nähnyt sitä ja tulin ulos.

- Aivan. Otetaanpa nyt seuraava kuva. Siinä te tulette talosta ulos. Kun tarkastelemme kuvien tietoja, niin niistä selviää, että olette tutkinut 15 minuuttia alakerran nimitaulua saadaksenne tietää, asuuko rapussa herra Mäkinen. Siis 15 minuuttia.

- Niin. Tuntuuhan se pitkältä ajalta. Mutta huomattuani alakerran nimitaulusta, että nimeä ei löydy, läksin kävellen nousemaan raput aina ylimpään kerrokseen asti. Vahingossa nousin ihan vinttikerrokseen saakka. Olihan mahdollista, että hän olisi ollut alivuokralainen, jonka nimi näkyy vain ovessa. Vähän minua hengästytti nousta rappusia, mutta hengissä selvittiin. Välillä jouduin pysähtymään ja odottamaan, että hengitys tasaantuu.

Arvetvuo ja Koli katsovat toisiinsa hienoinen vino hymy huulilla. Arvetvuo sipaisee tukkaa. Ja kuulustelu jatkuu. Samalla Isotalon aluksi niin rento asento jäykistyy. Kädet liikkuvat hermostuneesti pöydän alla. Hartiat nousevat ja niska kiristyy.

- Tässä on seuraava kuvapari. Sama talo, kuvien ottojen aikaero 7 minuuttia. Te olette taas menossa samaan rakennukseen. Nytkin tutkimaan asuuko siellä Mäkinen?

Isotalo istuu mykkänä. Hän ei sano mitään, katsoo vain tuimana suoraan eteensä.

- Meillä on vastaavanlaisia kuvapareja muutamalta muultakin päivältä.

- Mistä nämä kuvat...

- Ja tässä. Tämä kuvapari on otettu ihan hiljattain, joulukuun 11. päivänä. Sama talo, mutta eri ajat.

- Ei minulla ollut tuollaisia...

- Anteeksi. Tämä kuva onkin otettu viime vuoden kesäkuussa. Eihän teillä tietenkään voinut olla kesävaatteita joulukuussa, kun talvikin oli tullut niin aikaisin. Taisin erehtyä kuvan kanssa. Tässä on se viime joulukuussa otettu kuva. Siinä menette rappuun kello 12.52 ja tulette ulos kello 17.44. Pitkä visiitti.

Isotalo pysyy hiljaa. Hänelle näytetään vielä yksi kuva, jossa hän tulee ulos Franco Mäkinen-Spinellin kanssa.

- Teillä näyttää olevan hauska keskustelu käynnissä, ainakin ilmeistä päätellen. Vieläkö väitätte, että ette ole tavannut Spinelliä Lahdessa? Tämä kuva on otettu noin puolitoista vuotta sitten.

Isotalo ei edelleenkään sano mitään. Kasvojen ilmeistä näkee, että hän on järkyttynyt ja pelästynyt näkemästään ja kuulemastaan. Vähän aikaa mietittyään hän toteaa kylmästi, että nämä kuvat eivät riitä todistamaan häntä syylliseksi murhaan.

- Aivan, vastaa Arvetvuo rauhallisesti. Eivät riitä, eikä ole tarkoituskaan. Näiden kuvien avulla voimme kuitenkin todistaa, että olette tavanneet Spinellin kanssa täällä Lahdessa. Pääsemme eteenpäin. Nyt emme ole pelkkien aihetodisteiden kanssa liikkeellä. Markku Isotalo, olettekohan ollut tarpeeksi tarkka mahdollisten sormenjälkien suhteen?

- Mitä tarkoitatte? hymähtää Isotalo ja ajattelee nyt olevansa vahvoilla. Hänen sormenjälkensä! Eihän niitä ole!

- Niin sitä vaan, että oletteko mahtanut olla tarkka sen suhteen, että sormenjälkiänne ei jää mihinkään. Toisin sanoen, oletteko pitänyt kertakäyttöhanskoja aina asioidessanne Spinellin kanssa tai joissain muissa yhteyksissä, jotka voidaan liittää Spinellin murhaan?

- Voitteko selvittää tarkemmin? Miksi minulla olisi pitänyt olla käsineet kädessä. Katsokaa, ei minulla ole mitään tarttuvaa ihottumaa.

- Älkää olko naiivi, herra Isotalo. Tulee vain mieleen, että vaikka olette vieraillut usein Spinellin asunnossa, niin sieltä ei löydy yhtään teidän sormenjälkeä. Ei mistään, ei edes oven kahvoista. Tiskipöydältä löytyy yksi ja kuivauskaapista toinen kahvikuppi. Kummassakaan ei ole sormenjälkiä, ei edes Spinellin. Aika erikoista, vai mitä! Kaapissa olevista muista astioista kyllä sormenjälkiä löytyy, lähinnä tietysti Spinellin ja tämän naisystävän.

- Niin? Ehkä minulla on voinut olla tämän pandemian takia käsineet aina kädessä. Siitä on kai jotenkin tullut niin itsestään selvästi tapa, etten sitä enää edes ajattele, kun menen jonkun luona käymään.

- Näytän teille vielä jotain muuta sekä kuvan, joka on otettu viime vuoden joulukuun 11. päivänä klo 17.45. Kas tässä näin. Näyttääkö tutulta?

Koli ottaa pöydällä olevasta muovilaatikosta pienen muovipussin, jonka antaa Arvetvuolle. Hän kääntelee sitä käsissään ja tutkii sitä hetken, luo muutaman kysyvän katseen Isotaloon. Viimein Arvetvuo laskee sen pöydälle. Pussissa on pari kertakäyttökäsineitä ja pieni lasipullo.

- Tämän pussin pudotitte Vesijärvenkadun varrella olevaan roskakoriin tultuanne kadulle. Onneksi talvella kadunvarsiroskiksia ei tyhjennetä yhtä ahkeraan kuin kesällä. Yllätys, yllätys. Löysimme tämän pussin talon lähistöllä olevasta roskiksesta. Päivästä, tämän viikon maanantaista, tuli meidän onnenpäivä. Tutkimuksissa on paljastunut, että käsineissä on teidän dna:ta, samoin lasipullossa, jonka etiketistä selviää mitä ainetta pullossa on ollut. Ketamiinia. Samaa ainetta, jota löytyi teidän lääkekaapistanne. Mitä sanotte?

- En puhu mitään. Haluan asianajajan.

Kuulustelu keskeytetään. Isotalo viedään pois kuulusteluhuoneesta.

Kolmekymmentäkahdeksan

Seuraavana päivänä Isotalon kuulustelu jatkuu siitä, mihin edellisenä päivänä jäätiin. Hän tietää kokemuksesta, että siitä tulee tiukka. Arvetvuolla on hyvät kortit käsissään. Mutta olihan hän selvinnyt edelliselläkin kerralla. Hänen täytyy miettiä tarkkaan kaikki mitä sanoo. Hän tietää, että hänen pitää pysyä rauhallisena.

- Huomenta herra Isotalo. Oletteko nukkunut hyvin? Vaikutatte hieman väsyneeltä, aloittaa Arvetvuo.

- Kiitos kysymästä, ei valittamista. Sänky on hieman kova enkä ole päässyt tekemään joka aamuista juoksulenkkiä, vastaa lakonisesti Isotalo, joka kuulee Arvetvuon kysymyksessä pienen piikin. Hän ei kuitenkaan anna sen aiheuttaa mitään vastareaktioita.

- Jatkamme nyt siitä, mihin jäimme eilen. Ette ole kuitenkaan vielä kutsunut tänne asianajajaa, vaikka eilen niin ilmoititte.

- En ole vielä päättänyt henkilöä, joten mennään näin toistaiseksi.

- Sopii meille. Mehän nauhoitamme kaikki, joten sillä tulevalla asianajajalla tulee olemaan mahdollisuus katsoa ja kuunnella kaikki kuulustelut. Viimeksi keskustelimme valokuvista, jotka löytyivät herra Kymäläisen asunnosta. Niiden perusteella totesimme, että olette käynyt Spinellin luona useita kertoja, vaikka huoneistosta ei löydykään teidän sormenjälkiä.

- Ehken ole koskenut mihinkään, vaan pitänyt käsiä koko ajan taskussa. Ja murhannut Spinellin pelkällä katseella, jatkaa Isotalo nyt hieman ylimielisenä.

- Pidättekö meitä pilkkana, herra Isotalo? kommentoi Koli Isotalon vastausta. - Mutta kuten jo totesimme, niin olette ollut huolimaton käsineiden suhteen. Teidän sormenjälkiä löytyi, arvaatte varmaan, mistä.

- En!

- Tekö soititte poliisilaitokselle ja esiinnyitte minuna tiedustellessanne Vesijärvenkadun asunnon omistajaa? Kyseisen kerrostalon neljännessä kerroksessa, jonka yhdessä ovessa lukee Kymäläinen. Miksi olette yrittänyt päästä asuntoon sisälle? Mitä olette halunnut etsiä sieltä? Turvalukkoa on hankala avata, ja oven rikkominen aiheuttaa melua. Miksi halusitte kuitenkin päästä asuntoon sisälle vaikka väkisin? Eikö olisi ollut parempi odottaa, että asunnon omistaja on paikalla?

- En kommentoi!

- Kysyimme teiltä eilen, mikä on terveytenne. Te vahvistitte sen olevan hyvä. Mutta miksi lääkekaapistanne löytyi ketamiininimistä ainetta?

- Ai niin, unohdin kertoa, että vapauduttuani tutkintavankeudesta käräjäoikeuden päätöksen jälkeen olen kärsinyt jonkin verran masennuksesta. Ketamiini on minulle määrätty sen vuoksi. Joudun ottamaan sitä pieninä, hyvin pieninä annoksina silloin tällöin. Varmasti ymmärrätte syyn, vastaa Isotalo ja katsoo syyttävästi Arvetvuota.

- Kyllä ymmärrän syyn oikein hyvin. Mainitsitte kuitenkin aikaisemmin olevanne perusterve mies. Siksi hieman ihmettelemme tätä, vain reseptillä saatavaa ketamiinia. Selvitystemme mukaan yksikään lääkäri ei ole teille määrännyt tätä lääkettä eikä mitään muutakaan reseptilääkettä. Lisäksi kenenkään potilastiedoista ei löydy teidän käyntiä viimeisten kolmen vuoden ajalta. Myöskään apteekeista ei löydy tietoa teille toimitetusta aineesta. Voitteko kertoa nyt oikeasti, mistä ketamiini on kotoisin?

- En kommentoi!

- Laboratoriotutkimuksissa on selvinnyt, että Franco Spinellin veressä oli hänet löydettäessä edelleen pieni määrä ketamiinia. Meillä on valokuva, otettu 11.12.2021. kello 15.45. Kas tässä. Siinä näkyy, että te kaadatte pienestä pullosta jotain hänen kahvikuppiinsa. Voitteko kertoa mitä laitoitte? Sen juotuaan hän on nukahtanut. Tässä kuvassa te siirrätte hänet sängyn päälle. Ja näissä kuvissa etsitte huoneesta jotain. Myöhemmin olette riisunut hänet. Vielä on yksi kuva. Te selkä ikkunaan päin kannatte häntä alastomana jonnekin, ilmeisesti kylpyhuoneeseen.

- En kommentoi.

- Olemme lähettäneet myös Laila Lipposen joululahjaksi saaman glögipullon laboratorioon. Hän oli valittanut nukahtaneensa juotuaan sitä pari pientä lasillista. Siitäkin pullosta löytyi ketamiinia, vaikka sen teho oli jo juomaa tutkittaessa lähes hävinnyt. Siitä pullostakaan ei löytynyt sormenjälkiä, mutta se kai on itsestään selvää. Laila Lipponen ei tiennyt keneltä lahjapullo oli, sillä siinä ei ollut korttia mukana.

- En halua kommentoida tätäkään millään lailla. Miksi olisin yrittänyt jollain lailla vahingoittaa häntä? En ymmärrä, miksi luulette niin. Ja sitä paitsi, miksi ylipäätään olisin antanut hänelle joululahjan? Kenkäkaupan myyjälle! Minä ostan kenkäni aina Helsingistä. Ja jos antaisin lahjan niin antaisin sen sikäläiselle myyjälle, joka onkin luottohenkilö kenkien osalta. Löysitte varmaan kotoani vain hyväkuntoisia, kalliita merkkikenkiä. Voittehan tutkia niitäkin, jos haluatte. Mitä lie niistä löytäisitte? Vaikka koiranpaskaa Vesijärvenkadulta, jolla olen joskus kävellyt!

- No haluatteko kertoa, miksi kävitte Spinellin työpaikalla hakemassa hänen tietokoneensa kuoleman jälkeisenä maanantaina ja palauttamassa sen sinne pari päivää myöhemmin? Mitä odotitte löytävänne koneelta? Ette taida tietää, että hänellä oli

kaksi konetta, joista toinen löytyi hänen asunnostaan. Mutta sitä te ette löytänyt, vaikka etsitte joka paikasta.
- Miten voitte tämänkin todistaa? kysyy nyt Isotalo ja naurahtaa hermostuneesti.
- Meillä on bussifirman valvontakameroiden kuvat, joista on helppo tunnistaa alueella liikkuvat.
- En kommentoi. Seuraavaksi kerraksi haluan paikalle asianajaja Riikosen. Soitan hänelle ja sovin asiasta. Seuraava kerta on ilmeisesti huomenna.
- Niin on. Hyvä, että saatte vahvistusta. Tarvitsette sitä, kun oma taito ei enää riitä. Lopetamme tältä päivältä tähän.

Seuraavina päivinä seuraa vielä useita tiukkoja kuulusteluja ja selvityksiä ennen kuin asia voidaan viedä syyttäjälle. Arvetvuon ja Kolin osalta tapaus on valmis.

Kolmekymmentäyhdeksän

Markku Isotalolla on ollut sellissä hyvää aikaa miettiä viimeaikaisia tapahtumia. Hän ei voi ymmärtää, miten on joutunut tähän tilanteeseen.

"Kaiken piti olla niin hyvin suunniteltu ja hänen täysin turvassa. Niin hänelle luvattiin. Liittyvätkö kaikki tapahtumat jollain tavalla yhteen aina siitä lähtien, kun minut vapautettiin kaikista syytteistä käräjäoikeuden päätöksellä. Ja hovioikeuskin oli samaa mieltä. Alkoiko kaikki siitä, kun otin hoitaakseni Tupamäki-Kirjonen -keissin? Neuvottelut sujuivat hyvin ja kaikki tuntuivat olevan tyytyväisiä. Ensimmäinen pieni väärinymmärrys liittyi laskutukseen, vaikka hinnasta oli sovittu. Siihen kuitenkin löytyi kaikkia osapuolia tyydyttävä ratkaisu.

Yllättäen, ilman omia ponnisteluja, uusia asiakkaita alkoi ilmestyä kuin tyhjästä. Hommia oli paljon. Asiakaskunta vain muuttui aikaisemmasta. Näiden ero oli kuin yöllä ja päivällä. Tajusin kyllä, että kaikilla oli hieman epämääräinen tausta. Useimmat toimeksiannot olivat kyseenalaisia. Mutta tarkkaan pidin huolen siitä, että minä en tehnyt mitään lainvastaista. Enkä julkisesti niiden kanssa joutunut tekemisiin.

Oma kirjanpitokin on rehellisesti hoidettu. Sen voi kuka tahansa tilintarkastaja todistaa. Olen minä sen verran vuosien saatossa asiakkailtani oppinut, että aina kannattaa luottaa hyvään tilitoimistoon. Sellaiseen, joka taatusti tuntee kaikki lain kommervenkit.

Vasta viime elokuussa minulle selvisi, että Tupamäen ja Kirjosen yrityksissä oli alkanut laaja rikostutkinta. Yritykset olivat olleet veroviranomaisten tutkinnan kohteena jo jonkin aikaa. Sieltä oli löytynyt veropetoksia, kuittiväärennöksiä, rahanpesua ja vaikka mitä. Vaikka kyllä minäkin silloin taseita ja tilinpäätöstietoja tutkiessani tajusin jotain olevan vinossa, niin en kyllä osannut reagoida niihin sen tarkemmin. Tai oikeammin kai, en halunnut. Piti saada asiakas hinnalla millä hyvänsä. Nyt tiedän mistä rahat yritystoimintaan tulivat.

Minun toimintani yritysten päivittäisessä toiminnassa kestää päivänvalon. Koko ajan syvällä mielessäni pelkäsin kuitenkin sitä, että se yksi, viattomalta vaikuttava pieni yksityiskohta paljastuisi poliisille kaikista varotoimenpiteistä huolimatta. Halusin lopettaa yhteistyön ja ilmoitin siitä syksyllä Tupamäelle. En voinut muuta. Kunnes sinä lauantaina... "

Isotalo makaa sellin kovalla vuoteella, katselee kattoon ja muistelee, miten oli tavannut Francon viimeisen kerran.

"Jostain syystä sinä lauantaiaamuna tarkistin bitcoin-tilin ja huomasin, että se oli tyhjä. En voinut ymmärtää sitä, vaikka tilillä olisi pitänyt olla bitcoineja monen tuhannen, jopa muutaman kymmenen tuhannen euron edestä. Halusin selvittää asian saman tien Francon kanssa. Hän oli tilin vastuuhenkilö. Soitin hänelle ja vaadin saada tavata hänet heti. Vaadin häntä lähtemään välittömästi kuoroharjoituksista. Nyt kun ajattelen, niin eihän asialla olisi ollut mitään kiirettä. Turhaan hermostuin. Olisinhan voinut hoitaa sen vaikka vasta seuraavalla viikolla.

Aika monta virhettä olen kyllä matkan varrella tehnyt. Ei mikään ihme, että Arvetvuo fiksuna naisena pääsi jäljille. Miksi ihmeessä en kertonut sille heti alussa, että tunsin ja tapasin Spinellin useita kertoja Lahdessa. Luonnollistahan se olisi ollut, että olisin näin tehnyt. Olisin säästynyt ja tulisin jatkossa säästymään monelta ongelmalta. Ehkä tätä tutkintaa ei olisi silloin tullut. Mutta miten nämä valokuvat oikein liittyvät tähän kaikkeen? Mistä ne on ilmestyneet? Kuka on kuvannut minua jo vuosia?

Halusin, että vierailuni Francon luona alkoi leppoisasti. Kyselin siltä asioita, joista en ollut ennen puhunut enkä udellut. Hän kertoi minulle tulostaan Lahteen, töistään bussifirmassa ja naisystävästään Lailasta. Kun oltiin juteltu tyhjänpäiväinen, siirryin asiaan. Vaikka tivasin, niin hän ei kertonut yksityiskohtia syistä, jotka johtivat tapaamisiin eli hänen ja minun väliseen yhteistyöhön."

Isotalo muistaa, miten ilmapiiri alkaa kiristyä, kun Franco ihmetellen kysyy häneltä, miksi tämä hitonmoinen kiire tavata juuri tänään? Eikö tapaaminen olisi voinut järjestyä seuraavalla viikolla? Ja miksi Isotalo ylipäätään haluaa tavata hänet? Eihän tämä ollut kertonut vielä mitään syytä, vain puhua pulputtanut kaikkea arkipäiväistä. Isotaloa häiritsee ja kiukuttaa Francon vähäpuheisuutta enemmän se, että tämä pysyy koko ajan täysin rauhallisena, kun taas hänen oma verenpaineensa alkaa nousta. Ja siinä vaiheessa Isotalo rupeaa odottamatta puhumaan rahasta.

Isotalo tietää, että heidän kädestä-käteen bisneksestä molemmat saavat palkkionsa käteisenä. Oman osuutensa hommasta hoidettuaan Franco saa kummankin korvaukset käteisenä eli euroina. Hänen tehtäväkseen jää tallettaa molempien osuudet kummankin salaiselle bitcoin-tilille. Lahdessa tämä on helppoa, sillä siellä on ostoskeskuksessa bitcoin-automaatti. Näistä talletuksista Isotalo saa puhelimeensa tiedon. Näin hän pystyy seuraamaan tilitapahtumia ja tilinsä saldoa. Isotalon käsityksen mukaan kukaan muu ei tiedä tilien salasanoja kuin he kaksi, hänkin vain omansa.

Hän muistaa syyttäneensä Francoa rahojensa varastamisesta siirtämällä ne omalle tililleen. Eihän kukaan muu tiennyt hänen tilistään. Siksi hän vaatii saada nähdä Francon tilin saldon. Francon mukaan se ei ollut mahdollista, koska hänen tietokoneensa on työpaikalla. Isotalo ei usko tähän. Hän nousee ylös, kiertää asunnon tutkien silmämääräisesti paikkoja. Hän esittää vaatimuksensa Francolle uudestaan. Nyt hieman kovemmalla ja vaativammalla äänellä.

Ilmapiiri kiristyy hänen jatkaessa uhkailujaan, ja Francon vakuuttaessa syyttömyyttään. Franco pysyy edelleen rauhallisena. Se ärsyttää häntä aina vain yhä enemmän ja enemmän. Hän nousee uudelleen sohvalta ja kiertää huonetta tutkien nyt tarkemmin kirjahyllyä ja lehtikoria. Hän etsii katseellaan tietokonetta. Vaikka Franco vakuuttaa tietokoneen olevan työpaikalla ja oman tilinsä saldon olevan nollilla, ei hän usko tätä vakuuttelua. Vielä vähemmän hän uskoo Francon selitykseen siitä, että tämä ei ole koskaan siirtänyt hänelle tulevia rahoja omalle bitcoin-tilille. Hän ei usko, vaikka Franco selittää syyksi sen, että pandemia-ajan alennetun palkan lisäksi hän tarvitsee muuta rahaa normaaliin elämiseen.

Tilanne pahenee. Hän haukkuu nyt Francon siitä, että tämä onkin avannut huijaritilit. Niistä kerrottaan ja varotetaan lehdissä lähes päivittäin. Hän hurjistuu ja alkaa nyt syyttää Francoa siitä, että tämä on alun perin tiennyt kryptovaluuttatilien voivan olla epävarmoja. Ja se onkin syy, miksi Franco ei ole uskaltanut itse tiliä käyttää. Miksi Franco ei ollut varoittanut häntä tästä? Miksi hän ei saanut omaa osuuttaan käteisenä? Hän ei kuuntele, kun Franco selittää rauhallisesti, että käytäntöhän ei ole hänen vaan muiden määräämä. Franco myös muistuttaa häntä siitä, että kurssikehitys on ollut viime aikoina erittäin suotuisa. Tämä kommentti vain pahentaa tilannetta olohuoneessa, kun hän huutaa nyt menettäneensä kaiken.

Keskustelu jatkuu kiihkeänä ja äänekkäänä. Hän on kyllä aavistavinaan Francon käytöksestä, että tämä ei osaa tai uskalla kertoa asiasta kaikkea. Tilanne kärjistyy, kun hän sanoo Francolle tämän epäilynsä ääneen. Franco ei sano mitään vaan pysyy vaiti.

Oman äärimmäisen aggressiivisen tilansa tajuttuaan, hän haluaa rauhoittua. Syvään hengitettyään hän kysyy Francolta, olisiko tällä tarjottavana jotain juotavaa. Franco kysyy, kumpaa hän haluaa, kahvia vai mehua. Hän muistaa miettineensä hetken kuumeisesti ennen kuin vastasi, että kahvi tekisi terää. Hän tietää, mitä tehdä seuraavaksi. Päässä pyörivät monet ajatukset. Kahvikuppia ojentaessaan Franco kysyy kuin ohimennen, miksi hänellä on aina hänen luonaan käydessään kertakäyttökäsineet käsissä. Francon hämmästyneeseen kysymykseen hän vastaa syyksi koronapelon ja käsiinsä saadun ihottuman. Hän ihmettelee ja kysyy väkinäisesti naurahtaen, eikö Franco ole havainnut tätä aikaisemmin. Eikö tämä yhtään pelkää koronaa, kun kulkee paljain käsin?

Franco on juuri istumaisillaan, kun hän pyytää sokeria. Franco hakee sen keittiöstä. Kun kahvit on juotu ja tilanne hieman rauhoittunut, hän huomaa, miten Francon pää alkaa nuokkua ja puhe sammaltaa. Hetken kuluttua tämä nukahtaa pöydän ääreen. Hän nostaa Francon sängylle ja alkaa toimia. Hän alkaa etsiä jotain, vaikka ei tiedä tarkalleen mitä muuta etsii kuin tietokonetta. Mutta hän aavistaa tietävänsä sen sitten, kun näkee sen jonkun. Hänellä on nyt hyvää aikaa etsiä. Franco ei heti heräisi.

Välillä hän vilkaisee ulos. Hän katsoo ylös taivaalle ja näkee auringon. Olisiko se aiheuttanut ikkunaan heijastuen valon kirkkaan välkkymisen, ihan kuin salamavalon? Mutta kun hän ei juuri sillä hetkellä näe mitään erikoista, hän jatkaa etsimistään. Vähän väliä hän kuitenkin vilkaisee nopeasti ulos ja vastapäiseen taloon. Kerran hän hämmästyy nähdessään siellä jonkun pesevän ikkunaa. Se vaikutti hänestä omituiselta. Ikkunanpesu keskellä talvea.

Tutkittuaan pikaisesti kaikki kirjat, paperit, kirjoituspöydän laatikot ja kirjahyllyn, hänen silmiinsä osuu ohut valokuvaalbumi. Hän ottaa sen käsiinsä ja alkaa selata sen sivuja. Kun hän näkee valokuvan, jossa Francon seurana oli Ville Tupamäki ja Janne Kirjonen, hän saa äänettömän raivokohtauksen. Hänelle selviää silmänräpäyksessä häntä jo jonkin aikaa alitajuntaisesti kiusannut Tupamäki-Kirjonen -juttu kaikkine kummallisine kommervenkkeineen. Hän suuttuu niin, että hengitys on salpautua. Ääneen hän ei voi vieraassa asunnossa huutaa. Franco on tiennyt kaikki ja on siksi pysynyt rauhallisena. Onko tämä jopa naureskellut mielessään hänen tietämättömyydelleen? Paniikissa ja suuttuneena häneen kohdistetusta huijauksesta ja hyväksikäytöstä hän päättää, että Francon pitää kuolla.

Neljäkymmentä

Markku Isotalo joutuu istumaan vankilassa pitkän tovin, ennen kuin asia on syyttäjän osalta selvä ja se voidaan viedä käräjäoikeuteen. Hän saa vankilaan kirjeen, joka yhtäällä järkyttää ja toisaalla auttaa ymmärtämään tapahtunutta.

"Voi poikani poloinen!

Vai oletko sittenkään poikani? Vain äitisi sen tietää ja voi sulle halutessasi vahvistaa. Olet saanut kuulla minusta kaikenlaisia juttuja, enimmäkseen äidiltäsi. Kuva minusta on siten todennäköisesti hyvin yksipuolinen. Eikä ehkä aivan totuudenmukainen. Äitisi ei varmaan ole kertonut sulle, miksi tappelin ja jouduin linnaan murhasta ja taposta. Vai onko? Jos ei ole, niin kysypä.

Vankilassa minulla oli turvallista olla. Eikös ole muuten aika hauska sanonta? Turvallinen! Vietin siellä 14 pitkää vuotta. Sinne menivät minun parhaat vuoteni. Kun tulin sinne, minulta kysyttiin, halusinko mahdollisesti opiskella jotain. He nauroivat, kun ehdotin lukkosepän ammattia. Valokuvaus kuitenkin sallittiin, ja sain siitä oppia paljon. 'Lähtiäislahjaksi' vankilan johto antoi minun järjestää valokuvistani näyttelyn. Olin käyttäytynyt koko vankila-aikani hyvin ja saanut siksi kuvata vankilaelämää vuosien varrella. Näyttelystä sain siitä hyvät kritiikit paikallislehdessä. Siksi näyttely oli esillä myöhemmin myös eräässä vaasalaisessa galleriassa. En enää muista gallerian nimeä. Lahjoitin kaikki kuvat näyttelyn jälkeen vankilalle, vapaasti käytettäväksi. Silloin tällöin on niitä lehdissä eri yhteyksissä näkynyt. Jopa kuvaajan nimi mainiten.

Vapauduttuani, kuten varmaan muistat, otin suhun ja äitiisi yhteyden ja pyysin apua, rahaa tai majoitusta päästäkseni uuden elämän alkuun. Vai miten se nyt meni? Sä järjestit minulle lähestymiskiellon.

Seurasin tiiviisti urasi kehitystä. Tiesin, että olet fiksu poika. Varmaan olit tullut enemmän äitiisi kuin minuun. Minä taas olen kätevä käsistäni, sinusta en tiedä. Oletko edes tarvinnut sellaisia taitoja? Mutta ei minunkaan aivot ole ihan tyhjät.

Vankilassa tutustuin kahteen liikemieheen, Tupamäkeen ja Kirjoseen. Olin pitänyt heidän kanssa yhteyttä koko vankilassa olon ajan. Yhteydenpito jatkui myös vapaaksi päästyäni. Heistä tuli minulle omaa perhettä tärkeämpiä. Tein heille vähän kirvesmiehen hommia, kun he remontoivat kiinteistöjä, tehdasrakennuksia ja omakotitaloja. Sehän oli minun ammattini. Ja tiesin olevani siinä hyvä. Kaikki hommat hoitu pimeesti, kuten varmaan ymmärrät. Minä en maksanut veroja eikä ne sosiaaliturvamaksuja. Kaikki oli tyytyväisiä. Se oli win-win, tiedäthän. Näin ne hoiti monen muunkin työmiehen asioita.

Minä en halunnut mennä mihinkään säännölliseen työhön, kun muutenkin tulin toimeen. Jotain pientä halusin kuitenkin tehdä. Jotain sellaista, joka on kevyttä eikä sido liiaksi. Ostin ikkunanpesuvälineitä ja rupesin pesemään ikkunoita. Useimmat yritykset hoiti ne yleensä ilman kuittia. Niistä yrityksistä tulikin minun kanta-asiakkaitani. Samoin kuititta toimivat yleensä myös yksityiset ihmiset. Kelan luukulla en ole käynyt kertaakaan. Ei ne kai musta tiedäkään mitään.

Olin hävinnyt vankilasta päästyäni, poistunut niin sanotusta byrokratiasta. Muuttanut ehkä Ruotsiin, arveltiin kylillä, kun minua kyseltiin.

Tapasin viehättävän, edesmenneen vaimosi Kaijan pari kertaa. Juteltiin teillä kotona. Hän keitti kahvit ja minä pesin muutaman ikkunan. Meillä oli mielenkiintoisia keskusteluja. Ja sitten hän kuoli, tapaturmaisesti niin kuin olet todennut. Hän ei tiennyt kuka olin, eikä voinut minua mitenkään tunnistaa. Sulla ei ollut minusta yhtään valokuvaa, eihän.

Satuin sattumalta näkemään, kun luokkatoverisi Ilona tuli sun luokse. Hän hävisi. Hän ei koskaan palannut lomalta. Miksiköhän? Sinä tiedät ja minä tiedän miksi. Näin kun hän nousi matkalaukkuineen taksista ulko-ovesi edustalla. En nähnyt hänen koskaan poistuvan asunnostasi. Mutta näin, kun sinä lähdit illalla autolla jonnekin. Mehän jopa vaihdoimme muutaman sanan. Muistat varmaan. Mainitsit siitä poliisillekin, joka tarkisti asian. Menit Arvajan mökille laittamaan sen talvikuntoon, niin kuin selityksesi kuului. Yksin, totta kai.

Et tiennyt, että siellä oli joku käynyt sun käynnin jälkeen. Eihän sinne ollut jäänyt mitään jälkiä vierailusta. Se joku olin minä, kameran kanssa. Mökkiin oli helppo murtautua jälkiä jättämättä. Sun olisi pitänyt olla sen turvallisuuden suhteen huolellisempi. Vain yksinkertainen lukko, eikä hälytysjärjestelmää. Halusit tietysti säästää! Sisällä oli kuitenkin tuhansien eurojen arvosta omaisuutta. Mitään en varastanut, jos sitä nyt rupeat miettimään. Minulle riitti kuvat ja lyhyt filmi.

Sinä lähdit matkalle ja palasit. Keväällä jäit kiinni valheista, kiitos rikoskomisario Arvetvuon! Sait syytteet. Mutta hyvin olit kaiken suunnitellut. Loistavasti pelasit korttisi. Täytyy onnitella oveluudesta! Että keksitkin!

Minä olisin tietysti voinut tuoda oikeudenkäyntiin hieman lisätodisteita. Minulla kun on valokuva mökkisi pakastinarkusta. Se ei ole sama kuva, jota Tupamäki ja Kirjonen esittivät sulle silloin, kun neuvottelitte laskutuksesta.

Olen ihmetellyt, mitä teit Ilonalle ja hänen matkalaukulleen lomalta palattuasi. Sulla on iso ulkogrilli ja savustinpönttö, tietysti myös takka ja saunan uuni. Jossain näistä varmaan hävitit pilkkomasi ruumiin. Olet sen verran fiksu, että et upottanut ruumista ja laukkua järveen. Niillä kun on usein tapana pullahtaa pintaan jossain vaiheessa, vaikka olisi millaiset painot kiinnitettynä. Talvella se upottaminen olisi ollut myös hyvin vaikeata, liikkuuhan jäillä paljon ihmisiä. Avannonkin olisi pitänyt olla suuri.

Silloin oikeudenkäynnin aikana ajattelin olla puuttumatta asiaan. Sua ei tuomittu, sillä aihetodisteet eivät riittäneet. No nyt on sama tapaus käsitelty hovioikeudessa. Ei ollut syyttäjä löytänyt mitään uutta, mistä sinut olisi voitu tuomita.

Kun pääsit parisen vuotta sitten vapauteen, minussa heräsi pikku piru. Minä tapasin sut kadulla palatessasi kotiin vankilasta. Ja juteltiinkin vähän aikaa. Sä et tiennyt, kuka oikeasti olin.

Järjestelin sulle asiakkaita. Ensimmäiseksi tulivat Tupamäki ja Kirjonen suunnitelmineen. Olimme sopineet tietyistä jutuista, jotka selviävät sulle kohta. Täytyy sanoa, että hyviä ja suurisuuntaisia suunnitelmia ne olivatkin. Vain täysin epärealistisia, jonka hekin tiesivät. Mutta sä et välittänyt. Sun piti saada asiakkaita ja rahaa. Raha on ollut aina sulle tärkeää ja sitä on pitänyt olla paljon. Ymmärrän kyllä miksi. Et ole ollut köyhä, mutta lapsuutesi ja nuoruutesi ajat olivat niukkoja. Äitisi kyllä piti susta hyvää huolta. Kaikki kunnia hänelle!

Olit valmistuttuasi ja opintovelat maksettuasi tottunut käyttämään rahaa aika löysästi. Niinpä päädyit hyväksymään Tupamäen esittämät ehdot yhteistyölle, vaikka arvatenkin pitkin hampain. Kirjosen mainitsemat sanat "alemmat verot" ja "mahdollisuus rikastua pimeästi" hyväksyit syyksi, vaikka tiesit, että se ei ollut koko totuus. Ehtojen mukaan sinä laskutat normaalia reilusti alemmalla hinnalla. Jos joku sitä ihmettelisi, niin syyksi ilmoittaisit, että et enää ole 'asianajaja'. Et kuitenkaan joutuisi kärsimään, sillä oikean ja laskutettavan hinnan erotukset saat bitcoineina, kun välität pienen paketin

Francolle. Aavistit ehkä jo silloin, että kyse saattaisi olla huumeista.

Siinä vaiheessa et mielestäsi voinut muuta kuin hyväksyä, sillä sulle näytettiin valokuva pakastearkusta. Et tosin tunnistanut kuvan pakastinta. Se ei ollut sun pakastimesi mökillä vaan ihan joku muu. Mutta se kuva pelästytti sut. Jos olisit tunnistanut sen ja sanonut siitä, sulle olisi näytetty seuraava kuva. Se olisikin jo ollut sun pakastimesi, nyt kansi auki kaikkine Ilonoineen. Jouduit ummistamaan silmäsi ahneudessasi, niin ja tietysti myös pelossa paljastua. Vaikka ei sua paljastamisella peloteltu, eihän.

Jos et senkään jälkeen olisi hyväksynyt ehtoja, ei sulta olisi vaadittu enää mitään. Se olisi ollut todiste rehellisyydestäsi. Tätä olin tietysti salaa toivonut. Asiakkaiksesi he olisivat joka tapauksessa tulleet. He todella tarvitsivat ammattiapua. Mutta hyväksyessäsi ehdot olit saattanut itsesi puun ja kuoren väliin, josta oli vaikea, ettenkö sanoisi mahdotonta irtautua, vaikka olisit halunnutkin. Niin kuin sitten loppujen lopuksi kävikin viime vuonna.

Kun hyväksyit sulle esitetyt ehdot, et voinut tietää Franco Spinellin suorittamasta "puhalluksesta", jonka kärsijöinä oli Ville ja Janne Tampereen ajalta. Pojilta jäi silloin kana kynimättä, joka harmitti heitä niin vietävästi. Et myöskään tiennyt, että pojat olivat tiiviisti mukana isiensä bisneksissä. Kun pojille selvisi, että Franco oli tullut Lahteen, he tai oikeammin Ville mietti, mitä pitäisi tehdä. Kun hänelle selvisi, että sulla ja hänen isällään Petrillä oli yhteistyösopimus, niin hän löysi ratkaisun ongelmaansa eli siihen, miten saisi huijaamasi rahat takaisin.

Ville puhui siitä isälleen, jonka kanssa kehitti systeemin. Sillä hän sai Francon maksamaan takaisin pimittämänsä rahat. Tässä vaiheessa minä astuin kuvaan. Homman nimi oli se, että sä, jota ei kukaan osaisi yhdistää huumeisiin, otit vastaan huumepaketin, jonka veit Francolle. Hän taas toimitti paketin edelleen henkilölle, jonka nimeä en mainitse. Sä sait palkkion, joka osittain vastasi laskutuksessa huomioituja alennuksia, ehkä vähän enemmänkin. Ja Franco sai palkkion, jolla lyhensi velkaansa pojille. Koko velka olisi tullut maksetuksi ihan näinä aikoina. Hänelle oli kerrottu, että velan tultua kuitatuksi, hänen ei enää tarvitsisi olla välikätenä, ellei haluaisi. Pojat eivät missään vaiheessa pelänneet, että Franco hommat hoidettuaan pettäisi heidät toistamiseen.

Francon Tampereen huijaus oli loppujen lopuksi sen verran vaatimaton, että emme halunneet saattaa häntä vaaraan missään tapauksessa. Kuten huomaat, Tupamäki kumppaneineen osaa olla hyvin humaani. Turvataksemme Francon selustan sovimme, että minä alan seurata tilannetta. Siksi minulle vuokrattiin asunto Vesijärvenkadulta Francon asuntoa vastapäätä. Esiinnyin taloyhtiössä nimellä Kymäläinen. Minä vein sinne ikkunanpesuissa tarvittavia välineitä ja kameroita. Kun sinä soitit Francolle tulevasi käymään, niin Franco soitti saman tien minulle. Minä kiirehdin Vesijärvenkadun asuntoon, josta kuvasin tulosi ja poistumisesi sekä tietysti myös tapahtumia, jotka näkyivät ikkunasta. Franco piti huolen siitä, että kaikki tapahtui aina olohuoneessa ikkunan edessä, johon sohvapöytä oli siirretty. Koskaan ei verhoja ollut vedetty eteen. Ehkä joskus huomasit joitain kirkkaita valonvälähdyksiä, mutta et osannut epäillä mitään. Ja miksi olisit?

Et tainnut koskaan myöskään ihmetellä ikkunanpesua? Niistä asioistahan sä et ymmärrä mitään. Vai älysitkö kuitenkin viimeisen vierailusi jälkeen? Minä tykkään pestä ikkunoita. Siinä näkyy heti työn jälki. Voisin suositella, mutta se tuskin on ajankohtaista sulle vähään aikaan. Eikä taida sopia arvollesi. Oikeustieteen maisteri!

Arvetvuo kumppaneineen on selvittänyt jokaisen käyntisi Francon luona asuntoon jättämieni kuvien avulla. Varmaan he ihmettelivät Francon puhelutietoja ennen kuin löysivät valokuvat, joissa on samat päivämäärät kuin puheluissa. Poliisi osaa laskea yhteen yksi plus yksi. Ja kuvissa olevista henkilöistä

ei voi erehtyä. Ja Arvetvuo on fiksu. Eikä Kolikaan ole mikään tyhmä!
Kun havaitsit, että bitcoin-tilisi on tyhjä, suutuit silmittömästi. Ja tietysti epäilit ensimmäiseksi Francoa. Hän ei kuitenkaan ollut syyllinen. Todellisuudessa Petri Tupamäki hoiti rahaliikenteen tileille. Ei Franco, niin kuin sun annettiin ymmärtää. Tupamäki pystyi halutessaan tilin myös tyhjentämään.
Olit silloin lauantaina niin vihainen, että et huomannut sinä samaisena aamuna toiseen puhelimeesi tullutta lyhyttä viestiä "Isotalo, tämä on varoitus". Se tuli Tupamäeltä. Olit syksyn mittaan ilmoittanut muutamaan otteeseen haluavasi lopettaa yhteistyön. Olit ilmoittanut tekeväsi vielä viimeiset sopimukset valmiiksi, jonka jälkeen lopettaisit. Et tainnut ymmärtää, että niillä tiedoilla, joita sulla oli, ei niin vain joukosta erota. Sua oli varoitettu tästä päätöksestä jo syksyllä. Nyt Tupamäki varoitti uudestaan ja konkreettisesti tyhjentämällä tilisi. Sä olit luullut, että vain sä ja Franco tiesitte salasanat. Siksi painuit vihaisena hänen luokseen.
Miten sinisilmäinen sä oletkaan. En olisi uskonut. Olet kyllä sen verran paljon ollut erilaisten hämärämiesten kanssa tekemisissä, jo asianajajana ollessasi. Muistelepas vaikka Lahden kaupunginjohtajatapausta.
Niin poikaseni. Minulla on filmillä lähes koko iltapäivä Francon luona. Teillä oli kiivaita keskusteluita, sä kävelit ympäri huonetta useaan otteeseen ja huidoit käsillä. Ehkä sinua kiukutti, kun Franco istui rauhallisena sun riehuessa ympäri huonetta. En tiedä mistä kaikesta puhuitte, luulen vain. Mutta keskustelu ei ilmeisesti johtanut haluamaasi tulokseen. Sinäkö pyysit kahvia vai Francoko sitä tarjosi? Sinä ilmeisesti, ja käytit tilanteen hyväksesi. Mitä mahdoitkaan kaataa Francon juomaan? Miltä tuntui riisua ja kantaa velttoa ruumista? Mitä etsit kiihkeästi? Jotain minkä löysit ja sulta meni yksinkertaisesti

vintti pimeeksi. Teit päätöksen ja toimit. Kylpyhuoneeseen asti kamera ei yltänyt.

Jos olisimme tajunneet riskin, että Franco voisi kuolla sun kädestä, emme olisi toimineet näin. Tunnemme itsemme syyllisiksi.

Nyt tulet varmasti saamaan tuomion. Niin paljon kiistattomia ja hyviä todisteita on Arvetvuo sua vastaan saanut kerättyä. Olen kuullut, että sormenjälkiäsi on löytynyt myös 'minun' asuntoni ulko-ovesta Vesijärvenkadulla. Olit yrittänyt päästä sisään huoneistoon. Olit siis nähnyt ikkunasta jotain sinä kohtalokkaana lauantaina. Jotain, joka oli sinut pelästyttänyt. Halusit tietää mitä asunnossa on. Turvalukko oli kuitenkin esteenä. Et voinut murtautua väkisin, kun rapussa kulki asukkaita ylös ja alas. Arvetvuo käyttää tätäkin tietoa syyllisyytesi todistamiseen.

Jos sun mieleesi tulee nyt kosto ilmiantaa minut siitä, että olen estänyt rikostutkintaa Ilonan katoamisen johdosta, voit unohtaa sen. Jääköön Ilona minun osaltani rauhaan. Hävitän kaiken kuvamateriaalin Arvajan mökiltä sen jälkeen, kun tästä tapauksesta tulee lopullinen päätös. Muun materiaalin osalta odotan päätöstä ja tuomiota Francon murhasta. Tai ehkä säilytän kaikki kuolemaani asti jollain asianajajalla tai pankin tallelokerossa. Niistähän sulla on hyviä kokemuksia. En tiedä vielä kumman valitsen, vaiko molemmat. Sulle tulisi pitkä tuomio taposta ja murhasta, tai jopa kahdesta murhasta. Voit selvitä myös yhdellä syytteellä, jos niin valitset.

Mietit varmaan, miksi kirjoitan tämän kirjeen. Ja miksi kerron sen, minkä olen kertonut. Toivon että uskot, että en ole halunnut kostaa sulle minua kohtaan osoittamaasi tylyä kohtelua osallistumalla tähän traagisesti päättyneeseen Spinellin juttuun. Halusin kuitenkin nähdä, minkälainen oikeasti olet. Minkälaiseksi äitisi on sut kasvattanut. Oletko rehellinen ja kieltäydyt rahakkaista mutta rikollisista toimeksiannoista vai oletko ahne ja teet mitä tahansa saadaksesi rahaa. Rahaa olet saanut, mutta sitä et nyt pääse käyttämään. Kasvaahan se, tai sitten ei, ehkä tulevina vuosina pankissa korkoa ja arvopapereissa arvoa. Mutta onko se kaikki vapauden väärtti? Sä olit pitkävihainen. Sulle ei riittänyt Eino ja Ilona. Nyt tiedän, että olet myös äkkipikainen. Miksi vielä Franco?

Poikani, on ikävä, että en ole oppinut tuntemaan sua. Toivon mukaan tunnet samanlaista ikävää, että et ole oppinut tuntemaan minua.

Isällisin terveisin

Isäsi Antti Isotalo, alias Seppo Siltala, naapuri ja ikkunanpesijä, jota et koskaan kutsunut iltapaukulle. Minut tunnetaan myös Kymäläisenä, kuten yllä mainitsin."

***

Järkyttyneenä Markku Isotalo lukee kirjeen. Lukee kerran, lukee kaksi. Hän soittaa äidilleen välittömästi ja esittää hänelle kaksi kysymystä.

Äiti vahvistaa, että hänen isänsä on Antti Isotalo, ei kukaan muu. Nyt hän myös paljastaa, miksi isä oli joutunut linnaan. Isä oli puolustanut äidin kunniaa tappelussa, joka syntyi siitä, kun häntä oli siinä seurassa syytetty huoraksi. 14 vuotta hän istui vankilassa äidin kunnian takia. Äiti pyytää anteeksi omia kertomuksiaan isästä ja siitä, että tämä olisi käyttäytynyt väkivaltaisesti häntä kohtaan. Näin ei ollut koskaan ollut.

Kuultuaan äidin vastaukset Markku on lopettamassa puhelun. Äiti kuitenkin pyytää häntä vielä kuuntelemaan ja jatkaa. Hän kertoo nähneensä ex-miehensä Antin Kilpiäisissä ja tunnistanut tämän saman tien. Hän ei ollut kehdannut eikä uskaltanut puhua miehelleen, sillä häntä oli hävettänyt oma käytöksensä. Nyt hän on muuttanut takaisin Jurvaan, josta hänen ei olisi koskaan pitänyt muuttaa pois.

Epilogi

Markku Isotalo miettii vankeusaikana ennen oikeudenkäyntiä, mitä tehdä isältään saamallaan kirjeellä. Parantaisiko se hänen asemaansa vai heikentäisikö se sitä? Isä oli haitannut Ilonan katoamista koskevia tutkimuksia: jos hän näyttää kirjeen, niin isäkin joutuu oikeuteen. Mutta mitä hänelle itselleen tapahtuisi? Syyte Ilonan murhasta ja pitkä vankilatuomio. Isän kirjeessä ei ollut mitään mainintaa Einon kuolemaan saunassa. Isotalo pitää kirjeen toistaiseksi omana tietonaan, eikä käytä sitä isäänsä vastaan.

Uusi oikeudenkäynti koskee Franco Spinellin murhaa. Syytekirjelmä on yksiselitteinen ja selkeä, todistusaineisto on kiistämätön ja aukoton. Syytetty ei voi kieltää tekoaan. Puolustus ei hyväksy murhaa, vaan puhuu taposta. Puolustuksen loppupuheenvuorossa painotetaan sitä, että Isotalo ei ollut päättänyt uhrin huumaamisesta, puhumattakaan tappamisesta etukäteen. Hänessä syttyi viha vasta sen jälkeen, kun hän ei ollut saanut riittävästi tietoa Francolta. Tämän jälkeen hän oli etsinyt asunnosta turhaan todisteita jostain, jota ei tiennyt ja turhautui. Vasta valokuvat Francon armeija-aikaisista ystävistä saivat hänet laskemaan yhteen yksi plus yksi ja ymmärtämään kaikkien henkilöiden yhteydet. Ja ymmärtämään, että häntä oli vedätetty. Näin hän oli joutunut pois tolaltaan. Hän teki sen, minkä teki.

Käräjäoikeuden päätös, että kyseessä oli murha eikä tappo, saa puolustuksen viemään asian hovioikeuteen. Tämä oikeudenkäynti on vielä tulossa. Jos käräjäoikeuden päätös säilyy, saa

Isotalo 12 vuoden tuomion. Käräjäoikeuden päätöksen tuomion pituudesta vaikuttaa lisäksi se, että teon tekijä todetaan osalliseksi myös huumekauppaan.

***

Kuluvan vuoden aikana tullaan käräjäoikeudessa käsittelemään myös laaja talousrikos- ja huumevyyhti. Syytettyinä ovat liikemiehet Petri Tupamäki ja Marko Kirjonen. Samaan rikokseen kuuluvassa huumeosiossa ovat lisäksi syytettyinä Ville Tupamäki ja Janne Kirjonen.

Esitutkimuksissa on selvitetty, että näiden kahden henkilön yhtiöillä on ollut oikeaa ja todellista, kirjoissa ja kansissa todennettua rakennustoimintaa. Mutta rakennustoimintaa on ollut myös kirjapidon ulkopuolella. Suuret voitot ovat peräisin kuittikaupasta, maksamattomista veroista ja sosiaaliturvamaksuista. Rakennustyöntekijöiden kuin myös toimistossa työskennelleiden henkilöiden palkkoja on maksettu pimeinä. Omistajat ovat laajentaneet toimintaansa ostamalla saman alan pieniä yrityksiä, jotka nekin on sotkettu mukaan. Yrityskaupat on tehty oikein ja lainmukaisesti. Niiden sopimuksista on vastannut Markku Isotalo. Yritysostoissa käytetyn rahan alkuperä on sen sijaan epämääräinen. Epäillään rahanpesua. Tässä yhteydessä käy ilmi miesten sekaantuminen huumekauppaan. Tämän bisneksen päivittäinen hoito on siirretty heidän poikiensa Ville Tupamäen ja Janne Kirjosen vastuulle. Tästä löytyy yhteys Markku Isotalon ja Franco Spinellin tapauksiin.

Koska tutkimus on vielä kesken, ei syyttäjä ole päässyt viemään asiaa oikeuteen. Oikeudenkäynnistä odotetaan pitkää ja monimutkaista.

Liisa Tupamäen osallistumista miehensä tekemiin talousrikoksiin ei voida näyttää toteen. Hänen ainoa rikoksensa on verottajalle ilmoittamatta jätetyt vuokratulot, josta hän saa syytteen. Todellisuudessa herra Kymäläinen ei ole missään vaiheessa maksanut asunnosta euroakaan. Tätä Tupamäki ei kuitenkaan voi paljastaa, vaan kärsii tuomion. Tutkimusten jälkeen Liisa Tupamäki laittaa asunnon virallisesti vuokralle.

Poliisin teknisissä tutkimuksissa Vesijärvenkadun neljännen kerroksen huoneistosta ei löydy minkäänlaisia sormenjälkiä tai dna:ta sisältäviä esineitä. Mysteeriksi jää, kuka on kuvannut ja jättänyt todistusaineistoon kuuluvat Isotalon vierailuihin liittyvät valokuvat. Talon asukkaista kukaan ei muista nähneensä herra Kymäläisen tulevan tai lähtevän asunnosta. Joitain heikkoja ääniä sanoo naapuri joskus kuulleen, mutta ne ovat yhtä hyvin voineet tulla mistä tahansa muusta asunnosta tai kadulta. Kukaan ei ole koskaan valittanut vuokralaisesta. Herra Kymäläinen jää mysteeriksi.

***

Antti Isotalo alias herra Kymäläinen alias Seppo Siltala seuraa tiiviisti poikansa uusinta oikeudenkäyntiä. Häntä jännittää, käyttääkö poika hänen lähettämäänsä kirjettä jollain lailla hyväksi. Einon kuolemaa ja Ilonan katoamista koskevan hovioikeuden vapauttavan päätöksen jälkeen hän hävittää kaikki Ilonan murhaan liittyvät valokuvat ja filmit. Hän ei kerro siitä pojalleen. Francon tapaukseen liittyvät kuvat ja filmit hän laittaa toistaiseksi pankin tallelokeroon. Varmuuden vuoksi.

Koska pimeät rakennuskeikat Tupamäen firmassa loppuvat, hän päättää jatkaa toimintaansa ikkunapesijä Seppo Siltalana aina silloin, kun rahantarvetta ilmaantuu. Pimeitä keikkojahan nekin ovat, mutta liian pieniä, että poliisi tai verottaja niistä kiinnostuisi.

***

Antti Isotalo alias Seppo Siltala on Kilpiäisissä ulkoillessaan tunnistanut ex-vaimonsa Mirjan henkilöksi, joka hoiti Markun asioita tämän ollessa vankilassa. Kontaktia tähän hän ei kuitenkaan ottanut.

Hän ei tiedä, että Mirja oli vastaavasti tunnistanut hänet. Tämä ei ollut halunnut 'tuntea' Anttia. Mirjaa hävetti. Ei se, että niin hänen miehensä kuin poikansakin olivat syyllistyneet rikoksiin. Vaan se, että hän ei ollut koskaan kertonut totuutta pojalleen niistä syistä, jotka johtivat tämän isän humalapäissään tekemiin veritekoihin. Häpeän vuoksi hän ei ollut halunnut ottaa missään vaiheessa kontaktia tähän. Paljon oli Mirja miettinyt häpeää ja sitä, mitä se auttaa, jos jotain häpeää. Hän päätteli, että muita ei voi hävetä, vain omia tekoja.

Kun Mirja vastasi tuntemattomasta numerosta tulleeseen puheluun, hän ei voinut aavistaa, että soittaja oli hänen exmiehensä. Alkuhämmennyksen jälkeen puhelu kesti kiihkeänä tunnin. Sen aikana sovittiin tapaamisesta. Ei Lahdessa eikä Jurvassa eikä Kuhmoisissa, vaan jossain neutraalissa paikassa. Tapaaminen sovittiin Tampereelle hotelli Ilvekseen. Kumpikin varaisi omalla nimellään itselleen huoneen. Tässä vaiheessa selviää myös Mirjalle Antti Isotalon nykyinen nimi: Seppo Siltala.

***

Tutkimusten valmistuttua ja syyllisen selvittyä Arvetvuo ottaa yhteyden Lailaan ja Francon vanhempiin. Lailalle hän kertoo ensin tähän liittyvistä yksityiskohdista. Glögipullon lähettäjää ei ole voitu varmistaa, ja epäily ei riitä. Tuntemattomaksi jää myös Lailalle murhaviestin lähettäjä. Oletettavasti se ei kuitenkaan ole sama kuin yöllisen puhelun soittaja. Viestin lähettäjä saattaisi olla salaperäinen, paljastavien valokuvien ottaja. Kukaan muu ei siinä vaiheessa tiennyt, että kyseessä oli murha.

Jos oli murha hirvittävä shokki kaikille, niin vielä suurempi shokki oli kuulla, mihin kaikkeen Franco oli sotkeutunut. Kaikesta järkytyksestä huolimatta Francon äiti toteaa Lailalle puhelimessa. - Franco oli meidän poika. Me rakastimme häntä, ja rakastamme jatkossakin. Hänen hautansa ei jää hoitamatta.

***

Eräänä kauniina keväisenä päivänä poliisilaitoksen kahvihuoneessa Arvetuo kysyy Kolilta, muistaako tämä, mitä he kirjoittivat murhaajan profiilista talvella autossa, matkalla Luopioisista Lahteen.

Koli vastaa virnistäen. – Mitä, olemmeko joskus yrittäneet laatia murhaajalle profiilin. Onnistuimmeko?

Kiitokset

Kiitos Risto tuesta ja siitä että teit hyvää ruokaa, niin että jaksoin kirjoittaa. Kiitos Ulla ja Esa kommenteista ja kannustamisesta. Kiitos Arja ja Tuija työni viimeistelystä kirjaksi asti. Kiitos Tiina ja Susanna antamistanne tärkeisiin yksityiskohtiin liittyvistä tiedoista.

Kirjailijasta

Merja Lättilä on helsinkiläinen, Hankenista valmistunut kauppatieteen maisteri. Hän jäi kymmenisen vuotta sitten eläkkeelle työ- ja elinkeinoministeriön Kiina-erityisasiantuntijan virasta. Sitä ennen hän työskenteli mm. matkailu- ja huonekalualan yrityksissä vientitehtävissä.

Näistä kokemuksista oli hyötyä, kun hän toimi ammattikorkeakouluissa yritystalouden ja kansainvälisen yritystoiminnan opettajana. Työ on ollut aina kansainvälistä. Sen myötä matkustamisesta tuli luonteva harrastus. Rakkaus musiikkiin on perintö vanhemmilta. Lukemisen suhteen hän on lähes kaikkiruokainen.

Nykyisin suurimman osan vuodesta hän viettää miehensä kanssa kesämökillä Kuhmoisissa. Siellä harrastukset liittyvät luontoon. Lähiruokaa saadaan kasvihuoneesta ja -maasta, metsästä ja järvestä. Kesällä riittää ulkotöitä puutarhassa. Talven pimeinä hetkinä hänellä on aikaa kirjoittaa. Niin syntyi kolumnit Kuhmoisten Sanomiin viiden vuoden ajan, matkoista kertova kirja "Eikö Suomi olekaan Saari? Erilaiset muistelmat" v. 2014, esikoisdekkari "Isäntyttö" v. 2021. Keväällä 2022 ilmestyi dekkari "Ja sinä toit appelsiineja".

CPSIA information can be obtained
at www.ICGtesting.com
Printed in the USA
LVHW080641181022
730947LV00005B/54